Du même auteur chez le même éditeur :
Déjeuner de famille, 2007.

Chez d'autres éditeurs :
Falconer, 1999, 2004.
Insomnies, 2000, 2002.
L'ange sur le pont, 2000.
Les lumières de Bullet Park, 2003.

Le ver dans la pomme

COLLECTION DIRIGÉE PAR JOËLLE LOSFELD

Titre original : *The Stories of John Cheever*

Ce recueil est une sélection de nouvelles tirées des *Short Stories* de John Cheever, publiées en un seul volume aux États-Unis, et qui fait suite aux trois précédents ouvrages parus en français.

© by John Cheever, 1946, 1947, 1948, 1949, 1950, 1951, 1952, 1953, 1954, 1955, 1956, 1957, 1958, 1959, 1960, 1961, 1962, 1963, 1964, 1965, 1966, 1967, 1968, 1970, 1972, 1978. © renewed by John Cheever, 1977, 1978.
© Éditions Gallimard, pour la traduction française, 2008.

ISBN : 978-2-07-078721

John Cheever

Le ver dans la pomme

Nouvelles

Traduit de l'anglais (États-Unis)
par Dominique Mainard

ÉDITIONS JOËLLE LOSFELD

Un jour ordinaire

Quand Jim s'éveilla, à 7 heures, il se leva et fit le tour de toutes les fenêtres de la chambre. Il était tellement habitué au bruit et à l'agitation de la ville que, bien qu'il fût arrivé six jours plus tôt dans le New Hampshire, la beauté des matins à la campagne lui paraissait encore poignante et singulière. Au nord, les collines semblaient jaillir du ciel. Par les fenêtres donnant à l'ouest, il voyait un soleil ardent illuminer les arbres dans les montagnes, déverser sa lumière sur les eaux plates du lac et frapper les dépendances de la grande demeure traditionnelle aussi impérieusement que le tintement de cloches en métal.

Il s'habilla et baissa doucement les stores, de sorte que la lumière ne réveille pas sa femme. Les jours qu'Ellen passait à la campagne, au contraire des siens, n'étaient pas limités. Elle s'y trouvait depuis le début de l'été et y resterait jusqu'au 1er septembre : alors, elle regagnerait la ville avec la cuisinière, l'appareil à piler la glace et le tapis persan.

Quand il descendit l'escalier, le rez-de-chaussée de la grande demeure de sa belle-mère était silencieux et immaculé. Emma Boulanger, la domestique française, était en train de faire la poussière dans le vestibule. Il traversa le salon à l'atmosphère lugubre et ouvrit la porte de l'office, mais l'une des domestiques, Agnes Shay, l'empêcha de s'aventurer plus avant sur son territoire.

« Dites-moi simplement ce que vous voulez pour le petit

déjeuner, Mr Brown, déclara-t-elle d'un ton désagréable. Greta vous le préparera. »

Ce qu'il voulait, c'était prendre le petit déjeuner dans la cuisine avec son fils de cinq ans, mais Agnes n'avait pas l'intention de le laisser sortir des pièces principales de la maison et s'introduire dans les quartiers réservés aux employés et aux enfants. Il lui dit ce qu'il avait envie de manger et rebroussa chemin dans le salon, puis sortit sur la terrasse. La lumière y était aussi violente qu'un coup, et l'air parfumé donnait l'impression que de belles jeunes filles venaient de traverser la pelouse. C'était une splendide matinée d'été, et on avait le sentiment que rien de mal ne pouvait advenir. Jim embrassa du regard la terrasse, le jardin, la maison, en éprouvant un sentiment de possessivité ridicule. Il entendait Mrs Garrison – sa belle-mère, veuve et propriétaire légitime de tout ce qui se trouvait sous les yeux – se parler à elle-même avec animation dans un lointain parterre de fleurs à couper.

Pendant qu'il prenait le petit déjeuner, Agnes vint l'informer que Nils Lund souhaitait le voir. Il en fut flatté. Il n'allait séjourner que dix jours dans le New Hampshire et n'était là qu'à titre d'invité, mais il appréciait que le jardinier sollicite son opinion. Nils Lund était employé par Mrs Garrison depuis des années. Il habitait un cottage situé sur place et sa femme, qui était décédée, était la cuisinière de Mrs Garrison autrefois. Nils était contrarié qu'aucun des fils de Mrs Garrison ne s'intéresse au domaine et répétait souvent à Jim combien il était content qu'il y ait un homme avec qui discuter de ses problèmes.

Aujourd'hui, le potager de Nils était sans relation aucune avec les besoins de la maisonnée. À chaque printemps, l'homme labourait la terre et semait des hectares de légumes et de fleurs. L'apparition des pousses d'asperges était le signal d'une course désespérée entre les légumes et la table de Mrs Garrison. Empli d'amertume par le gaspillage dont il était lui-même responsable, Nils allait chaque soir à la porte de service dire à la cuisinière qu'à moins qu'ils ne mangent davantage de petits pois, de fraises, de haricots, de salade, de choux, les magnifiques légumes qu'il avait fait pousser à la sueur de son front allaient pourrir.

Une fois son petit déjeuner fini, Jim se dirigea vers l'arrière-cour et Nils, le visage sombre, l'informa qu'une bête mangeait le maïs qui commençait juste à mûrir. Ils avaient déjà évoqué les animaux nuisibles qui endommageaient la parcelle de maïs. Ils avaient d'abord cru que c'étaient des cerfs. Nils, ce matin-là, était parvenu à la conclusion qu'il s'agissait plutôt de ratons laveurs. Il voulait que Jim l'accompagne et constate l'étendue des dégâts.

« Si ce sont des ratons laveurs, les pièges qui se trouvent dans la cabane à outils devraient faire l'affaire, déclara Jim. Et je crois qu'il y a une carabine quelque part. J'irai poser les pièges ce soir. »

Ils suivirent la route gravissant la colline jusqu'au potager. De part et d'autre de cette route, les champs étaient rongés par la mousse, et des genévriers poussaient ici et là. Il s'élevait de ces champs un parfum indescriptible, âcre et soporifique.

« Regardez, lança Nils quand ils atteignirent la parcelle de maïs. Regardez, regardez… »

Des feuilles de maïs, des soies et des épis à demi dévorés gisaient à terre, éparpillés et piétinés.

« Je le sème », reprit Nils, comme le mari d'une femme acariâtre faisant le compte des multiples occasions où sa patience n'a pas été récompensée. « Après ça, les corbeaux s'attaquent aux grains. Puis je le cultive. Et maintenant, il n'y a pas de maïs. »

Ils entendirent Greta, la cuisinière, qui chantait en approchant sur la route, apportant les restes de cuisine aux poulets. Ils se tournèrent pour la regarder. C'était une femme de forte stature, dotée d'une voix magnifique et de la poitrine d'une contralto. À peine un instant plus tard, le vent porta jusqu'à eux la voix de Mrs Garrison, qui se trouvait dans le parterre de fleurs. Mrs Garrison parlait toute seule sans interruption. Ses paroles distinguées et emphatiques résonnaient dans la clarté du matin comme les notes d'une trompette. « Pourquoi est-ce qu'il plante cette hideuse verveine mauve tous les ans ? Il sait bien que le mauve ne m'est d'aucune utilité. Mais pourquoi plante-t-il cette détestable verveine mauve ?... Et je vais lui faire déplacer à nouveau les arums. Je vais remettre les lys près du bassin... »

Nils cracha à terre. « Qu'elle aille au diable ! s'exclama-t-il. Qu'elle aille au diable ! »

Greta lui avait rappelé sa femme morte et la voix puissante de Mrs Garrison lui avait fait penser à un autre mariage, celui qui lie la maîtresse de maison et le jardinier jusqu'à ce que la mort les sépare. Il ne faisait aucun effort pour refréner sa colère, et Jim se trouva pris entre deux feux, le soliloque de sa belle-mère et la rage du jardinier. Il annonça qu'il allait jeter un œil aux pièges.

Il trouva les pièges dans la cabane à outils, et une carabine à la cave. Il croisa Mrs Garrison alors qu'il traversait la pelouse. C'était une femme fluette aux cheveux blancs, vêtue d'une blouse de domestique déchirée et portant un chapeau en paille tout abîmé. Elle tenait une pleine brassée de fleurs. Ils se souhaitèrent le bonjour, s'extasièrent sur la beauté de la journée, et s'en furent dans des directions opposées. Jim emporta les pièges et la carabine dans l'arrière-cour. Son fils, Jimmy, y jouait au docteur avec Ingrid, la fille de la cuisinière, une fillette maigre et pâle de onze ans. Les enfants l'observèrent un bref instant, puis retournèrent à leur jeu.

Jim graissa les pièges et régla la tige de déclenchement de sorte que les mâchoires se referment au moindre effleurement. Il était en train d'essayer les pièges quand Agnes Shay sortit de la maison, tenant par la main Carlotta Bronson, une autre des petits-enfants de Mrs Garrison. Carlotta avait quatre ans. Cet été-là, sa mère était allée dans l'Ouest pour divorcer et Agnes avait été promue du poste de domestique à celui de gouvernante. Elle avait presque soixante ans et prenait ses fonctions de gouvernante très à cœur ; du matin jusqu'au soir, elle agrippait la main de Carlotta dans la sienne.

Elle jeta un regard inquiet aux pièges par-dessus l'épaule de Jim, et déclara :

« Vous savez, vous ne devriez pas poser ces pièges avant que les enfants soient au lit, Mr Brown... Ne t'approche pas de ces pièges, Carlotta ! Viens ici !

— Je ne les poserai que très tard, répondit Jim.

— Pensez donc, un enfant pourrait se prendre dans un de ces pièges et se casser la jambe, poursuivit Agnes. Et vous serez prudent aussi avec la carabine, n'est-ce pas, Mr Brown ? Les fusils servent à tuer. Je n'en ai encore jamais vu un qui n'ait pas causé un accident... Viens, Carlotta, viens ! Je vais te mettre ton tablier propre ; tu pourras jouer dans le sable, et puis je te donnerai ton jus de fruits et tes biscuits. »

La fillette la suivit à l'intérieur et elles gravirent l'escalier de service menant à la nursery. Une fois qu'elles furent seules, Agnes embrassa l'enfant sur le haut de la tête, timidement, comme si elle craignait que son affection n'ennuie Carlotta.

« Ne me touche pas, Agnes, ordonna Carlotta.

— Non, ma chérie, je ne te toucherai pas. »

Agnes Shay avait l'âme d'une domestique. Cette âme, légèrement humide d'eau de vaisselle et de Cologne, cantonnée dans des chambres étroites et privées de soleil, des couloirs et des escaliers de service, des buanderies, des placards à linge et des réfectoires évoquant des prisons, était devenue docile et morne. Les rangs de la domesticité lui semblaient aussi justes et incontournables que les cercles de l'enfer. Elle n'aurait pas plus autorisé Mrs Garrison à prendre place à la table des domestiques, à la cuisine, que Mrs Garrison ne lui aurait permis de s'attabler dans la salle à manger lugubre. Agnes aimait les rituels propres aux grandes demeures. À la tombée de la nuit, elle tirait les rideaux du salon, allumait les bougies sur la table et faisait tinter la sonnette annonçant les repas avec l'enthousiasme d'un enfant de chœur. Quand la soirée était belle et qu'elle s'asseyait sur la véranda à l'arrière de la maison, entre les poubelles et les caisses emplies de bois de cheminée, elle aimait se remémorer le visage de toutes les cuisinières qu'elle avait connues. Cela lui donnait le sentiment d'avoir une vie riche.

Agnes n'avait jamais été aussi heureuse que cet été-là. Elle aimait les montagnes, le lac, le ciel, et elle était tombée amoureuse de Carlotta de la façon dont on tombe amoureux lorsqu'on est jeune. Elle se préoccupait de son apparence. Elle se préoccupait de ses ongles, de son écriture, de son éducation. Suis-je digne d'elle ? se demandait-elle. L'enfant colérique et malheureuse était son unique lien avec le matin, avec le soleil, avec tout ce qui est beau et exaltant. Quand elle touchait Carlotta, qu'elle posait sa joue sur les cheveux tièdes de la fillette, elle était submergée par un sentiment de jeunesse retrouvée. La mère de Carlotta allait rentrer de Reno en septembre et Agnes avait préparé le discours qu'elle allait lui tenir : « Laissez-moi m'occuper de Carlotta, Mrs Bronson ! Pendant que vous étiez en voyage, j'ai lu tous les articles du *Daily News* traitant de l'éducation des enfants. J'aime Carlotta. Elle est habituée à moi. Je sais ce qu'elle veut.... »

Mrs Garrison n'éprouvait qu'indifférence envers les enfants et, Mrs Bronson étant à Reno, Agnes n'avait aucune rivale, mais elle se tourmentait en permanence à l'idée qu'il arrive quelque chose à Carlotta. Elle ne la laissait pas mettre de foulard de crainte qu'il ne se prenne dans un clou ou dans une porte et n'étrangle l'enfant. Elle s'effrayait de chaque escalier raide, de chaque étendue d'eau profonde, de l'aboiement lointain de chaque chien de garde. La nuit, elle rêvait que la maison était en proie à un incendie et que, incapable de sauver Carlotta, elle se jetait dans les flammes. À présent, les pièges et la carabine s'ajoutaient à ses autres angoisses. Elle apercevait Jim par la fenêtre de la nursery. Les pièges n'étaient pas armés mais ils n'en étaient pas moins dangereux, posés ainsi à terre : n'importe qui aurait pu marcher dessus. Il avait démonté la carabine et la nettoyait à l'aide d'un chiffon, mais Agnes avait le sentiment que la carabine était chargée et qu'elle était braquée sur le cœur de Carlotta.

Jim entendit la voix de sa femme et, contournant la maison, il emporta les pièces de la carabine jusqu'à la terrasse où Ellen était assise dans une chaise longue, son petit déjeuner posé sur un plateau. Il l'embrassa et se dit qu'elle était jeune, svelte et ravissante. Depuis leur mariage, ils avaient passé très peu de temps à la campagne et le fait d'être ensemble par une matinée calme et ensoleillée leur donnait à tous deux le sentiment de retrouver l'exaltation de leurs premières rencontres. La chaleur du soleil, pareil à un état de désir intense et permanent, les rendait aveugles aux imperfections de l'autre.

Ce matin-là, ils avaient prévu de se rendre à Black Hill en voiture pour visiter la ferme des Emerson. Ellen aimait visiter les fermes abandonnées dans l'idée d'acheter un jour ou l'autre une maison à la campagne. Jim se prêtait à son caprice, sans être vraiment intéressé ; Ellen, quant à elle, pensait qu'elle amènerait son mari à se prendre au jeu et qu'un jour, quelque part, sur une quelconque colline maussade, ils trouveraient une ferme dont Jim tomberait amoureux.

Dès qu'Ellen eut fini son petit déjeuner, ils partirent pour Black Hill. Ces excursions vers des fermes abandonnées les avaient emmenés sur maintes petites routes mal entretenues, mais celle de Black Hill était pire que tout ce que Jim avait vu jusque-là. Elle devait être impraticable d'octobre à mai.

Quand ils arrivèrent à la ferme des Emerson, Ellen regarda tour à tour la ferme modeste, ravinée par les intempéries, et le visage de Jim, afin de voir quelle serait sa réaction. Aucun d'eux ne prononça un mot. Ce qui, aux yeux d'Ellen, était synonyme de charme et de sentiment de sécurité, signifiait, aux yeux de son mari, délabrement et claustration.

La ferme était bâtie en hauteur sur la colline mais dans un repli de terrain, et Jim remarqua que, si le relief protégeait la bâtisse des vents du lac, ils la privaient aussi de la moindre vue de l'étendue d'eau ou des montagnes. Il remarqua également que tous les arbres de bonne taille situés à moins de mille mètres du pas de porte en granit avaient été abattus. Le soleil tapait sur le toit en fer-blanc. L'une des fenêtres de façade arborait, comme un talisman, songea-t-il, de la vie pauvre et rurale qu'il exécrait, un autocollant pâli de la Croix-Rouge.

Ils descendirent de voiture et traversèrent le jardin situé devant la maison. L'herbe y montait jusqu'à la taille et était envahie de mélilot. Des ronces s'accrochèrent au pantalon de Jim. Quand il essaya d'ouvrir la porte, la clenche rouillée lui resta dans les mains. Il suivit Helen avec impatience de l'une à l'autre des pièces sombres et mal aérées comme il l'avait suivie à travers des pièces tout aussi délabrées dans le Maine, le Connecticut, et le Maryland. Helen était possédée par de nombreuses peurs indicibles – peur de la circulation, de la pauvreté et tout particulièrement de la guerre – et ces maisons isolées et improbables incarnaient à ses yeux un abri et la sécurité.

« Bien sûr, si nous achetions cette maison, dit-elle, nous devrions y investir au moins dix mille dollars. Nous n'achèterions que le terrain. J'en ai bien conscience.

— Eh bien, je dois reconnaître que six mille dollars, c'est un bon prix pour un aussi grand terrain », répondit-il avec tact.

Il alluma une cigarette et, à travers une vitre cassée, contempla un empilement de machines agricoles rouillées.

« Nous pourrions abattre toutes ces cloisons, tu vois, reprit-elle.

— En effet.

— Je pense de plus en plus que nous devons avoir un point de chute en dehors de New York. S'il y avait une guerre, nous serions prisonniers comme des rats. Bien sûr, si nous quittions définitivement la ville, je ne sais pas trop comment nous pourrions gagner notre vie. Nous pourrions ouvrir un entrepôt de congélation.

— Je n'y connais pas grand-chose en congélateurs », rétorqua-t-il.

Cette discussion était aussi représentative de ses séjours à la campagne, songea-t-il, que le fait de se baigner et de boire ; et elle serait brève.

« Tu n'aimes pas la maison, alors ? » s'enquit-elle, et quand il répondit par la négative, elle soupira et quitta le vestibule obscur, retrouvant la lumière du soleil. Il la suivit et ferma la porte. Elle jeta un regard derrière elle comme s'il venait, ce faisant, de la condamner, puis elle lui prit le bras et l'accompagna jusqu'à la voiture.

Ce jour-là, Mrs Garrison, Ellen et Jim déjeunèrent sur la terrasse. Ingrid et Timmy prirent leur repas à la cuisine, et Agnes Shay fit manger Carlotta dans la nursery. Puis elle déshabilla la fillette, descendit les stores et la mit au lit. Elle s'allongea par terre à côté du lit et sombra elle-même dans un profond sommeil. À 3 heures, elle se réveilla et leva Carlotta. L'enfant était en nage et de mauvaise humeur.

Une fois la petite fille habillée, Agnes l'emmena au salon. Mrs Garrison l'y attendait. L'un des rituels de cet été-là consistait à ce que la vieille femme passe chaque jour une heure avec Carlotta. Quand elle se retrouvait seule avec sa grand-mère, l'enfant restait assise avec raideur dans un fauteuil. Mrs Garrison et la petite fille s'ennuyaient en compagnie l'une de l'autre.

Mrs Garrison avait mené une existence particulièrement confortable, nourrie par tant d'amitiés et de plaisirs de toutes sortes qu'elle en avait conservé un entrain étonnant. Elle était impulsive, généreuse, et d'une grande gentillesse. En outre, elle débordait d'énergie.

« Qu'est-ce que nous allons faire, Carlotta ? s'exclama-t-elle.
— Je ne sais pas, murmura la fillette.
— Et si je te faisais un collier de marguerites, Carlotta ?
— D'accord.

— Eh bien, attends-moi ici, alors. Ne touche pas aux bonbons ni aux affaires sur mon bureau, d'accord ? »

Mrs Garrison se rendit dans le vestibule et se munit d'un panier et d'un sécateur. La pelouse en contrebas de la terrasse devenait abruptement un champ parsemé de marguerites blanches au cœur jaune. Mrs Garrison remplit son panier de fleurs. Quand elle regagna le salon, Carlotta était encore assise, toute raide, dans son fauteuil. Mrs Garrison ne faisait pas confiance à l'enfant et elle inspecta le bureau avant de reprendre place sur le canapé. Elle entreprit de transpercer les fleurs duveteuses avec une aiguille munie d'un fil.

« Je vais te faire un collier, un bracelet et une couronne, annonça-t-elle.

— Je ne veux pas un collier de marguerites, rétorqua Carlotta.

— Mais tu m'as dit que tu en voulais un !

— Je veux un *vrai* collier, décréta la petite fille. Je veux un collier de perles comme celui de tatie Ellen !

— Oh, mon Dieu », soupira Mrs Garrison.

Elle posa l'aiguille et les fleurs. Elle se souvenait de son premier collier de perles. Elle l'avait porté à l'occasion d'une fête à Baltimore. Cela avait été une fête merveilleuse, et ce souvenir l'emplit un moment d'exaltation. Puis elle eut le sentiment d'être vieille.

« Tu n'es pas assez grande pour avoir un collier de perles, dit-elle à Carlotta. Tu n'es qu'une petite fille. »

Elle s'exprimait à voix basse, car le souvenir de Baltimore lui avait remis d'autres fêtes en mémoire ; celle du yacht-club où elle s'était foulé la cheville, et du bal costumé auquel elle s'était rendue déguisée en Sir Walter Raleigh. Il faisait très chaud à présent, et la chaleur lui donnait envie de dormir et l'incitait à se remémorer le passé. Elle songea à Philadelphie et aux Bermudes, et se perdit dans ses souvenirs au point qu'elle sursauta quand la fillette reprit la parole.

« Je ne suis pas une petite fille, affirma soudain Carlotta. Je suis une grande fille ! » Sa voix se brisa et des larmes lui montèrent aux yeux. « Je suis plus grande que Timmy et qu'Ingrid, et que tout le monde !

— Tu seras bien assez grande un jour, répliqua Mrs Garrison. Arrête de pleurer.

— Je veux être une grande dame ! Je veux être une grande dame comme tatie Ellen et maman !

— Et quand tu seras aussi grande que ta mère, tu regretteras de ne plus être une petite fille ! lança Mrs Garrison avec colère.

— Je veux être une dame ! s'écria l'enfant. Je ne veux pas être petite ! Je ne veux pas être une petite fille !

— Arrête, lança Mrs Garrison, arrête de pleurer ! Il fait trop chaud. Tu n'as aucune idée de ce que tu veux. Regarde-moi. Je passe la moitié du temps à regretter de n'être plus assez jeune pour danser. C'est ridicule, c'est absolument… »

Elle remarqua une ombre qui passait derrière l'auvent baissé de la fenêtre ; elle s'en approcha et vit Nils Lund s'éloigner sur la pelouse. Il avait certainement tout entendu. Cette pensée l'emplit d'un profond malaise. Carlotta sanglotait toujours. Mrs Garrison détestait entendre pleurer l'enfant. L'espace d'un instant, le sens de cet après-midi brûlant, sa vie, même, semblèrent dépendre du bonheur de la fillette.

« Est-ce que tu as envie de faire quoi que ce soit, Carlotta ?

— Non.

— Est-ce que cela te ferait plaisir d'avoir un bonbon ?

— Non, merci.

— Est-ce que cela te ferait plaisir de porter mon collier de perles ?

— Non, merci. »

Mrs Garrison décida d'abréger leur tête-à-tête, et sonna Agnes.

À la cuisine, Greta et Agnes prenaient le café. La vaisselle du déjeuner était faite et l'agitation accompagnant le dîner n'avait pas encore commencé. La cuisine était propre, il y faisait frais et tout était tranquille. Les deux femmes se retrouvaient là chaque après-midi et c'était le moment le plus agréable de leur journée.

« Où est-*elle* ? demanda Greta.

— *Elle* est avec Carlotta, répondit Agnes.

— *Elle* parlait toute seule dans le jardin ce matin. Nils l'a entendue. Et maintenant, *elle* veut déplacer des lys. Mais Nils ne fera rien. Il ne veut même pas tondre la pelouse.

— Emma a fait le ménage dans le salon, renchérit Agnes, et alors *elle* y a apporté toutes ces fleurs.

— L'année prochaine, je retourne en Suède.

— Ça coûte toujours quatre cents dollars ?

— Oui. » Afin d'éviter de dire ja, elle prononçait ce mot en chuintant. « Peut-être que l'an prochain, ça coûtera moins cher. Mais si je n'y vais pas l'an prochain, Ingrid aura douze ans et elle coûtera plein tarif. Je veux voir ma mère. Elle est vieille.

— Tu devrais y aller, approuva Agnes.

— Je suis allée chez moi en 1927, en 1935 et en 1937, dit Greta.

— Moi aussi, j'y suis allée en 1937. C'était la dernière fois. Mon père était un vieil homme. J'y ai passé tout l'été. Je pensais y retourner l'année d'après, mais *elle* m'a dit que si j'y allais elle me renverrait, alors je n'y suis pas allée. Et cet hiver-là, il est mort. J'avais envie de le revoir.

— J'ai envie de revoir ma mère, déclara Greta.

— Et on appelle ça des paysages. Ces petites montagnes ! L'Irlande, elle, ressemble à un jardin.

— Si c'était à refaire, est-ce que je le ferais ? Je me demande, dit Greta. Maintenant, je suis trop vieille. Regarde-moi ces jambes. Des varices. »

Elle sortit l'une de ses jambes de sous la table afin qu'Agnes puisse la voir.

« Je n'ai aucune raison d'y retourner, dit Agnes. Mes frères sont morts, mes deux frères. Je n'ai personne de l'autre côté de la famille. J'avais envie de revoir mon père.

— Oh, la première fois que je suis venue ici ! s'écria Greta.

On aurait dit la fête sur ce bateau. Fais fortune. Rentre au pays. Fais fortune. Rentre au pays.

— Pour moi aussi », soupira Agnes.

Elles entendirent gronder le tonnerre. Mrs Garrison sonna à nouveau avec impatience.

À ce moment, un orage arriva en provenance du nord. Le vent se mit à souffler en rafales, une branche encore verte tomba sur la pelouse et la maison résonna de cris et du fracas des fenêtres qu'on fermait en les claquant. Quand la pluie et les éclairs se déchaînèrent, Mrs Garrison les contempla depuis la fenêtre de sa chambre. Carlotta et Agnes se cachèrent dans un placard. Jim et Ellen étaient à la plage avec leur fils, et ils regardèrent l'orage depuis la porte du hangar à bateaux. La tempête fit rage pendant une demi-heure, puis se déplaça vers l'ouest ; l'air était frais, vif et pur, mais l'après-midi était finie.

Pendant que les enfants étaient à table, Jim se rendit à la parcelle de maïs et tendit les pièges après les avoir appâtés. Alors qu'il rebroussait chemin, il sentit l'arôme d'un gâteau en train de cuire s'échapper de la cuisine. Le ciel s'était dégagé, une lumière douce baignait les montagnes, et toute l'énergie de la maison semblait concentrée sur le dîner. Jim aperçut Nils près du poulailler et lui cria bonsoir, mais l'homme ne répondit pas.

Mrs Garrison, Jim et Ellen prirent l'apéritif avant de passer à table, puis ils burent du vin et, quand arriva le moment du brandy et du café sur la terrasse, ils étaient légèrement ivres. Le soleil était en train de se coucher.

« J'ai reçu une lettre de Reno, déclara Mrs Garrison. Florrie veut que je lui ramène Carlotta à New York le 12, quand j'irai là-bas pour le mariage des Peyton.

— Shay en mourra, dit Ellen.

— Shay en périra », renchérit Mrs Garrison.

Le ciel semblait rempli de feu. À travers les pins, ils distinguaient sa lumière mélancolique et rouge. Les vents imprévisibles qui soufflaient dans les montagnes juste avant la nuit apportèrent du lac les paroles d'une chanson qu'avaient entonnée des enfants dans un camp de vacances :

> *There's a camp for girls*
> *On Bellow Lake.*
> *Camp Massassoit's*
> *Its name.*
> *From the rise of sun*
> *Till the day is done,*
> *There is lots of fun*
> *Down there…*

Les voix étaient stridentes, limpides et confiantes. Puis le vent tourna, étouffa la chanson et rabattit la fumée de bois le long du toit en ardoise jusqu'à la véranda où ils étaient assis tous les trois. Un grondement de tonnerre retentit.

« À chaque fois que j'entends le tonnerre, déclara Mrs Garrison, cela me rappelle qu'Enid Clark a été frappée par la foudre.

— Qui était-ce ? demanda Ellen.

— Une femme incroyablement désagréable. Elle a pris un bain en face d'une fenêtre ouverte, un après-midi, et elle a été frappée par la foudre. Son mari s'était disputé avec l'évêque, ce qui fait que les funérailles n'ont pas eu lieu à la cathédrale. On l'a installée près de la piscine et c'est là qu'a eu lieu le service funéraire ; il n'y avait rien à boire. Après la cérémonie, nous sommes rentrés en voiture à New York et, sur le chemin, ton père s'est arrêté chez un bootlegger pour acheter une caisse de bouteilles de whisky. C'était un samedi après-midi, il y avait un match de football et énormément de circulation aux abords de Princeton. Nous avions un chauffeur canadien-français, et sa façon de conduire m'avait toujours rendue nerveuse. J'en ai fait la remarque à Ralph et il m'a dit que j'étais sotte : cinq minutes plus tard, la voiture était sur le toit. J'ai été éjectée par la vitre baissée dans un champ rocailleux, et la première chose que ton père a faite, c'est de regarder dans le coffre pour voir s'il était arrivé quelque chose au whisky. J'étais là à me vider de mon sang, et lui comptait des bouteilles. »

Mrs Garrison déploya une épaisse couverture sur ses genoux et regarda attentivement le lac et les montagnes. Un bruit de pas sur le gravier de l'allée l'emplit d'inquiétude. Des invités ? Elle se tourna et vit que c'était Nils Lund. L'homme quitta l'allée et traversa la pelouse en direction de la terrasse, foulant l'herbe, traînant les pieds dans des chaussures trop grandes. Ses cheveux courts et décolorés par le soleil, l'épi qui s'y dressait, son corps sec et la courbe de ses épaules lui donnaient l'air d'être un jeune homme, songea Jim. La croissance de Nils, son esprit semblaient s'être interrompus durant l'un des étés de sa jeunesse, mais ses mouvements étaient las et dénués d'entrain, comme ceux d'un vieillard au cœur brisé. Il s'immobilisa au pied de la terrasse et s'adressa à Mrs Garrison sans la regarder.

« Je bouger pas les lys, Mrs Garrison.

— Quoi, Nils ? demanda-t-elle en se penchant vers lui.

— Je bouger pas les lys.

— Et pourquoi pas ?

— J'ai trop travail. » Il posa les yeux sur elle et parla avec colère : « Tout l'hiver, je suis ici tout seul. J'ai de la neige jusqu'au cou. Le vent crie tellement, je peux pas dormir. Je travaille pour vous dix-sept ans, et vous n'êtes pas là une seule fois quand le temps est mauvais.

— Qu'est-ce que l'hiver a à voir avec les lys, Nils ? demanda-t-elle calmement.

— J'ai trop travail. Bouger les lys. Bouger les roses. Tondre l'herbe. Tous les jours, vous voulez quelque chose nouveau. Pourquoi ça ? Pourquoi vous êtes meilleure que moi ? Vous savez rien faire, sauf faire mourir les fleurs. Je fais pousser les fleurs. Vous les faites mourir. Si un fusible saute, vous savez pas réparer. S'il y a une fuite, vous savez pas réparer. Vous faites mourir les fleurs. C'est tout ce que vous savez faire. Pendant dix-sept ans je vous attends tout l'hiver, cria-t-il. Vous m'écrivez : "Est-ce qu'il fait chaud ? Est-ce que les fleurs sont jolies ?" Et puis vous venez. Vous vous asseyez là. Vous buvez. Allez au diable, tous. Vous avez tué ma femme. Et maintenant, vous voulez me tuer. Vous…

— Taisez-vous, Nils », ordonna Jim.

Nils se détourna rapidement et rebroussa chemin à travers la pelouse, saisi d'un tel sentiment de honte qu'il semblait boiter. Aucun d'eux ne parla car ils avaient le sentiment, après qu'il eut disparu derrière la haie, qu'il s'était peut-être caché afin d'entendre ce qu'ils allaient dire. Puis Ingrid et Greta traversèrent la pelouse, de retour de leur promenade du soir, les bras chargés des pierres et des fleurs des champs qu'elles rapportaient de ces promenades pour décorer leurs chambres au-dessus du garage. Greta annonça à Jim qu'un animal s'était pris dans un piège près de la parcelle de maïs ; elle avait l'impression que c'était un chat.

Jim alla chercher la carabine et une lampe torche, et gravit le flanc de la colline jusqu'au potager. En arrivant à proximité de la parcelle de maïs, il entendit une plainte grêle et éperdue. Puis l'animal se mit à marteler la terre. Les coups étaient forts, aussi réguliers que les battements d'un cœur, accompagnés du cliquetis ténu de la chaîne du piège. Quand Jim atteignit la parcelle de maïs, il plongea le faisceau de sa lampe dans les tiges de maïs brisées. L'animal siffla, bondit dans la direction de la lumière ; mais il ne pouvait échapper à la chaîne. C'était un raton laveur, gras, l'échine courbée. Maintenant, il se cachait de la lumière dans le maïs dévasté. Jim attendit. À la clarté des étoiles, il distinguait les plants de maïs hauts et découpés ; quand un vent léger traversait les feuilles, elles cliquetaient comme des baguettes. Mû par la douleur, le raton laveur recommença à frapper le sol de façon convulsive, et Jim plaça la lampe contre le canon de la carabine et fit feu à deux reprises. Une fois le raton laveur mort, il détacha le piège et emporta celui-ci, ainsi que la dépouille, hors du potager.

La nuit était immense, silencieuse et magnifique. Au lieu de regagner la route, il prit un raccourci à travers le potager puis, à travers un champ, en direction de la cabane à outils. Le sol était très sombre. Jim se déplaçait avec prudence et maladresse. La lourde dépouille dégageait l'odeur d'un chien.

« Mr Brown, oh, Mr Brown ! » lança quelqu'un.

C'était Agnes. Sa voix était essoufflée et plaintive. Elle se tenait en compagnie de Carlotta dans le champ, toutes deux immobiles. Elles étaient en chemise de nuit.

« Nous avons entendu du bruit, reprit-elle. Nous avons entendu le coup de feu. Nous avons eu peur qu'il y ait eu un accident. Je savais que Carlotta allait bien, naturellement, puisqu'elle était à côté de moi. N'est-ce pas, ma chérie ? Mais nous ne sommes pas arrivées à nous rendormir. Nous ne sommes pas arrivées à fermer les yeux après avoir entendu le coup de feu. Est-ce que tout va bien ?

— Oui, répondit Jim. Il y avait un raton laveur dans le potager.

— Il est où, le raton laveur ? demanda Carlotta.

— Le raton laveur est parti faire un long, long voyage, ma chérie, murmura Agnes. Maintenant viens, viens, mon cœur. J'espère bien que rien d'autre ne va nous réveiller, pas toi ? »

Elles se détournèrent et se dirigèrent vers la maison, se mettant l'une l'autre en garde contre les bouts de bois, les fossés et les autres dangers de la campagne. Leur conversation était emplie de diminutifs, de crainte et d'imprécision. Jim voulait les aider, il voulait absolument les aider, il voulait leur proposer sa lumière, mais elles atteignirent la maison sans son aide, et il entendit la porte se refermer en étouffant leurs voix.

Le fermier des mois d'été

Le Nor'easter est un train qui a été baptisé ainsi à l'époque où les directeurs des chemins de fer étaient férus de l'atmosphère de mystère entourant les voyages. Les souvenirs sont souvent plus séduisants que les faits, et un passager accoutumé à prendre le train pouvait oublier le vacarme et la saleté de ce mode de transport chaque fois qu'il pénétrait dans Grand Central Station et y lisait le nom d'une tempête de trois jours[1]. Il en était en tout cas ainsi pour Paul Hollis qui, en été, prenait le Nor'easter presque chaque jeudi ou vendredi soir. C'était un homme corpulent qui souffrait dans tous les Pullman, mais jamais autant que dans celui-là. En règle générale, il restait dans le wagon-bar de première classe et buvait du whisky jusqu'à 10 heures du soir. Normalement, le whisky le faisait dormir jusqu'à ce qu'ils atteignent les ralentissements tumultueux de Springfield, après minuit. Au nord de Springfield, le train adoptait le rythme capricieux et faussement maladif d'un vieil omnibus et Paul gisait sur sa couchette entre l'éveil et le sommeil, comme un patient incomplètement anesthésié. L'épreuve se terminait quand, après le petit déjeuner, Paul quittait le Nor'easter à Meridian et retrouvait sa douce épouse. On pouvait au moins reconnaître au voyage cet intérêt : il donnait pleinement conscience de la distance terrestre

---

1. Le Nor'easter ou Northeaster (tempête du Nordet) est une dépression saisonnière longeant la côte est de l'Amérique du Nord. *(Toutes les notes sont de la traductrice.)*

séparant la ville étouffante des rues verdoyantes et candides de la petite ville.

Pendant le trajet entre la gare et leur ferme située au nord de Hiems, la conversation de Paul et Virginia Hollis se cantonnait aux modestes biens et émotions qu'ils avaient en commun ; plus encore, les mots échangés semblaient viser une banalité délibérée, comme si toute allusion au solde de leur compte en banque ou aux guerres sévissant dans le monde risquait de rompre le sortilège d'une belle matinée et d'une voiture décapotable. La canalisation de la douche du rez-de-chaussée fuyait, annonça Virginia à Paul un matin de juillet, sa sœur Ellen buvait trop, les Marton étaient venus déjeuner, et il était temps que les enfants aient un animal de compagnie. C'était un sujet auquel elle avait, de toute évidence, longuement réfléchi. Aucun chien élevé à la campagne ne supporterait de se retrouver dans un appartement new-yorkais quand ils rentreraient à l'automne, déclara-t-elle, les chats étaient pénibles, et elle en était arrivée à la conclusion que des lapins représentaient la meilleure solution. Plus loin sur la route se trouvait une maison avec un clapier sur la pelouse : ils pouvaient s'y arrêter ce matin et acheter deux lapins. Ce serait un cadeau que Paul ferait aux enfants, et c'en serait d'autant mieux. Cet achat ferait de ce week-end le week-end où ils avaient fait l'acquisition des lapins et le distinguerait de celui où ils avaient déplacé la fougère, ou de celui où ils avaient arraché le genévrier mort. Ils pourraient installer les lapins dans l'enclos qui abritait autrefois les canards, conclut Virginia, et quand ils retourneraient en ville, à l'automne, Kasiak pourrait les manger. Kasiak était l'homme à tout faire.

Ils roulaient vers les hauteurs. Lorsqu'on se dirigeait vers le nord, on ne perdait jamais tout à fait l'impression d'une ascension progressive. Des collines dissimulaient le paysage délicat et vicié du New Hampshire et de ses ruines omniprésentes, mais tous les deux ou trois kilomètres, des affluents du Merrimack creusaient de larges vallées où se trouvaient des ormes, des fermes, et des murs en pierre.

« C'est par ici », annonça Virginia.

Paul ne comprit pas de quoi elle parlait jusqu'à ce qu'elle lui rappelle les lapins.

« Si tu ralentis, ici… Ici, Paul, *ici*. »

Il gara la voiture en cahotant sur le bas-côté de la route et coupa le moteur. Sur la pelouse d'une maison blanche et pimpante, assombrie par l'ombre d'érables, se trouvait un clapier.

« Est-ce qu'il y a quelqu'un ? » cria Paul, et d'une porte située sur le côté de la maison sortit un homme vêtu d'une salopette, mâchonnant comme s'il avait été interrompu au milieu d'un repas. Les lapins blancs coûtaient deux dollars, annonça-t-il. Les marrons et les gris coûtaient un dollar et demi. Il avala, et s'essuya la bouche avec son poing. Il s'exprimait avec gêne, comme s'il avait souhaité cacher cette banale transaction à quelqu'un, et après que Paul eut choisi un lapin marron et un autre gris, il courut chercher une boîte dans la grange. Au moment où Paul démarrait, ils entendirent un cri désespéré. Un petit garçon sortit en courant de la maison et se précipita vers le clapier, et ils comprirent la source du malaise du fermier.

Le marché et le magasin d'antiquités, le canon de la guerre civile et la poste de Hiems furent bientôt derrière eux et Paul accéléra avec plaisir quand ils quittèrent les rues étroites de la petite ville et roulèrent dans les vents frais du lac. La route les amena tout d'abord à l'extrémité du lac dénuée de prestige, c'est-à-dire très construite ; puis, au fur et à mesure qu'ils roulaient en direction du nord, les maisons se firent plus rares et furent remplacées par des bosquets de pins et des champs déserts. Le sentiment qu'éprouvait Paul de rentrer chez lui – de regagner un lieu où il avait passé tous ses étés – devint si intense que le décalage entre la vitesse de son imagination et celle de la voiture l'irrita jusqu'à ce qu'ils quittent la route pour s'engager dans des ornières tapissées d'herbe et aperçoivent, littéralement au bout du chemin, leur ferme.

À cet instant, l'ombre légère d'un nuage passait sur la façade de la maison. Au bord de la pelouse se trouvait un fauteuil de véranda mis à l'envers qui avait été oublié sous un orage et semblait sécher là depuis l'enfance de Paul. La lumière et la chaleur s'accrurent et les ombres s'approfondirent tandis que la grisaille mouvante du nuage assombrissait la grange, la parcelle du jardin où l'on mettait la lessive à sécher, puis disparaissait dans les bois. « Salut, frérot ! » C'était la sœur de Paul, Ellen, qui l'appelait d'une des fenêtres ouvertes. Quand il descendit de voiture, son costume le serra aux épaules, comme s'il avait grandi, car ce lieu lui disait qu'il était plus jeune de dix ans ; les érables, la maison, les montagnes toutes simples lui disaient cela. Ses deux enfants surgirent en trombe au coin de la grange et se jetèrent dans ses jambes. Plus grands, plus hâlés, plus resplendissants de santé, plus beaux, plus intelligents – ils lui semblaient être tout cela chaque week-end, quand il les retrouvait. Une branche d'érable desséchée attira son regard. Il allait falloir la couper. Il se baissa pour prendre dans ses bras son petit garçon et sa petite fille, mû par un intense élan d'amour contre lequel il était sans défense et auquel, semblait-il, il n'était pas préparé.

L'enclos des canards, où ils installèrent les lapins ce matin-là, était vide depuis des années, mais il y avait là une cage et un abri, et cela ferait l'affaire.

« À présent, ce sont vos animaux, ce sont vos lapins », déclara Paul aux enfants.

Sa gravité les pétrifia, et le petit garçon enfouit son pouce dans sa bouche.

« Vous êtes responsables d'eux, et si vous en prenez bien soin, vous pourrez peut-être avoir un chien quand nous rentrerons à New York. Il va falloir que vous les nourrissiez et que vous nettoyiez leur maison. »

L'amour qu'il éprouvait pour ses enfants et le désir d'esquisser pour eux, même à traits légers, les contours mystérieux du sens des responsabilités l'emplissaient d'une sottise dont il avait lui-même conscience.

« Je ne veux pas que vous vous attendiez qu'on vous aide, poursuivit-il. Vous devrez leur donner de l'eau deux fois par jour. Ils sont censés aimer la salade et les carottes. Maintenant, vous pouvez les installer vous-mêmes dans la cabane. Papa doit se mettre au travail. »

Paul Hollis était un fermier des mois d'été. Il tondait la pelouse, cultivait, et s'indignait du prix du grain pour la volaille, et, au moment où les vents mélancoliques de Labor Day[1] commençaient à retentir, il rangeait sa faux émoussée dans l'entrée située à l'arrière de la maison où étaient entreposés les bidons de kérosène et où elle ne manquerait de rouiller, et il se consacrait avec plaisir à l'appartement bien chauffé de New York. Ce jour-là – le jour où il acheta les lapins –, après avoir fait la leçon aux enfants, il monta dans sa chambre et enfila un bleu de travail où étaient encore inscrits à l'encre pâlie son nom, son rang et son matricule. Tandis qu'il s'habillait, Virginia s'assit au bord du lit et lui parla de sa sœur, Ellen, qui passait un mois avec eux. Elle avait bien besoin de se reposer ; elle buvait trop. Mais il n'y avait aucune suggestion de changement ou de perfectionnement dans les paroles de Virginia, et Paul, lançant un coup d'œil en direction de sa femme, songea qu'elle était indulgente et avenante. La chambre était vieille et agréable – ses parents y dormaient autrefois – et la lumière qui la baignait était tamisée par des feuillages. Ils s'y attardèrent un moment, parlant d'Ellen, des enfants, savourant la qualité aiguë de leur contentement et de leur mérite, mais pas au point de paresser. Paul avait prévu d'aider Kasiak à faucher le champ le plus élevé, et Virginia voulait cueillir des fleurs.

---

1. Fête du travail ayant lieu le premier lundi de septembre.

Le domaine des Hollis était situé en hauteur et le père de Paul, depuis longtemps décédé, avait baptisé ce champ « élyséen » à cause du calme surnaturel qui y régnait. Ce pré était fauché tous les deux ans afin d'empêcher que les broussailles l'envahissent. Quand Paul y arriva, ce matin-là, Kasiak s'y trouvait déjà, et Paul estima qu'il devait travailler depuis trois heures ; il était payé à l'heure. Les deux hommes s'entretinrent brièvement – le fermier et le vacancier – et adoptèrent la relation tacite des hommes que le hasard amène à travailler côte à côte. Paul s'installa un peu en contrebas et sur la droite de Kasiak. Il savait se servir d'une faux, mais il aurait été impossible, même de loin, de confondre la silhouette appliquée de Kasiak avec la sienne.

Kasiak était né en Russie. Cette information, et tout ce que Paul savait au sujet de l'homme, il l'avait appris tandis qu'ils travaillaient ensemble. Kasiak avait débarqué à Boston, travaillé dans une usine de fabrication de chaussures, appris l'anglais grâce à des cours du soir ; il avait loué, puis fini par acheter, la ferme située en contrebas de celle des Hollis. Ils étaient voisins depuis vingt ans. C'était, cette année, la première fois qu'il travaillait pour les Hollis. Jusqu'alors, il s'était contenté d'être une silhouette pittoresque et constante dans leur paysage. Il habillait sa femme, qui était sourde, de sacs de sel et de pommes de terre. Il était avare ; il était amer. Même par ce matin d'été, il paraissait maussade et mécontent. Il débroussaillait ses bois, engrangeait son foin exactement au bon moment, et il se dégageait de ses champs, de son potager, de son tas de compost et de l'aigre odeur de lait emplissant sa cuisine immaculée l'impression de sécurité qui repose sur le pouvoir d'une gestion intelligente. Il fauchait, il marchait, comme un prisonnier dans la cour d'une prison. Depuis l'instant où il se rendait à la grange, une heure avant l'aube, jusqu'à la fin de sa journée de travail, il n'y avait aucune hésitation dans sa pensée ou son pas, et cet enchaînement irréprochable de tâches était un maillon d'une vaste chaîne de responsabilités et d'aspirations nées durant sa jeunesse en Russie, et qui aboutirait, pensait-il, à la naissance d'un monde juste et paisible, délivré dans une effusion de sang et de feu.

Quand Paul avait annoncé à Virginia que Kasiak était communiste, elle en avait été amusée. C'était Kasiak lui-même qui l'avait appris à Paul. Deux semaines après qu'ils l'eurent embauché, il s'était mis à découper des éditoriaux dans un journal communiste et à les tendre à Paul, ou à les glisser sous la porte de la cuisine. Le mot d'ordre de Paul concernant Kasiak, aimait-il à penser, consistait à adopter une attitude tolérante. À deux reprises, dans le magasin d'alimentation pour animaux, alors qu'il était question des opinions politiques de Kasiak, Paul avait défendu le droit de celui-ci à nourrir ses propres ambitions quant au futur. Durant leurs conversations, il demandait toujours d'un ton léger à Kasiak quand il avait l'intention de faire sa révolution.

Ce jour-là, on arrivait à la fin des semaines propices au séchage du foin. Alors que midi approchait, ils entendirent des grondements de tonnerre étouffés. Le vent se leva dans les environs, mais il ne soufflait pour ainsi dire pas dans le champ. Dans le sillage de Kasiak flottait une forte odeur de citronnelle et de vinaigre, et les deux hommes étaient harcelés par les mouches. Ils ne laissèrent pas l'éventualité d'un orage modifier leur rythme. Il semblait y avoir un sens, qui leur était dissimulé, sans aucun doute, dans la nécessité de terminer de faucher ce champ. Puis le vent chargé d'humidité gravit la colline dans leur dos et Paul, lâchant d'une main le manche de la faux, se redressa. Pendant qu'ils s'activaient, des nuages noirs avaient obscurci le ciel, depuis l'horizon jusqu'au-dessus de sa tête, donnant l'illusion d'un pays partagé de façon égale entre les lumières de la catastrophe et celles de la sérénité. L'ombre de l'orage gravissait le champ à la même vitesse que le pas d'un homme, mais le foin qu'elle n'avait pas encore atteint était blond, et il n'y avait aucun présage de l'orage dans le ciel délicat que Paul avait sous les yeux, ou les nuages qui s'y trouvaient, ou quoi que ce soit si ce n'est dans les bois verts, que l'orage avait commencé à assombrir. Puis il sentit sur sa peau un froid qui n'avait pas sa place dans cette journée-là, et il entendit derrière lui la pluie commencer à crépiter dans les arbres.

Il se précipita vers le bois. Kasiak lui emboîta le pas lentement, suivi de près par l'orage. Ils s'assirent l'un près de l'autre sur des pierres à l'abri des feuillages denses, contemplant le rideau mouvant de la pluie. Kasiak ôta son chapeau – pour la première fois cet été-là, à la connaissance de Paul. Il avait les cheveux et le front gris. La rougeur de son teint commençait sur ses pommettes hautes et se muait en brun foncé qui s'étendait de sa mâchoire à sa nuque.

« Combien me prendrez-vous pour utiliser votre cheval afin de cultiver le potager ? demanda Paul.

— Quatre dollars. »

Kasiak n'avait pas élevé la voix, et Paul ne l'entendit pas à cause du bruit que faisait la pluie en s'abattant dans le champ.

« Combien ?

— Quatre dollars.

— Essayons de faire ça demain matin, si le ciel est dégagé. Entendu ?

— Il faudra que ce soit tôt. L'après-midi, il fait trop chaud pour elle.

— 6 heures.

— Vous voulez vous lever si tôt que ça ? »

Kasiak sourit de sa propre raillerie au sujet des Hollis et de leurs habitudes bohèmes. Un éclair effleura le faîte des arbres, si près qu'ils sentirent l'odeur de la décharge électrique, et un bref instant plus tard retentit une explosion de tonnerre si violente qu'elle sembla avoir détruit toute la région. Le plus gros de l'orage passa au-dessus d'eux, le vent se calma, et l'averse se mit à tomber avec la tristesse tenace d'une pluie d'automne.

« Est-ce que vous avez eu des nouvelles de votre famille récemment, Kasiak ? demanda Paul.

— Depuis deux ans... pas depuis deux ans.

— Est-ce que vous aimeriez rentrer chez vous ?

— Oui, oui. » Une expression volontaire éclairait son visage. « Dans la ferme de mon père, il y a des grands champs. Mes frères sont toujours là. J'aimerais aller là-bas dans un avion. Je poserais l'avion dans ces grands champs, et ils viendraient tous en courant voir qui c'est et ils verraient que c'est moi.

— Vous ne vous plaisez pas ici, n'est-ce pas ?

— C'est un pays capitaliste.

— Pourquoi être venu, alors ?

— Je ne sais pas. Je pense que là-bas on me faisait travailler trop dur. Là-bas on fauche le seigle la nuit, quand l'air est humide. On m'a envoyé travailler aux champs quand j'avais douze ans. Vous vous levez à 3 heures du matin pour faucher le seigle. J'ai les mains toutes pleines de sang, et tellement enflées que je n'arrive pas à dormir. Mon père me battait comme si j'étais un prisonnier. En Russie, on battait les prisonniers. Il me battait avec un fouet à chevaux jusqu'à ce que j'aie le dos qui saigne. » Kasiak effleura son dos, comme si les marques de coups étaient encore ensanglantées. « Après ça, j'ai décidé de partir. J'ai attendu six ans. C'est pour ça que je suis venu, je suppose – on m'a envoyé travailler aux champs trop tôt.

— Quand est-ce que votre révolution va avoir lieu, Kasiak ?

— Quand les capitalistes feront une autre guerre.

— Qu'est-ce qui m'arrivera, Kasiak ? Qu'est-ce qui arrivera aux gens comme moi ?

— Ça dépend. Si vous travaillez dans une ferme ou une usine, je suppose que ça ira. Ils ne se débarrasseront que des gens qui ne servent à rien.

— Parfait, Kasiak, s'exclama chaleureusement Paul. Je travaillerai pour vous », et il donna au fermier une tape dans le dos. Puis il considéra la pluie en fronçant les sourcils. « Je pense que je vais descendre déjeuner, dit-il. Nous ne pourrons plus faucher aujourd'hui, pas vrai ? »

Il dévala le champ humide jusqu'à la grange. Kasiak le suivit quelques minutes plus tard, mais sans courir. Il entra dans la grange et entreprit de réparer un châssis à semis, comme si l'orage s'inscrivait exactement dans le rythme de son univers.

Avant le dîner, ce soir-là, Ellen, la sœur de Paul, Ellen, but plus que de raison. Elle tarda à venir à table et, quand Paul alla chercher une petite cuillère à l'office, il l'y trouva qui buvait à même le shaker à cocktail en argent. Une fois à table, haut perchée sur son firmament de gin, elle considéra son frère et sa femme avec animosité, se remémorant quelque injustice réelle ou imaginaire de son enfance, car la moindre proximité physique génère dans les constellations de certaines familles des aspérités que rien ne peut adoucir. C'était une femme aux traits épais qui plissait en permanence ses yeux d'un bleu intense. Elle avait divorcé pour la deuxième fois ce printemps-là. Elle avait enroulé un foulard de couleur vive autour de sa tête et enfilé une vieille robe qu'elle avait trouvée dans l'un des coffres du grenier ; ces vêtements aux couleurs fanées lui rappelaient une époque où la vie était plus simple, et elle parlait sans discontinuité du passé et en particulier de leur père – leur père ceci et leur père cela. Sa robe miteuse et son humeur nostalgique irritèrent Paul, et il lui sembla qu'une vaste fêlure était apparue comme par enchantement dans le cœur d'Ellen la nuit où leur père était mort.

Un vent du nord-ouest avait chassé l'averse hors de la région et il régnait dans l'air une fraîcheur pénétrante ; quand ils sortirent sur la véranda après le dîner pour regarder le coucher du soleil, une centaine de nuages étaient apparus à l'ouest – des nuages d'or, d'argent, des nuages ressemblant à de l'os, à du petit bois et à la poussière sous un lit.

« C'est si *bon* d'être ici, s'exclama Ellen. Cela me fait tellement de bien. » Elle était assise sur la rambarde à contre-jour, et Paul ne distinguait pas son visage. « Je n'arrive pas à trouver les jumelles de papa, poursuivit-elle, et ses clubs de golf ont disparu. »

Par la fenêtre ouverte de la chambre des enfants, Paul entendit sa fille chanter : «*How many miles is it to Babylon? Three score miles and ten. Can we go there by candlelight*[1] ?» Sa voix lui parvenant par la fenêtre ouverte l'emplit d'une tendresse et d'un bien-être immenses.

Cela leur faisait tellement de bien, comme l'avait dit Ellen ; c'était si bon pour eux tous. Paul avait entendu prononcer cette phrase sur cette véranda depuis aussi longtemps qu'il pouvait s'en souvenir. Ellen seule gâchait cette soirée parfaite. La façon dont elle vénérait cette scène bucolique avait quelque chose de malsain, une perversité à demi consciente – une indication de sa défaillance et, supposa-t-il, de la sienne.

«Prenons un cognac», dit Ellen.

Ils rentrèrent boire un verre. Dans le salon, il fut longuement question de ce qu'ils allaient boire – du cognac, un mint julep, du cointreau, du whisky. Paul alla à la cuisine et posa des verres et des bouteilles sur un plateau. Quelque chose secoua la porte-moustiquaire – le vent, se dit-il, jusqu'à ce que le bruit sourd se reproduise et qu'il aperçoive Kasiak planté dans l'obscurité. Il allait lui proposer un verre, songea-t-il. Il allait lui proposer de s'asseoir dans la bergère à oreilles, et jouerait la comédie de l'égalité entre le vacancier et l'homme à tout faire qui représente une des illusions principales des mois ensoleillés.

«Voici quelque chose que vous devriez lire», déclara Kasiak avant que Paul ait pu dire quoi que ce soit, en lui tendant une coupure de journal.

Paul reconnut la typographie du journal communiste que Kasiak recevait de l'Indiana. Le gros titre était VIVRE DANS LE LUXE AFFAIBLIT LES ÉTATS-UNIS, et l'article décrivait avec une joie traîtresse les soldats intrépides et déterminés de Russie. Le visage de Paul s'enflamma d'une colère dirigée contre Kasiak, et contre l'élan de chauvinisme qui l'envahissait soudain.

«C'est tout ce que vous voulez ?»

---

1. Comptine traditionnelle.

Sa voix se brisa sèchement. Kasiak hocha la tête.

« À demain matin, 6 heures », dit Paul, de patron à employé, puis il mit le crochet de la porte-moustiquaire et lui tourna le dos.

Paul aimait à se dire que sa patience à l'égard de cet homme était inépuisable – car, après tout, non seulement Kasiak croyait en Bakounine, mais il était également convaincu que les pierres grandissaient et que le tonnerre faisait cailler le lait. Dans les relations qu'il entretenait avec Kasiak, Paul avait inconsciemment sacrifié une certaine indépendance et, afin d'être au potager le lendemain à 6 heures, il se leva à 5 heures. Il se prépara son petit déjeuner, et à 5 heures et demie il entendit une charrette approcher avec fracas sur la route. La course puérile du mérite et du zèle avait commencé. Paul était dans le potager quand la charrette de Kasiak apparut, et ce dernier fut déçu.

Paul n'avait vu la jument qu'au pré et, hormis le fait qu'elle lui coûtait quatre dollars, il éprouvait de la curiosité pour l'animal car, avec une vache et une épouse, elle constituait la seule famille de Kasiak. Il vit que sa robe était poussiéreuse ; son ventre était gonflé ; ses sabots n'étaient ni ferrés ni taillés et s'en allaient en lambeaux comme du papier.

« Comment est-ce qu'elle s'appelle ? » demanda-t-il, mais Kasiak ne répondit pas. L'homme harnacha la jument au cultivateur, et la bête soupira et entreprit péniblement de gravir la colline. Paul conduisait la jument par la bride et Kasiak appuyait sur les bras du cultivateur.

À la moitié du premier sillon, une pierre les força à s'arrêter et, une fois qu'elle eut été délogée et roulée au loin, Kasiak lança : « Hue dia » à l'intention de la jument. Elle ne bougea pas. « Hue dia », cria-t-il encore. Sa voix était dure, mais elle recelait une certaine tendresse. « Hue dia, hue dia, hue dia ! » Il cingla légèrement ses flancs avec les rênes. Il lança un regard inquiet à Paul, comme s'il avait honte que celui-ci remarque l'extrême décrépitude de la jument et ne parvienne à un jugement erroné sur un animal qu'il aimait. Quand Paul suggéra de se servir d'un fouet, il refusa. « Hue dia, hue dia, hue dia ! » cria-t-il à nouveau, et devant l'absence de réaction de la jument, il lui cingla la croupe avec les rênes. Paul tira sur le mors. Pendant dix minutes, plantés au beau milieu du champ, ils tirèrent et crièrent, mais la jument semblait n'être plus habitée du moindre souffle de vie. Puis, alors qu'ils étaient enroués et découragés, elle commença à frémir et à remplir ses poumons d'air. Sa carcasse se gonflait comme un soufflet, l'air sifflait dans ses narines et, comme le sac qu'Éole avait donné à Ulysse, elle sembla s'emplir de tempêtes. D'un coup de tête, elle chassa les mouches de ses naseaux et tira le cultivateur sur quelques mètres.

Le travail s'effectua lentement et, le temps qu'ils finissent, le soleil était chaud. Comme ils ramenaient la jument invalide à la charrette, Paul entendit des voix s'élever du côté de la maison et vit ses enfants, encore en pyjama, donner à manger à leurs lapins dans le carré de salades. Tandis que Kasiak harnachait la jument à la charrette, Paul lui demanda à nouveau comment elle s'appelait.

« Elle n'a pas de nom, répliqua Kasiak.

— Je n'ai jamais entendu parler d'un cheval de ferme qui n'ait pas de nom.

— Donner un nom aux animaux, c'est de la sentimentalité bourgeoise », rétorqua Kasiak, et il commença à s'éloigner dans la charrette.

Paul se mit à rire.

« Vous ne reviendrez jamais ! » cria Kasiak par-dessus son épaule.

C'était la seule méchanceté à sa portée ; il savait combien Paul aimait la colline. Son visage était sombre. « Vous ne reviendrez pas l'année prochaine ! Vous verrez ce que je vous dis ! »

Il est un moment, le dimanche, assez tôt, où le cours de la journée reflue inexorablement vers le train du soir. Vous pouvez vous baigner, jouer au tennis, faire la sieste ou une promenade, mais cela n'y change pas grand-chose. Immédiatement après le déjeuner, Paul se trouva confronté à sa réticence à l'idée de partir. Cette réticence devint si forte qu'elle lui rappela l'intensité et l'appréhension qu'il éprouvait durant ses permissions, à l'armée. À 18 heures, il revêtit son costume trop serré et prit un verre avec Virginia à la cuisine. Elle lui demanda d'acheter des ciseaux à ongles et des bonbons à New York. À cet instant, il entendit le bruit qu'il redoutait plus que tout autre – ses enfants doux et innocents criant de douleur.

Il se précipita dehors, laissant la porte-moustiquaire se refermer en claquant devant Virginia, puis se retourna et la lui tint ouverte, et elle sortit et gravit en courant la colline à ses côtés. Les enfants descendaient la route, sous les grands arbres. Perdus dans leur douleur cristalline, aveuglés de larmes, ils trébuchèrent, se précipitèrent vers leur mère et cherchèrent dans sa jupe sombre une forme contre laquelle presser leur tête. Ils sanglotaient. Mais il n'y avait rien de grave, en fin de compte. Leurs lapins étaient morts.

« Là, là, là, là… » Virginia entraîna les enfants vers la maison. Paul poursuivit son chemin et trouva les lapins inertes dans le clapier. Il les porta jusqu'à la lisière du potager et entreprit de creuser un trou. Kasiak passa, portant un seau d'eau destiné aux poulets, et quand il eut compris la situation, il demanda d'un ton mélancolique :

« Pourquoi vous avez creusé un trou ? Les mouffettes vont les déterrer cette nuit. Jetez-les dans le pré de Cavis. Elles vont les déterrer… »

Il poursuivit son chemin en direction du poulailler. Paul égalisa les tombes en les piétinant. De la terre se glissa à l'intérieur de ses chaussures basses. Il regagna le clapier pour essayer de découvrir ce qui avait tué les lapins et, dans l'auge, sous les légumes flétris que les enfants avaient arrachés, il vit les cristaux d'un poison mortel dont ils s'étaient servis pour tuer les rats l'hiver précédent.

Il essaya intensément de se souvenir s'il était possible qu'il ait pu laisser le poison là lui-même. La chaleur étouffante qui régnait dans la cabane s'accrut encore, et la sueur se mit à dégouliner sur son visage. Était-il possible que ce soit l'œuvre de Kasiak ? Était-il possible qu'il soit si cruel, si pervers ? Était-il possible qu'à force de croire qu'un automne des feux seraient allumés un soir dans les montagnes pour indiquer aux hommes fiables et travailleurs que le temps était venu d'arracher le pouvoir des mains de ceux qui buvaient des Martini, il soit devenu astucieux au point de mettre le doigt sur le seul intérêt que Paul voyait en l'avenir ?

Kasiak se trouvait à l'intérieur du poulailler. L'ombre avait commencé à s'étendre sur le sol, et quelques-uns des volatiles heureux et sots s'étaient perchés pour la nuit.

« Est-ce que vous avez empoisonné les lapins, Kasiak ? lança Paul. Est-ce que c'est vous ? Est-ce que c'est vous ? »

Sa voix sonore affola les poules, qui déployèrent leurs ailes et poussèrent des cris rauques.

« Est-ce que c'est vous, Kasiak ? »

L'homme garda le silence. Paul agrippa les épaules de l'homme et le secoua.

« Vous ne savez pas combien ce poison est violent ? Vous ne savez pas que les enfants auraient pu en avaler ? Vous ne savez pas que ça aurait pu les tuer ? »

Les poules se joignirent au fracas. Des signaux allèrent de la cabane à la cour ; elles se bousculèrent dans l'allée en battant des ailes. Comme si la vie, en Kasiak, s'abritait sournoisement de la violence derrière le cartilage et l'os, il paraissait n'y avoir aucune résistance en lui, et Paul le secoua jusqu'à ce que son corps émette des craquements.

« Est-ce que c'est vous, Kasiak ? vociféra-t-il. Est-ce que c'est vous ? Oh, Kasiak, si vous touchez à mes enfants, si vous leur faites le moindre mal – le moindre mal – je vous fracasserai la tête. »

Il repoussa l'homme, qui s'étala dans la poussière.

Quand Paul regagna la cuisine, il n'y avait personne dans la pièce et il but deux verres d'eau. Il entendait les pleurs de ses enfants au salon et sa sœur Ellen, qui n'avait pas d'enfants elle-même, s'efforcer maladroitement de les faire penser à autre chose en leur racontant une histoire concernant un chat qu'elle avait eu autrefois. Virginia entra dans la cuisine et referma la porte derrière elle. Elle lui demanda si les lapins avaient été empoisonnés, et il répondit que oui. Elle s'assit à la table de la cuisine.

« C'est moi qui ai mis le poison là-bas, dit-elle. Je l'y ai mis l'automne dernier. Je n'ai pas pensé une seconde que nous utiliserions encore cette cabane, et je voulais empêcher les rats d'y aller. J'avais oublié. Je n'ai pas pensé une seconde que nous utiliserions encore cette cabane. J'avais complètement oublié. »

Il est vrai même du meilleur d'entre nous que, si un spectateur nous surprend à monter dans un train sur le quai d'une petite gare ; s'il jauge nos visages, dépouillés par l'inquiétude de la maîtrise que nous exerçons habituellement sur nous-mêmes ; s'il évalue nos bagages, nos vêtements, et qu'il regarde à travers la vitre afin de voir qui nous a conduits à la gare ; s'il écoute les mots durs ou tendres que nous prononçons si nous sommes avec notre famille, ou s'il remarque notre façon de ranger notre valise sur le porte-bagages, de vérifier la présence de notre portefeuille, de notre porte-clefs, et d'essuyer la sueur sur notre nuque ; s'il peut estimer de façon judicieuse la suffisance, le manque d'assurance, ou la tristesse avec laquelle nous prenons enfin place, il aura un aperçu plus vaste de nos vies que la plupart d'entre nous ne le souhaiteraient.

Ce dimanche soir-là, Paul attrapa son train de justesse. Quand il se hissa sur les hautes marches du wagon, il était hors d'haleine.

Il y avait encore des brins de paille sur ses chaussures suite à la bousculade dans le poulailler. Le trajet en voiture n'avait pas suffi à dissiper sa colère, et son visage était enflammé. Il n'y a pas eu de mal, se disait-il. « Pas de mal », murmura-t-il en lançant sa valise sur le porte-bagages – un homme de quarante ans dont le tremblement de la main droite trahissait des signes de mortalité, dont le froncement perplexe des sourcils trahissait une certaine obsolescence – un fermier des mois d'été aux mains couvertes d'ampoules, avec un coup de soleil et les épaules douloureuses, si manifestement ébranlé par la perte récente de ses principes qu'un inconnu assis de l'autre côté du couloir l'aurait remarqué.

Les enfants

Mr Hatherly cultivait de nombreux goûts désuets. Il portait de hautes bottes jaunes, dînait chez Lüchow[1] pour le plaisir d'entendre l'orchestre et dormait vêtu d'une chemise de nuit en laine. Un autre de ces goûts désuets consistait en son fort désir d'établir, dans le domaine des affaires, une relation patriarcale avec un jeune homme qui lui tiendrait lieu de descendant, au sens le plus large du mot. Il choisit comme héritier un jeune immigrant du nom de Victor Mackenzie, arrivé en bateau d'Angleterre ou d'Écosse – en hiver, je crois – à l'âge de seize ou dix-sept ans. Le fait qu'il ait voyagé en hiver est une supposition. Il est possible qu'il ait travaillé pour payer sa traversée, qu'il ait emprunté l'argent du billet ou qu'il ait eu aux États-Unis des parents susceptibles de l'aider, mais tout cela est du domaine de l'inconnu, et ce que l'on sait de son existence commence le jour où Mr Hatherly l'a engagé. Il est possible que Victor, en tant qu'immigrant, ait chéri une vision obsolète de l'homme d'affaires américain, et Mr Hatherly n'était pas dépourvu d'une touche d'obsolescence. On ignorait de quelle façon il avait commencé et, comme chacun sait, il était devenu aussi riche qu'un ambassadeur. En affaires, il avait la réputation d'être un négociateur rude et dénué de scrupules. Il lâchait un vent quand l'envie l'en

---

1. Restaurant mythique allemand situé à New York. Il a été fondé en 1882 et a cessé d'exister dans les années quatre-vingt.

prenait, et la faillite de ses adversaires le réjouissait. Il était très petit – c'était presque un nain. Ses jambes étaient grêles, et sa panse avait déformé sa colonne vertébrale. Il décorait son crâne chauve en rabattant quelques mèches de cheveux gris d'une oreille à l'autre, et portait une breloque en émeraude sur sa chaîne de montre. Victor, lui, était grand, doté de la séduction qui s'avère tôt ou tard décevante. Sa mâchoire carrée et ses traits harmonieux pouvaient, dans un premier temps, vous donner l'impression qu'il s'agissait d'un homme doué de talents exceptionnels, mais vous finissiez par deviner qu'il était simplement agréable, ambitieux et un peu naïf. Pendant des années, l'harpagon et le jeune immigrant cheminèrent côte à côte avec assurance, comme s'ils avaient été acceptés dans l'arche.

Bien sûr, tout cela prit du temps ; cela prit des années. Victor commença en tant que garçon de bureau à la chaussette trouée. Comme les immigrants d'une génération antérieure, il avait, en s'expatriant, libéré d'immenses réserves d'énergie et de naïveté. Il se démenait gaiement toute la journée, et le soir s'attardait gaiement pour décorer les vitrines de la salle d'attente. Il semblait n'avoir nulle part où aller, hormis au bureau. Devant son entrain, Mr Hatherly se souvenait avec plaisir des apprentissages de sa propre jeunesse. Bien peu de choses, dans le monde des affaires, lui rappelaient le passé. Il garda Victor à ce poste pendant un ou deux ans, lui parlant sèchement, si tant est qu'il daignait lui adresser la parole. Puis, à sa manière revêche et arbitraire, il entreprit de former Victor à son rôle d'héritier. Le jeune homme fut envoyé sur les routes pendant six mois et, après cela, fut employé dans les usines de Rhode Island. Il passa quelques mois au département publicité, et quelques autres au département des ventes. Le poste qu'il occupait dans l'entreprise était difficile à définir, mais les progrès qu'il faisait dans l'estime de Mr Hatherly étaient frappants. Le vieillard était très susceptible au sujet de son étrange silhouette et il lui déplaisait d'aller seul où que ce soit. Quand Victor eut travaillé quelques années pour lui, il reçut l'ordre de se présenter tous les matins à l'appartement de Mr Hatherly, en haut de la Cinquième Avenue, et de l'accompagner à pied au bureau. Ils ne discutaient jamais beaucoup en chemin, mais quoi qu'il en soit Hatherly n'était pas loquace. À la fin de la journée, Victor le mettait dans un taxi ou le raccompagnait chez lui à pied. Lorsque le vieillard s'envola pour Bar Harbor en oubliant ses lunettes de soleil, ce fut Victor qui se leva au milieu de la nuit et mit les lunettes en question dans le premier avion du matin. Quand il souhaitait envoyer un cadeau de mariage, Victor l'achetait. S'il était souffrant, Victor le persuadait de prendre ses médicaments. Des commérages circulaient dans le milieu et la position qu'occupait Victor y était naturellement l'objet de plaisanteries, de critiques et de sentiments de jalousie pure et simple. Les critiques étaient en grande partie injustes, car Victor était tout simplement un jeune homme ambitieux dont l'esprit d'initiative s'exprimait par l'administration de cachets à son patron. Sa serviabilité était néanmoins sous-tendue par la conscience, somme toute charmante, de son identité propre. Quand il avait le sentiment d'avoir des motifs de se plaindre, il le faisait. Après avoir travaillé sept ans sous la coupe de Mr Hatherly, il alla trouver le vieil homme et déclara qu'il jugeait son salaire insuffisant. Mr Hatherly réagit avec un mélange magistral de peine, de stupeur et de tendresse. Il emmena Victor chez son couturier et l'invita à se commander quatre costumes. Quelques mois plus tard, le jeune homme revint à la charge – à propos, cette fois, de la nature imprécise de sa position dans l'entreprise. Il se plaignait un peu vite de n'avoir pas assez de responsabilités, répliqua le vieillard. Il était prévu qu'il fasse un exposé une ou deux semaines plus tard devant le conseil d'administration. C'était plus que Victor n'avait espéré, et il fut satisfait. De fait, il fut reconnaissant. C'était l'Amérique ! Il travailla d'arrache-pied à son exposé. Il le lut à voix haute au vieillard, et Mr Hatherly lui indiqua à quel moment hausser la voix et la baisser, quels regards croiser et lesquels éviter, à quel moment taper du poing sur la table et à quel moment se verser un verre d'eau. Ils discutèrent de la façon dont Victor allait s'habiller. Cinq minutes avant le commencement du conseil d'administration, Mr Hatherly s'empara des papiers, claqua la porte au nez de Victor et fit l'exposé lui-même.

Il convoqua Victor dans son bureau à la fin de cette éprouvante journée. Il était plus de 6 heures, et les secrétaires avaient mis leurs tasses sous clef et étaient rentrées chez elles.

« Je suis désolé pour l'exposé », marmonna le vieil homme.

Sa voix était pâteuse. Victor s'aperçut qu'il avait pleuré. Le vieil homme se laissa glisser au bas de l'imposant fauteuil de bureau dont il se servait pour paraître plus grand et se mit à déambuler dans la vaste pièce. C'était, en soi, une manifestation d'intimité et de confiance.

« Mais ce n'est pas ce dont je veux parler, reprit-il. Je veux parler de ma famille. Oh, il n'y a pas de plus grand malheur que la mésentente dans une famille ! Ma femme – il s'exprimait avec dégoût – est une idiote. Je peux compter sur les doigts d'une main les heures de plaisir que m'ont apportées mes enfants. C'est peut-être ma faute, ajouta-t-il avec une absence de sincérité évidente. Ce que je veux que vous fassiez, à présent, c'est que vous me donniez un coup de main avec mon fils, Junior. Je l'ai élevé dans le respect de l'argent. Je lui ai fait gagner chacun des centimes qu'il a reçus jusqu'à l'âge de seize ans, ce n'est donc pas ma faute s'il se conduit comme un imbécile avec son argent, mais c'est ainsi. Je n'ai vraiment plus le temps de m'occuper de ses chèques en bois. Je suis un homme très pris. Vous le savez. Ce que je veux, c'est que vous soyez le conseiller financier de Junior. Je veux que vous payiez son loyer, sa pension alimentaire, sa domestique, ses dépenses de ménage, et que vous lui donniez une somme d'argent liquide chaque semaine. »

L'espace d'un instant, en tout cas, Victor éprouva un scepticisme considérable. Il avait été floué cet après-midi-là d'une responsabilité essentielle et il se voyait à présent chargé d'une tâche parfaitement absurde. Il s'agissait peut-être de larmes de crocodile. Que cette requête lui soit présentée dans un immeuble déserté de ses occupants et empli d'un silence inhabituel, à une heure de la journée où la lumière déclinant derrière les fenêtres pouvait influer sur sa décision, était autant d'atouts dans la main du vieillard. Mais, en dépit de ce scepticisme, l'emprise qu'avait Mr Hatherly sur le jeune homme était absolue. Victor pouvait toujours dire : « Mr Hatherly m'a chargé de vous informer que… » « Je viens de la part de Mr Hatherly. » « Mr Hatherly… » Sans l'association de leurs deux noms, sa voix n'aurait aucun pouvoir. La chemise confortable et élégante dont il tiraillait les manches sous l'effet de l'indécision lui avait été offerte par Mr Hatherly. Mr Hatherly l'avait présenté au 7e régiment. Il était sa seule identité dans le monde des affaires, et se séparer de cette source de pouvoir risquait de lui être fatal. Il ne répondit pas.

« Je suis désolé pour l'exposé, répéta le vieil homme. Je m'assurerai que vous en fassiez un l'an prochain. C'est promis. » Il eut un petit haussement d'épaules pour indiquer qu'il passait à un autre sujet. « Retrouvez-moi demain au Metropolitan Club à 14 heures, dit-il d'un ton brusque. Je dois racheter les parts de Worden au déjeuner. Ça ne sera pas long. J'espère qu'il viendra avec son avocat. Appelez l'avocat demain matin et assurez-vous que ses papiers sont en ordre. Chauffez-lui les oreilles pour moi. Vous savez bien faire ça. Vous me serez d'une aide précieuse en vous occupant de Junior, ajouta-t-il avec une vive émotion. Et prenez soin de vous, Victor. Vous êtes tout ce que j'ai. »

Le lendemain, l'avocat du vieil homme les rejoignit au Metropolitan Club après le déjeuner et les accompagna jusqu'à un appartement où Junior les attendait. C'était un homme trapu qui avait bien dix ans de plus que Victor, et semblait résigné à voir d'autres mains que les siennes gérer son argent. Il appela Mr Hatherly « p'pa » et lui tendit tristement une liasse de factures impayées. Avec l'aide de Victor et de l'avocat, Mr Hatherly calcula les revenus de Junior et son endettement, prit en compte le versement de la pension alimentaire, et aboutit à une estimation raisonnable pour les dépenses de ménage et le montant de l'argent de poche de son fils, que ce dernier devrait aller chercher chaque lundi matin au bureau de Victor. Son affaire fut expédiée en une demi-heure.

Tous les lundis, Junior passait chercher son argent et présentait ses factures à Victor. Il s'attardait parfois dans le bureau et parlait de son père – avec gêne, comme s'il craignait d'être entendu. Tous les menus détails de la vie de Mr. Hatherly – le fait qu'il se rase parfois trois fois par jour, et qu'il possède cinquante paires de chaussures – intéressaient Victor. Ce fut le vieil homme qui mit un terme à ces entrevues. « Dites-lui de prendre son argent et de s'en aller, ordonna-t-il. Ce sont des bureaux, ici. C'est quelque chose qu'il n'a jamais compris. »

Dans l'intervalle, Victor avait rencontré Theresa et songeait à se marier. Le nom de famille de la jeune femme était Mercereau ; ses parents étaient français, mais elle était née aux États-Unis. Son père et sa mère étaient morts quand elle était enfant et son tuteur l'avait placée dans des internats médiocres. On sait comment fonctionnent ces établissements ; le principal démissionne au moment des vacances de Noël, et il est remplacé par le professeur de gymnastique. Le système de chauffage tombe en panne en février et les canalisations d'eau gèlent. À ce stade, la plupart des parents qui se préoccupent de leurs enfants les ont déjà transférés dans d'autres établissements, et au printemps il ne reste que douze ou treize pensionnaires. Ils déambulent seuls ou par deux dans le campus pour tuer le temps avant le dîner. Depuis des mois, il est manifeste à leurs yeux que la vieille Palfrey Academy est mourante, mais les premières longues journées, tristement éclairées, du printemps confèrent à cette évidence une force poignante. Du bureau du principal s'élèvent les échos d'une dispute – le professeur de latin menace de porter plainte pour les mois de salaire impayés. Les relents s'échappant des fenêtres des cuisines indiquent qu'il y a une fois encore du chou au menu. Quelques jonquilles ont éclos, et la clarté qui s'attarde et les pousses de fougères enjoignent les enfants délaissés à regarder devant eux, loin devant eux, mais ils soupçonnent que les jonquilles, les rouges-gorges et l'étoile du Berger dissimulent imparfaitement le fait que ce moment est un cauchemar, un pur cauchemar. Puis une voiture apparaît en vrombissant dans l'allée. «Je suis Mrs Hubert Jones, s'exclame une femme, et je suis venue chercher ma fille... » Theresa était toujours l'une des dernières rescapées, et ces instants semblaient l'avoir marquée de leur empreinte. Le souvenir qu'elle laissait était celui d'une certaine tristesse, d'une fragilité exempte de désespoir, l'expression charmante d'une femme à qui on a fait du tort.

Cet hiver-là, Victor accompagna Mr Hatherly en Floride pour ouvrir son parasol et jouer au rami avec lui et, pendant leur séjour, il annonça qu'il avait l'intention de se marier. Le vieillard protesta à grands cris. Victor campa sur ses positions. Quand ils regagnèrent New York, le vieil homme l'invita à se présenter avec sa fiancée, un soir, à son appartement. Il accueillit la jeune femme avec une grande cordialité, puis la présenta à Mrs Hatherly – une femme émaciée et nerveuse qui tenait en permanence les mains devant sa bouche. Le vieillard se mit à déambuler le long des murs de la pièce. Puis il disparut.

«Ne vous inquiétez pas, chuchota Mrs Hatherly. Il va vous offrir un cadeau.»

Il revint quelques minutes plus tard et attacha un collier d'améthystes autour du cou splendide de Theresa. Une fois que Mr Hatherly eut accepté la jeune femme, il sembla se réjouir à l'idée du mariage. Il s'occupa de toutes les dispositions concernant la cérémonie, bien sûr, leur conseilla où aller en lune de miel, et un jour, entre un déjeuner d'affaires et un avion pour la Californie, il leur loua et leur meubla un appartement. Theresa semblait, comme son mari, s'accommoder de son ingérence dans leur vie. Quand son premier enfant vint au monde, elle l'appela Violet – de sa propre initiative – comme la sainte femme qu'était la mère de Mr Hatherly.

À cette époque-là, quand les Mackenzie recevaient, c'était généralement parce que Mr Hatherly leur avait conseillé de le faire. Le vieil homme convoquait Victor dans son bureau en fin de journée, lui recommandait d'inviter des gens, et fixait une date. Il commandait l'alcool et les plats et révisait la liste des invités en fonction des intérêts économiques et sociaux de la famille Mackenzie. Il refusait avec grossièreté toute invitation à venir lui-même à la soirée mais faisait irruption avant les invités, chargé d'un bouquet de fleurs presque aussi grand que lui. Il s'assurait que Theresa mettait les fleurs dans le bon vase, puis il allait dans la chambre d'enfant et permettait à Violet d'écouter sa montre. Il parcourait l'appartement, déplaçant une lampe ici ou un cendrier là, et donnant une petite secousse aux rideaux. Les invités des Mackenzie avaient commencé à arriver, mais Mr Hatherly ne faisait pas mine de s'en aller. C'était un vieil homme distingué et tout le monde aimait bavarder avec lui. Il faisait le tour de la pièce, s'assurant que les verres étaient pleins, et si Victor racontait une anecdote, il y avait de grandes chances que Mr Hatherly lui ait appris comment faire. Quand le dîner était servi, le vieil homme s'inquiétait au sujet des plats et de l'allure de la domestique.

Il était toujours le dernier à s'en aller. Une fois les invités partis, il s'installait confortablement et tous trois buvaient un verre de lait en évoquant la soirée. Alors le vieil homme paraissait heureux – empli d'une sorte d'hilarité dont ses ennemis ne l'auraient jamais cru capable. Il riait jusqu'à ce que les larmes ruissellent sur ses joues. Parfois, il ôtait ses bottes. Le petit salon semblait être la seule pièce dans laquelle il fut à son aise, mais il dut toujours garder à l'esprit le fait que ces jeunes gens ne lui étaient fondamentalement rien et qu'il se trouvait dans cette situation artificielle parce que sa chair et son sang s'étaient révélés être une telle déception. Enfin, il se levait pour partir. Theresa redressait le nœud de sa cravate, époussetait les miettes sur sa veste, et se penchait pour qu'il l'embrasse. Victor l'aidait à enfiler son manteau de fourrure. Ils étaient tous trois plongés dans la tendresse des séparations familiales. « Prenez bien soin de vous, marmonnait le vieillard. Vous êtes tout ce que j'ai. »

Une nuit, après une réception chez les Mackenzie, Mr Hatherly mourut dans son sommeil. Les funérailles se déroulèrent à Worcester, où il était né. La famille semblait réticente à communiquer à Victor le détail des obsèques, mais il les découvrit sans peine et se rendit avec Theresa à l'église et au cimetière. La vieille Mrs Hatherly et ses misérables enfants étaient rassemblés autour de la tombe. Ils avaient dû assister à l'enterrement du vieillard avec des émotions si contradictoires qu'il serait impossible d'extraire de cette confusion affective un sentiment susceptible d'être nommé.

« Adieu, adieu », s'exclama Mrs Hatherly sans grand enthousiasme au-dessus de la fosse, et ses mains volèrent jusqu'à ses lèvres – une habitude qu'elle n'avait jamais réussi à perdre, bien que le vieillard ait souvent menacé de la frapper si elle ne cessait pas.

Si la saveur de la souffrance est un privilège, c'était à présent celui des Mackenzie. Ils étaient anéantis. Theresa était trop jeune à la mort de ses parents pour avoir des souvenirs précis de la peine qu'elle en avait éprouvée, comme ç'aurait été le cas d'une adulte, et les parents de Victor – ces inconnus – étaient morts quelques années plus tôt, en Angleterre ou en Écosse : et, devant la tombe de Hatherly, Victor et sa femme semblaient subir la régulation d'un passif de chagrins, et enterrer davantage que les os d'un seul et unique vieillard. Les enfants légitimes ignorèrent les Mackenzie.

Peu importait aux Mackenzie de ne pas figurer dans le testament de Mr Hatherly. Environ une semaine après les obsèques, les directeurs d'administration élurent Junior à la présidence de l'entreprise et l'une de ses premières décisions consista à renvoyer Victor. Cela faisait des années qu'il se voyait comparé à cet immigré dur à la tâche, et il en éprouvait une rancœur profonde et légitime. Victor trouva un autre emploi, mais dans le cercle des affaires sa relation étroite avec Mr Hatherly joua en sa défaveur. Le vieillard avait une pléthore d'ennemis et Victor hérita de tous. Il perdit son nouvel emploi au bout de six ou huit mois, et en trouva un autre qu'il considérait comme temporaire – une solution lui permettant de payer ses factures pendant qu'il cherchait quelque chose de mieux. Rien ne se présenta. Ils quittèrent le logement que leur avait trouvé Mr Hatherly, vendirent les meubles et déménagèrent d'appartement en appartement, mais rien de tout cela – les pièces laides dans lesquelles ils habitèrent, la succession d'emplois qu'occupa Victor – ne vaut la peine que l'on s'y attarde. Pour dire les choses simplement, les Mackenzie connurent des moments difficiles ; les Mackenzie disparurent de la circulation.

Le décor change : il s'agit d'une réception destinée à collecter des fonds pour les Éclaireuses[1] d'Amérique, dans la banlieue de Pittsburgh. C'est une soirée habillée qui se déroule dans une grande demeure – Salisbury Hall –, choisie par le comité d'organisation dans l'espoir que la simple curiosité inciterait un grand nombre de gens à acheter un ticket à vingt-cinq dollars. Mrs Brownlee, l'hôtesse, est la veuve d'un magnat de la sidérurgie. Sa demeure se déploie sur huit cents mètres le long du faîte d'une des collines d'Allegheny. Salisbury Hall est un château ou, plus exactement, un assortiment de parties de châteaux et de maisons. On y trouve une tour, un rempart et un donjon, et la poterne est la reproduction de celle de *Château**[2] Gaillard. Les pierres, les poutres et l'armurerie du Grand Hall ont été importées de l'étranger. Comme la plupart des demeures de ce genre,

---

1. Girl Scouts.
2. Tous les mots ou expressions en français dans le texte sont en italique et suivis d'un astérisque.

Salisbury Hall présente d'insurmontables problèmes d'entretien. Si vous touchez une cotte de mailles dans l'armurerie, votre main est noircie de rouille. La reproduction d'une fresque de Mantegna ornant la salle de bal est affreusement tachée d'eau. Mais la réception est un succès. Une centaine de couples sont sur la piste. L'orchestre est en train de jouer une rumba. Les Mackenzie sont là.

Theresa est en train de danser. Elle a toujours les cheveux blonds – peut-être sont-ils teints aujourd'hui –, et ses bras et ses épaules sont toujours splendides. Son expression de tristesse, de fragilité, l'environne toujours. Victor, lui, n'est pas sur la piste de danse. Il est dans l'orangerie, où l'on vend des cocktails allongés d'eau. Il règle la note pour quatre verres, contourne la piste de danse bondée de monde et traverse l'armurerie, où un inconnu l'arrête pour lui poser une question.

« Eh bien, oui, répond Victor avec courtoisie, il s'avère que je le sais. C'est une cotte de mailles qui a été fabriquée pour le sacre de Philippe II. Mr Brownlee en a fait faire une imitation... »

Il poursuit son chemin à travers quatre cents mètres de vestibules et de salles, traverse le Grand Hall et pénètre dans un petit salon où Mrs Brownlee est assise en compagnie de quelques amis. « Voici Vic avec nos boissons ! » s'écrie-t-elle. Mrs Brownlee est une vieille femme, épilée et maquillée et les cheveux teints d'une nuance de rose ahurissante. Elle a les doigts et les avant-bras chargés de bagues et de bracelets. Son collier de diamants est célèbre. Ainsi, d'ailleurs, que la plupart de ses bijoux – presque tous ont des noms : les émeraudes Taphir, les rubis Bertolotti et les perles Demidoff. Jugeant que le prix du billet d'entrée devait comprendre un aperçu de cette parure hétéroclite, Mrs Brownlee s'est ornée avec prodigalité dans l'intérêt des Éclaireuses.

« Tout le monde s'amuse, n'est-ce pas, Vic ? s'enquit-elle. Ma foi, ils devraient bien s'amuser. Ma demeure a toujours été réputée pour son atmosphère d'hospitalité, tout autant que pour sa profusion de trésors artistiques. Asseyez-vous, Vic. Asseyez-vous.

Reposez-vous un peu. Je ne sais pas ce que je ferais sans vous et Theresa. »

Mais Victor n'a pas le temps de s'asseoir. Il lui faut procéder au tirage de la tombola. Il revient sur ses pas à travers le Grand Hall, le Salon Vénitien et l'armurerie, et pénètre dans la salle de bal. Il monte sur une chaise. Quelques accords de musique retentissent.

« Mesdames et Messieurs, puis-je avoir votre attention pendant quelques minutes… »

Il distribue une caisse de whisky, une autre de bourbon, un batteur électrique Waring et une tondeuse à gazon. Une fois la tombola terminée, lorsque les gens se remettent à danser, il sort prendre l'air sur la terrasse, et nous le suivons et lui adressons la parole.

« Victor ?

— Oh, comme cela me fait plaisir de vous voir ! s'exclame-t-il. Mais que faites-vous donc à Pittsburgh ? »

Ses cheveux ont grisonné, lui conférant une séduction conventionnelle. Il a dû faire quelque chose à ses dents, car son sourire est plus blanc et éclatant que jamais. Notre conversation est celle de vieilles connaissances qui ne se sont pas vues depuis dix ou quinze ans – il s'est écoulé tout ce temps-là – au sujet d'une chose ou d'une autre, puis au sujet de Theresa, puis de Violet. À la mention du nom de Violet, il paraît très triste. Il pose le mégaphone sur la balustrade en pierre et s'appuie sur le bord métallique de l'instrument. Il incline la tête.

« Eh bien, Violet a seize ans maintenant, voyez-vous, dit-il. Elle me cause bien du souci. Il y a six semaines, elle a été renvoyée de son lycée. Je l'ai inscrite dans un autre établissement du Connecticut. Ça n'a pas été facile. »

Il renifle.

« Depuis combien de temps êtes-vous à Pittsburgh, Victor ?

— Huit ans », déclare-t-il. Il fait tournoyer le mégaphone dans les airs et observe une étoile à travers l'instrument. « Neuf, en fait, corrige-t-il.

— Et qu'est-ce que vous faites, Victor ?
— Je n'ai pas d'emploi fixe pour l'instant », dit-il.
Il laisse retomber le mégaphone.
« Où est-ce que vous vivez, Victor ?
— Ici, dit-il.
— Je sais. Mais où à Pittsburgh ?
— Ici », répète-t-il. Il se met à rire. « Nous habitons ici. À Salisbury Hall. Oh, voici la présidente du comité d'organisation du bal ; si vous voulez bien m'excuser, je vais aller lui faire mon compte rendu concernant la loterie. J'ai été ravi de vous revoir. »

N'importe qui – c'est-à-dire n'importe qui ne mangeant pas ses petits pois avec son couteau – aurait pu être invité à Salisbury Hall à l'époque où les Mackenzie y étaient allés pour la première fois. Ils venaient d'arriver à Pittsburgh et habitaient à l'hôtel. Ils s'étaient rendus à Salisbury Hall avec des amis pour le week-end. Quatorze ou quinze invités étaient là, ainsi que Prescott Brownlee, le fils aîné de la vieille femme. Un incident avait eu lieu avant le dîner ; Prescott s'était saoulé dans un relais routier et le barman avait téléphoné à Mrs Brownlee pour lui dire de venir le chercher avant qu'il appelle la police. La vieille femme était habituée à ce genre d'incidents. Ses enfants les provoquaient couramment, mais cet après-midi-là, elle ne savait à qui demander de l'aide. Nils, le domestique, détestait Prescott. Le jardinier était rentré chez lui. Ernest, le majordome, était trop vieux. C'est alors qu'elle s'était souvenue du visage de Victor, bien qu'elle l'ait juste entraperçu dans le vestibule quand il lui avait été présenté. Elle l'avait retrouvé dans le Grand Hall et l'avait pris à part. Il s'imaginait qu'elle allait lui demander de préparer les cocktails et, quand elle avait formulé sa requête, il avait répondu qu'il lui rendrait volontiers ce service. Il avait pris sa voiture jusqu'au relais routier, où il avait trouvé Prescott assis à une table. Quelqu'un l'avait fait saigner du nez et ses vêtements étaient maculés de sang, mais il était encore d'humeur combative et, quand Victor lui avait demandé de rentrer, il s'était levé en décochant des coups de poings dans le vide. Victor l'avait jeté à terre. Cela avait calmé le jeune homme, qui s'était mis à pleurer et s'était docilement dirigé vers la voiture en titubant. Victor avait regagné Salisbury Hall par une allée réservée au personnel puis, soutenant Prescott, qui était incapable de marcher, il l'avait fait entrer par une porte de service donnant dans l'armurerie. Personne ne les avait vus. La pièce n'était pas chauffée, et l'air était coupant et glacial. Victor avait poussé l'ivrogne secoué de sanglots devant lui, le faisant passer sous les drapeaux et les fanons royaux en haillons suspendus aux chevrons, puis devant une statue représentant un homme à cheval arborant une armure de cavalier. Il lui avait fait gravir un escalier de marbre et l'avait mis au lit. Puis il avait épousseté la sciure qui maculait son habit de soirée, avait regagné le Grand Hall et avait préparé les cocktails.

Il n'avait mentionné l'incident à personne – pas même à Theresa – et le dimanche après-midi, Mrs Brownlee l'avait de nouveau pris à part et l'avait remercié.

« Oh, Dieu vous bénisse, Mr Mackenzie ! avait-elle dit. Vous êtes un bon Samaritain. Quand cet homme m'a téléphoné, samedi après-midi, je ne savais pas vers qui me tourner. »

Ils avaient entendu quelqu'un approcher dans le Grand Hall. C'était Prescott. Il s'était rasé, avait pansé ses blessures et mouillé ses cheveux, mais il était à nouveau ivre.

« Vais à New York, avait-il marmonné à l'intention de sa mère. Ernest me conduit à l'aéroport. À plus tard. »

Il s'était détourné et avait rebroussé chemin, traversant la bibliothèque menant au Salon Vénitien avant de disparaître, et sa mère avait serré les dents en le regardant s'éloigner. Puis elle avait pris la main de Victor et avait dit : « Je veux que vous et votre adorable femme veniez vous installer à Salisbury Hall. Je sais que vous habitez à l'hôtel. Ma demeure a toujours été réputée pour son atmosphère d'hospitalité, tout autant que pour sa profusion de trésors artistiques. Vous me rendriez service, en fait. »

Les Mackenzie avaient courtoisement décliné sa proposition et étaient rentrés à Pittsburgh le dimanche soir. Quelques jours plus tard, la vieille femme, entendant dire que Theresa était malade et alitée, envoya des fleurs et un mot qui réitérait son invitation. Les Mackenzie en discutèrent ce soir-là.

« Nous devons considérer cette idée comme un arrangement professionnel, si tant est que nous la prenions en considération, décréta Victor. Nous devons y penser comme une réponse pratique à un problème pratique. »

Theresa avait toujours été fragile, et cela lui serait bénéfique de vivre à la campagne. C'est la première chose à laquelle ils pensèrent. Victor avait un emploi en ville, mais il pouvait prendre chaque matin le train à la gare la plus proche de Salisbury Hall. Ils discutèrent de nouveau avec Mrs Brownlee et la persuadèrent d'accepter ce qu'ils auraient payé pour le gîte et le couvert, afin que cet arrangement puisse rester neutre. Puis ils emménagèrent dans un appartement situé au-dessus du Grand Hall.

Tout se passa très bien. Les pièces dans lesquelles ils habitaient étaient grandes et tranquilles, et ils entretenaient des relations détendues avec Mrs Brownlee. Tout sentiment d'obligation était dissipé par le fait de savoir qu'ils se rendaient utiles à leur hôtesse de mille façons. Elle avait besoin de la présence d'un homme, et qui aurait accepté d'habiter Salisbury Hall ? À l'exception des jours de fêtes, plus de la moitié des pièces étaient inhabitées, et les domestiques n'étaient pas suffisamment nombreux pour intimider les rats qui vivaient à la cave. Theresa entreprit la tâche herculéenne de raccommoder les travaux de tapisserie de Mrs Brownlee ; il y en avait quatre-vingt-six. Le court de tennis de Salisbury Hall était à l'abandon depuis la guerre et Victor profita de ses week-ends pour arracher les mauvaises herbes, y passer le rouleau et le remettre en état. Il engrangea un grand nombre d'informations concernant la demeure de Mrs Brownlee et sa famille disséminée de par le monde et, quand la vieille femme était trop fatiguée pour faire visiter les lieux à des visiteurs qui s'y intéressaient, il s'en chargeait toujours volontiers.

« Ce vestibule, disait-il, a été extrait, un panneau après l'autre, une pierre après l'autre, d'une maison de style Tudor située près de la cathédrale de Salisbury… Le sol en marbre est une partie de celui du hall d'entrée de l'ancienne First National Bank… Mr Brownlee a offert le Salon Vénitien à Mrs Brownlee comme cadeau d'anniversaire, et ces quatre colonnes d'onyx proviennent des ruines d'Herculanum. Elles ont été transportées par voie d'eau sur le lac Érié de Buffalo jusqu'à Ashtabula… »

Victor était également capable de montrer la balafre de l'arbre que Spencer Brownlee avait embouti avec sa voiture, et la roseraie plantée pour Hester Brownlee à l'époque où elle était gravement malade. Nous avons vu combien il se rendait utile lors d'occasions tel le bal donné en l'honneur des Éclaireuses.

Violet était en pension, ou en camp de vacances.

« Pourquoi est-ce que vous habitez ici ? avait-elle demandé la première fois qu'elle avait rendu visite à ses parents à Salisbury Hall. Cette vieille ruine moisie ! Ce tas de vieilleries ! »

Peut-être Mrs Brownlee avait-elle entendu Violet se moquer de sa demeure. Quoi qu'il en soit, elle s'était prise d'une profonde aversion pour la fille unique des Mackenzie, et les visites de Violet étaient brèves et peu fréquentes. Des enfants de Mrs Brownlee, seul Prescott revenait de temps à autre. Puis, un soir, peu de temps après le bal des Éclaireuses, Mrs Brownlee reçut un télégramme de sa fille Hester, qui vivait en Europe depuis quinze ans. Elle était à New York et arriverait à Pittsburgh le lendemain.

Mrs Brownlee annonça la bonne nouvelle aux Mackenzie au dîner. Elle était transportée de joie.

« Oh, vous allez aimer Hester, s'exclama-t-elle. Vous allez l'adorer tous les deux ! Elle a toujours été fragile comme de la porcelaine. Elle était souffreteuse quand elle était enfant et je suppose que c'est pour cela qu'elle a toujours été ma préférée. Oh, j'espère qu'elle va rester ! Je voudrais qu'on ait le temps de repeindre sa chambre ! Vous devez insister pour qu'elle reste, Victor. Ça me ferait tellement plaisir. Insistez pour qu'elle reste. Je crois qu'elle va vous apprécier. »

Les paroles de Mrs Brownlee résonnaient dans la salle à manger dont les dimensions étaient celles d'un gymnase. Leur petite table était placée contre une fenêtre et séparée du reste de la pièce par un paravent, et les Mackenzie aimaient dîner là. La fenêtre donnait sur les pelouses et les escaliers et, au-delà, les ruines d'un jardin à la française. Les arabesques de fer forgé sur le toit des serres aux vitres brisées, le murmure des fontaines aux vasques enlaidies et fissurées, le cliquetis du monte-plat qui apportait leur dîner insipide des cuisines situées au sous-sol, où vivaient des rats – les Mackenzie considéraient toutes ces absurdités avec le plus grand respect, comme si elles possédaient quelque véritable signification. Ils souffraient peut-être d'une absence de discernement quant au passé ou d'une incapacité à comprendre que ce dernier ne joue aucun rôle dans notre bonheur. Quelques jours plus tôt, Theresa était tombée par hasard sur une chambre, au deuxième étage, remplie de vieilles corbeilles «*bon-voyage** » – dorées et ornées de rubans effrangés – que Mrs Brownlee avait conservées de ses nombreux voyages.

Tout en parlant de Hester, ce soir-là, Mrs Brownlee gardait un œil sur le jardin et elle vit au loin un homme escalader l'un des murs de marbre. Puis une jeune femme lui tendit une couverture, un panier à pique-nique et une bouteille, et sauta dans ses bras. Deux autres couples les suivirent. Ils s'installèrent sous la gloriette et, ramassant des morceaux de treillis cassé, firent un petit feu.

« Chassez-les, Victor », demanda Mrs Brownlee.

Victor sortit de table, traversa la terrasse, descendit dans le jardin et ordonna aux pique-niqueurs de s'en aller.

« Il s'avère que je suis un très bon ami de Mrs Brownlee, déclara l'un des hommes.

— Ça n'a aucune importance, répliqua Victor. Vous devez partir d'ici.
— Qui a dit ça ?
— Moi, je vous le dis.
— Qui êtes-vous ? »

Victor ne répondit pas. Il dispersa leur feu et en piétina les cendres. Ils étaient plus nombreux et il savait que s'ils venaient à se battre, il serait probablement blessé, mais la fumée du feu éteint chassa les pique-niqueurs de la gloriette et joua en sa faveur. Il se planta en haut d'un escalier les surplombant et jeta un regard à sa montre.

« Vous avez cinq minutes pour escalader le mur et partir d'ici, dit-il.
— Mais je suis un ami de Mrs Brownlee !
— Si vous êtes un ami de Mrs Brownlee, entrez par le portail. Vous avez cinq minutes. »

Ils s'éloignèrent dans l'allée en direction du mur, et Victor attendit jusqu'à ce qu'une des jeunes femmes – elles étaient toutes jolies – ait été hissée par-dessus. Puis il regagna la table et finit de dîner pendant que Mrs Brownlee parlait à n'en plus finir de la petite Hester.

Le lendemain était un samedi, mais Victor en passa la plus grande partie à chercher du travail à Pittsburgh. Il ne rentra à Salisbury Hall qu'à 16 heures environ ; il avait chaud et il était sale. Quand il entra dans le Grand Hall, il vit que les portes donnant sur la terrasse étaient ouvertes et que les employés du fleuriste étaient en train de décharger un plein camion d'orangers plantés dans des bacs. Une domestique s'approcha de lui, tout excitée.

« Nils est malade et il ne peut pas conduire ! s'exclama-t-elle. Mrs Brownlee veut que vous alliez à la gare chercher Miss Hester. Vous feriez mieux de vous dépêcher. Elle arrive par le train de 16 h 15. Mrs Brownlee ne veut pas que vous preniez votre voiture, elle veut que vous preniez la Rolls-Royce. Elle a dit que vous aviez la permission de prendre la Rolls-Royce. »

Le temps que Victor arrive à la gare, le train de 16 h 15 était arrivé et reparti. Hester Brownlee était plantée dans la salle d'attente, entourée de ses bagages. C'était une femme entre deux âges qui avait entretenu sa beauté, et de loin elle aurait pu sembler jolie.

« Enchanté de faire votre connaissance, Miss Brownlee, lança Victor. Je m'appelle Victor Mackenzie. Je suis…

— Oui, je sais, répliqua-t-elle. Prescott m'a raconté beaucoup de choses sur vous. » Elle regarda par-dessus son épaule. « Vous êtes en retard.

— Je suis désolé, mais votre mère….

— Voici mes bagages », l'interrompit-elle.

Elle sortit de la gare, se dirigea vers la Rolls-Royce et s'installa sur la banquette arrière.

Victor alluma une cigarette et en fuma la moitié. Puis il porta les bagages de Miss Brownlee jusqu'à la voiture et prit la direction de Salisbury Road en passant par une petite route.

« Vous vous trompez de chemin, lança Miss Brownlee. Vous ne connaissez *même pas* le chemin ?

— Je ne prends pas le chemin habituel, expliqua Victor avec patience, mais il y a quelques années, on a construit une usine plus loin sur la route et la circulation est dense à l'heure de la fermeture. C'est plus rapide par ici. Mais je pense que vous vous apercevrez qu'il y a eu beaucoup de changements dans la région. Combien de temps cela fait-il que vous n'êtes pas venue à Salisbury Hall, Miss Brownlee ? »

Sa question resta sans réponse et, pensant qu'elle ne l'avait peut-être pas entendu, il demanda à nouveau :

« Combien de temps cela fait-il que vous n'êtes pas venue à Salisbury Hall, Miss Brownlee ? »

Ils firent le reste du trajet en silence. Quand ils arrivèrent, Victor déchargea ses bagages et les posa près de la porte. Miss Brownlee les compta à voix haute, puis elle ouvrit son sac à main et tendit un *quarter* à Victor.

« Oh ! merci ! s'exclama-t-il. Merci *beaucoup* ! »

Il alla marcher au jardin pour calmer sa colère. Il prit la décision de ne pas parler de l'incident à Theresa. Enfin, il monta dans leur appartements. Sa femme était occupée à repriser la tapisserie d'un des tabourets. La pièce qui leur servait de petit salon était encombrée d'ouvrages à moitié raccommodés. Theresa serra tendrement Victor dans ses bras, comme à chaque fois qu'ils avaient été séparés une journée. Il venait de s'habiller quand une domestique frappa à la porte.

« Mrs Brownlee veut vous voir, tous les deux, déclara-t-elle. Elle est dans le bureau. Immédiatement. »

Theresa se cramponna au bras de Victor tandis qu'ils descendaient au rez-de-chaussée. Le bureau, une pièce sale et mal rangée située près de l'ascenseur, était éclairé d'une vive lumière. Mrs Brownlee, en *grande tenue**, était assise derrière le bureau de son mari.

« Vous êtes la goutte d'eau qui fait déborder le vase – tous les deux, déclara-t-elle d'un ton dur lorsqu'ils entrèrent. Fermez la porte. Je n'ai pas envie que tout le monde m'entende. La petite Hester revient à la maison pour la première fois depuis quinze ans, et elle est à peine descendue du train qu'il faut que vous l'insultiez. Pendant neuf ans, vous avez eu le privilège de vivre dans cette magnifique demeure – un pur joyau – et comment est-ce que vous me remerciez ? Oh, c'est la goutte d'eau qui fait déborder le vase ! Prescott m'a souvent répété que vous ne valiez rien, ni l'un ni l'autre, Hester pense la même chose, et je commence peu à peu à m'en apercevoir moi-même. »

La vieille femme tourmentée et maquillée de façon tapageuse exerçait sur les Mackenzie le pouvoir des anges. Sa robe argentée scintillait comme les habits de saint Michel, et dans sa main droite elle tenait le tonnerre et la foudre, la mort et la destruction.

« Tout le monde me met en garde depuis des années, reprit-elle. Et vous n'avez peut-être pas de mauvaises intentions – vous n'avez peut-être simplement pas de chance – mais l'une des premières choses qu'a remarquées Hester, c'est qu'il manque la moitié des tapisseries. Vous êtes toujours en train de raccommoder le fauteuil dans lequel je veux m'asseoir. Et vous, Victor…, vous m'avez dit que vous aviez réparé le court de tennis et, bien sûr, je suis incapable d'en juger parce que je ne peux pas jouer au tennis, mais quand j'ai invité les Beardon à venir jouer la semaine dernière, ils m'ont dit qu'il n'était pas en assez bon état, et vous pouvez imaginer combien j'ai été gênée. Et les gens que vous avez chassés du jardin hier se sont révélés être les enfants d'un très bon ami de feu Mr Brownlee. Et vous avez deux semaines de retard pour le loyer.

— Je vous enverrai le loyer, déclara Victor. Nous allons nous en aller. »

Theresa n'avait pas lâché son bras de toute l'entrevue, et ils quittèrent le bureau ensemble. Il pleuvait et Ernest installait des seaux dans le Salon Vénitien, où le plafond voûté s'était mis à fuir.

« Est-ce que vous pourriez m'aider à porter quelques valises ? » demanda Victor.

Le vieux majordome avait dû entendre la conversation, car il ne répondit pas.

Dans les pièces qu'habitaient les Mackenzie se trouvait une accumulation d'objets d'une valeur sentimentale – des photos, des pièces d'argent et ainsi de suite. Theresa entreprit de les rassembler en hâte. Victor alla chercher leurs bagages au sous-sol. Ils firent précipitamment leurs valises – sans même une pause pour fumer une cigarette – mais il leur fallut la plus grande partie de la soirée. Quand ils eurent terminé, Theresa ôta les draps du lit et mit les serviettes sales dans un panier, et Victor descendit les bagages. Il écrivit une carte postale à la pension de Violet pour lui indiquer que leur adresse n'était plus Salisbury Hall. Il attendit Theresa près de la porte d'entrée.

« Oh, mon chéri, où allons-nous aller ? » murmura-t-elle en le rejoignant.

Elle attendit sous la pluie qu'il aille chercher la voiture, puis ils s'en furent, et Dieu seul sait où ils allèrent par la suite.

Dieu seul sait où ils allèrent par la suite mais en ce qui nous concerne, ils refirent leur apparition, des années plus tard, dans une station balnéaire du nom de Horsetail Beach située sur la côte du Maine. Victor avait un quelconque travail à New York et ils étaient allés passer les vacances dans le Maine. Violet n'était pas avec eux. Elle s'était mariée, habitait San Francisco et avait un bébé. Elle n'écrivait jamais à ses parents et Victor savait qu'elle lui en voulait profondément, bien qu'il ne comprît pas pourquoi. Le caractère difficile de leur fille unique troublait Victor et Theresa, mais ils parvenaient rarement à se résoudre à en parler. Helen Jackson, leur hôtesse à Horsetail Beach, était une jeune femme pleine d'entrain qui avait quatre enfants. Elle était divorcée. Le sol de la maison était jonché de sable, et presque tous les meubles étaient cassés. Les Mackenzie étaient arrivés par une soirée d'orage où le vent du nord soufflait à travers les murs de la maison. Leur hôtesse était sortie dîner, et à peine avaient-ils franchi le seuil que la cuisinière mit son manteau et son chapeau et s'en fut au cinéma, leur laissant les enfants à surveiller. Ils portèrent leurs bagages à l'étage, enjambant plusieurs maillots de bain mouillés, mirent les quatre enfants au lit, et s'installèrent dans une chambre d'hôte glaciale.

Au matin, leur hôtesse leur demanda si cela ne les dérangeait pas qu'elle aille chez le coiffeur à Camden. Elle organisait une petite réception pour les Mackenzie cet après-midi-là, bien que ce soit le jour de congé de la cuisinière. Elle promit d'être de retour avant midi et, quand une heure sonna sans qu'elle soit rentrée, Theresa prépara à déjeuner. À 15 heures, leur hôtesse téléphona de Camden pour leur dire qu'elle venait juste de sortir de chez le coiffeur ; est-ce que cela ne dérangeait pas Theresa de commencer à préparer les canapés ? Celle-ci prépara les canapés, puis balaya le sable qui jonchait le salon et ramassa les maillots de bain mouillés. Helen Jackson rentra enfin de Camden, et les invités commencèrent à arriver à 17 heures. Le temps était froid et orageux. Victor frissonnait dans son costume en soie blanche. La plupart des invités étaient jeunes et refusèrent les cocktails, burent du ginger ale, se rassemblèrent autour du piano et entonnèrent des chansons. Ce n'était pas l'idée que les Mackenzie se faisaient d'une fête réussie. Helen Jackson essaya vainement de les attirer dans le cercle de sourires, salutations et poignées de main chaleureux, quoique futiles, qui constituait l'armature de cette soirée, comme de toutes les autres. Les invités s'en furent à 18 heures 30, et les Mackenzie et leur hôtesse dînèrent des restes des canapés.

« Est-ce que cela vous dérangerait beaucoup d'emmener les enfants au cinéma ? demanda Helen Jackson à Victor. Je leur ai promis qu'ils pourraient aller au cinéma s'ils étaient sages pendant la réception, ils ont été absolument adorables, je déteste les décevoir et je suis morte de fatigue. »

Le lendemain matin, il pleuvait toujours. Victor lisait sur le visage de son épouse que la maison et le mauvais temps minaient ses forces. La plupart d'entre nous sont capables de s'accommoder des désagréments d'une maison de vacances sous une pluie froide, mais pas Theresa. L'influence que les châlits en fer et les stores en papier exerçaient sur son humeur était disproportionnée, comme s'il ne s'agissait pas seulement d'objets laids mais qu'ils menaçaient de faire vaciller sa raison. Au petit déjeuner, leur hôtesse leur suggéra d'aller faire un tour en voiture sous la pluie.

« Je sais qu'il fait un temps abominable, déclara-t-elle, mais vous pourriez aller à Camden, c'est une façon comme une autre de tuer le temps, n'est-ce pas, et vous traverserez une quantité de charmants petits villages. Et si vous alliez à Camden, vous pourriez passer chercher *Le Calice d'argent* à la bibliothèque. Cela fait des jours et des jours qu'ils me l'ont mis de côté et je ne trouve jamais le temps d'aller le chercher. La bibliothèque est dans Estrella Lane. »

Les Mackenzie allèrent chercher *Le Calice d'argent* à Camden. À leur retour, Victor fut chargé d'une autre corvée. La batterie de la voiture d'Helen Jackson était morte ; il l'apporta au garage, loua une nouvelle batterie et l'installa. Puis, en dépit du mauvais temps, il essaya d'aller nager, mais les vagues étaient hautes et charriaient du gravier et, après un plongeon, il renonça et regagna la maison. Quand il entra dans la chambre d'hôte, dans son maillot de bain mouillé, Theresa leva la tête et il vit que son visage était sillonné de larmes.

« Oh, mon chéri, sanglota-t-elle, je me languis de notre chez-nous. »

C'était, même pour Victor, une phrase difficile à interpréter. Leur unique foyer, à cette époque, était un appartement d'une pièce à New York qui, avec sa kitchenette et son canapé-lit, semblait curieusement juvénile et provisoire pour ces grands-parents. Si Theresa se languissait de leur foyer, ce ne pouvait être que d'une série de pièces de différentes maisons. Elle voulait certainement dire autre chose.

« Dans ce cas, nous allons partir d'ici, déclara-t-il. Nous partirons demain matin, à la première heure. »

Puis, voyant combien ces paroles l'avaient rendue heureuse, il poursuivit :

« Nous allons monter en voiture et rouler droit devant nous. Nous irons au Canada. »

Quand ils annoncèrent à Helen Jackson, au dîner, qu'ils s'en iraient le lendemain matin, elle parut soulagée. Elle prit une carte routière et marqua au stylo le meilleur itinéraire permettant de traverser les montagnes et d'accéder à Ste Marie et à la frontière. Les Mackenzie firent leurs valises après le dîner et partirent tôt dans la matinée. Helen les rejoignit dans l'allée pour leur souhaiter bon voyage. Elle était en peignoir et tenait une cafetière en argent à la main.

« Ça a été un grand plaisir de vous recevoir, dit-elle, même s'il a fait un temps affreux, désagréable, infect, et puisque vous avez décidé de traverser Ste Marie, est-ce que cela vous ennuierait beaucoup de vous y arrêter une minute pour rendre cette cafetière en argent à ma tante Marly ? Je la lui ai empruntée il y a des années, et elle m'écrit des lettres de menace et me téléphone sans arrêt. Vous n'avez qu'à la laisser sur le pas de sa porte et filer. Elle s'appelle Mrs Sauer. Sa maison se trouve près de la grand-route. »

Elle donna aux Mackenzie des indications sommaires, embrassa Theresa et lui tendit la cafetière.

« Ça a été un vrai bonheur de vous recevoir », lança-t-elle tandis qu'ils démarraient.

Quand les Mackenzie tournèrent le dos à l'océan Atlantique, les vagues de Horsetail Beach étaient encore hautes et le vent était froid. La rumeur et les senteurs de l'océan s'estompèrent. À l'intérieur des terres, le ciel semblait se dégager. Le vent soufflait de l'est et la chape de nuages laissa peu à peu place à la lumière et au mouvement. Les Mackenzie arrivèrent dans un paysage de terres cultivées vallonnées. Jamais encore ils n'en avaient vu de tel et, tandis que les énormes nuages se dissipaient et que la lumière dilatée se déversait, Theresa sentit son humeur s'éclaircir. Elle eut le sentiment de se trouver dans une maison au bord de la Méditerranée et d'en ouvrir les portes et les fenêtres. C'était une maison où elle n'était jamais allée. Elle l'avait seulement vue en photo, des années plus tôt, sur une carte postale. Les murs safran de la maison plongeaient droit dans l'eau bleue, et toutes les portes et les fenêtres étaient fermées. À présent, elle les ouvrait. C'était le début de l'été. Elle ouvrait les portes et les fenêtres et, se penchant dans la lumière à l'une des plus hautes fenêtres, elle aperçut une voile unique qui s'éloignait en direction de l'Afrique, emportant le méchant Roi. Comment, sinon, aurait-elle pu expliquer le sentiment de contentement parfait qu'elle éprouvait ?

Elle était assise dans la voiture, le bras et l'épaule appuyés contre ceux de son mari, comme elle le faisait toujours. Tandis qu'ils s'engageaient dans les montagnes, elle remarqua que l'air semblait plus frais et plus léger, mais la vision de portes et de fenêtres en train de s'ouvrir – des portes frottant contre le seuil, des fenêtres à volets, des fenêtres à croisées, des fenêtres à guillotine et contrepoids, toutes donnant sur l'eau – resta présente à son esprit jusqu'à ce qu'ils arrivent, au crépuscule, à la petite ville de Ste Marie, près de la rivière.

« Maudite soit cette femme », s'exclama Victor : la maison de Mrs Sauer ne se trouvait pas où Helen Jackson leur avait dit qu'elle serait. Si la cafetière n'avait pas semblé avoir de la valeur, il l'aurait jetée dans un fossé et aurait poursuivi sa route. Ils s'engagèrent dans un chemin de terre parallèle à la rivière, se garèrent à une station d'essence et descendirent pour demander leur chemin.

« Ouais, ouais, déclara l'homme. Je sais où est la maison des Sauer. Leur ponton est juste de l'autre côté de la route et le passeur était ici il y a une minute. »

Il ouvrit la porte moustiquaire et cria entre ses mains en coupe :

« Perley ! Y a des gens ici qui veulent aller sur l'île !

— Je veux seulement laisser quelque chose, intervint Victor.

— Il va vous amener là-bas. La traversée est agréable à cette heure de la journée. Il a rien à faire. La plupart du temps, il est ici en train de me casser les oreilles. Perley ! Perley ! »

Il accompagna les Mackenzie de l'autre côté de la route, jusqu'à un embarcadère tordu qui plongeait dans l'eau. Un vieil homme était en train de faire briller les cuivres du bateau.

« Je vais vous faire traverser et je vous ramènerai juste après, annonça-t-il.

— Je vais attendre ici », dit Theresa.

Des arbres poussaient sur les rives de la rivière, de chaque côté ; ici et là, ils s'inclinaient jusqu'à toucher l'eau. La rivière, à cet endroit, était large et Theresa pouvait la voir sur des kilomètres tandis qu'elle s'incurvait entre les montagnes. L'ampleur de la vue lui plaisait et elle entendait à peine Victor et le batelier discuter.

« Dites à la dame de venir, conseilla le batelier.

— Theresa ? »

Elle se retourna, et Victor l'aida à monter dans le bateau. Le vieil homme enfonça une casquette de marin sale sur sa tête et ils se mirent en route vers l'amont de la rivière. Le courant était fort, le bateau le remontait avec lenteur et, dans un premier temps ils ne distinguèrent pas d'île, puis ils virent l'eau et la lumière séparer du continent ce qu'ils avaient imaginé être une péninsule. Ils franchirent un étranglement et, virant sèchement de bord – tout cela était curieux et nouveau à leurs yeux –, abordèrent sur un embarcadère au fond d'une crique. Victor suivit le sentier menant de l'embarcadère à une vieille maison à charpente de bois de la teinte de la mélasse. La tonnelle reliant la maison au jardin était constituée de poteaux en cèdre, dont l'écorce pendait en lanières au milieu des roses. Victor appuya sur la sonnette. Une vieille domestique lui ouvrit et le précéda jusqu'à la véranda où Mrs Sauer était assise, des travaux de couture sur les genoux. Elle remercia Victor de lui avoir rapporté la cafetière et, alors qu'il s'apprêtait à s'en aller, elle lui demanda s'il était seul.

« Mon épouse est avec moi, répondit Victor. Nous nous rendons en voiture au Québec.

— Eh bien, comme avait coutume de le dire Talbot, l'heure de l'apéritif a sonné, poursuivit la vieille dame. Si votre épouse et vous-même vouliez bien prendre le temps de boire un verre avec moi, vous me feriez une faveur, en fait. »

Victor alla chercher Theresa qui patientait sous la tonnelle et l'emmena jusqu'à la véranda.

« Je sais combien vous êtes toujours pressés, vous, les enfants, reprit la vieille dame. Je sais combien il est gentil de votre part de vous arrêter un moment, mais Mr Sauer et moi-même nous sommes sentis très seuls ici cet été. Telle que vous me voyez, je suis en train de coudre des rideaux pour la chambre de la cuisinière. Quel ennui ! » Elle brandit son ouvrage à bout de bras, puis le laissa retomber. « Et puisque vous avez eu la gentillesse de rester prendre l'apéritif, je vais vous demander un autre service. Je vais vous demander de préparer les cocktails. D'ordinaire, c'est Agnes, qui vous a fait entrer, qui les prépare, et elle allonge le gin d'eau. Vous trouverez tout ce qu'il vous faut à l'office. C'est de l'autre côté de la salle à manger. »

Le plancher du salon était recouvert de tapis navajos. Le manteau de cheminée était en pierre et, bien sûr, une paire de bois de cerf y était accrochée. Au fond du vaste et morne salon, Victor trouva l'office. La vieille domestique lui apporta le shaker à cocktails et les bouteilles.

« Eh bien, je suis contente que vous restiez, affirma-t-elle. Je savais qu'elle allait vous le demander. Elle s'est sentie si seule depuis le début de l'été que je m'inquiète pour elle. C'est une femme adorable – oh, adorable – mais elle n'est pas dans son assiette depuis quelque temps. Elle commence à boire à 11 heures du matin. Parfois plus tôt. »

Le shaker à cocktail était un trophée remporté à l'occasion d'une compétition de voile. Le lourd plateau en argent avait été offert à Mr Sauer par ses associés.

Quand Victor regagna la véranda, Theresa s'était mise à coudre l'ourlet des rideaux.

« Comme c'est bon de sentir à nouveau le goût du gin! s'exclama la vieille Mrs Sauer. Je ne sais pas à quoi pense Agnes lorsqu'elle allonge d'eau les cocktails. C'est une domestique dévouée et serviable au possible et je serais perdue sans elle, mais elle vieillit, elle vieillit. J'ai parfois l'impression qu'elle perd la tête. Elle cache les copeaux de savon au frigidaire et dort avec une hachette sous son oreiller. »

« À quel heureux hasard devons-nous cette charmante visite ? » demanda le vieux monsieur quand il les rejoignit.

Il plia ses gants de jardinage et glissa son sécateur à rosier dans la poche de sa veste à carreaux.

« N'est-ce pas généreux de la part de ces enfants de s'être arrêtés pour prendre un verre avec nous ? » s'exclama Mrs Sauer, une fois les présentations faites.

Le vieil homme ne sembla pas surpris d'entendre les Mackenzie qualifiés d'enfants.

« Ils viennent de Horsetail Beach et sont en route pour le Québec.

— Mrs Sauer et moi avons toujours détesté Horsetail Beach, dit le vieux monsieur. Quand avez-vous prévu d'arriver au Québec ?

— Ce soir, répondit Victor.

— Ce soir ? répéta Mrs Sauer.

— Je doute que vous puissiez arriver au Québec ce soir, dit le vieil homme.

— J'imagine que vous pouvez y arriver, reprit la vieille dame, vu la façon dont vous conduisez, vous, les enfants, mais vous serez plus morts que vifs. Restez dîner. Restez dormir.

— Oui, restez dîner, renchérit le vieux monsieur.

— Vous allez rester, n'est-ce pas ? s'exclama Mrs Sauer. Il n'est pas question de refuser ! Je suis vieille et gâtée, et si vous refusez je prétendrai être sourde et je ferai semblant de ne pas vous entendre. Et maintenant que vous avez décidé de rester, préparez une autre tournée de ces délicieux cocktails et dites à Agnes que vous allez dormir dans la chambre de Talbot. Dites-le-lui avec tact. Elle déteste les invités. N'oubliez pas qu'elle est très âgée. »

Victor rapporta le trophée de la course de voile à l'intérieur de la maison qui, en dépit de ses nombreuses et grandes fenêtres, ressemblait à une grotte dans le crépuscule naissant.

« Mrs Mackenzie et moi-même allons rester pour dîner et pour la nuit, dit-il à Agnes. Elle a dit que nous allions dormir dans la chambre de Talbot.

— Ma foi, voilà qui est bien. Elle en sera peut-être heureuse. Elle a subi beaucoup de chagrins dans la vie. Je pense que ça lui a dérangé l'esprit. Je savais qu'elle allait vous inviter et je suis contente que vous puissiez rester. J'en suis heureuse. Ça fait plus

de vaisselle à laver et de lits à faire, mais c'est plus… c'est plus…
— C'est plus mieux ?
— Oui, c'est ça, c'est ça. » La vieille domestique se tordit de rire. « Vous me faites un peu penser à Mr Talbot. Il blaguait toujours avec moi quand il venait ici préparer les cocktails. Que son âme repose en paix. C'est une chose difficile à réaliser », conclut-elle avec tristesse.

Tandis qu'il rebroussait chemin dans le salon pareil à une grotte, Victor entendit Theresa et Mrs Sauer commenter l'air nocturne et il remarqua que la fraîcheur avait commencé à descendre des montagnes. Il sentait cette fraîcheur dans la pièce. Il y avait un bouquet de fleurs quelque part dans l'obscurité et l'air nocturne avait exalté leur parfum ainsi que l'odeur des pierres du manteau de cheminée, de sorte que la senteur de la pièce était celle d'une grotte emplie de fleurs.

« Tout le monde dit que la vue ressemble à celle de Salzbourg, disait Mrs Sauer, mais je suis patriote et je ne pense pas que des vues sont embellies par de telles comparaisons. Cependant, elles semblent l'être par une agréable compagnie. Nous recevions autrefois, mais à présent…
— Oui, oui », approuva le vieux monsieur, et il soupira.

Il ôta le bouchon d'un flacon de citronnelle et s'en frotta les poignets et la nuque.

« Voilà ! dit Theresa. Les rideaux de la cuisinière sont terminés !
— Oh, comment puis-je vous remercier ! s'exclama Mrs Sauer. Si quelqu'un avait la gentillesse d'aller chercher mes lunettes, je pourrais admirer votre ouvrage. Elles sont sur le dessus de cheminée. »

Victor trouva les lunettes – non pas sur le dessus de cheminée, mais sur une table proche. Il les donna à la vieille dame, puis arpenta la véranda à plusieurs reprises. Il parvint à suggérer qu'il n'était plus un invité de hasard, mais qu'il était devenu un membre de la famille. Il s'assit sur les marches et Theresa l'y rejoignit.

« Regarde-les, murmura la vieille dame à son mari. Est-ce que ça ne te fait pas plaisir de voir, pour une fois, des jeunes gens qui s'aiment ? Tiens, voici le coup de feu du soir. Mon frère George avait acheté ce pistolet pour le yacht-club. C'était sa fierté et sa joie. C'est calme, ce soir, n'est-ce pas ? »

Mais l'attitude et les regards tendres que Mrs Sauer prenait pour de l'amour n'étaient que ceux d'enfants sans foyer qui avaient trouvé un refuge. Oh, comme ce moment leur semblait doux, et précieux ! Des lumières brillaient sur une autre île. Le fer forgé du toit brisé d'une serre se découpait contre les dernières lueurs du jour. Pauvres pies. Leurs manières et leurs airs étaient innocents ; leurs os étaient faibles. De fait, ils incarnaient la mort. Partez, partez, chantait le vent dans les arbres et l'herbe, mais son chant ne parvint pas aux oreilles des Mackenzie. À la place, ils tournèrent la tête pour entendre la vieille Mrs Sauer.

« Je monte mettre ma robe en velours vert, disait-elle. Mais si vous n'avez pas envie de vous mettre sur votre trente et un, les enfants... »

Tandis qu'elle servait à table, ce soir-là, Agnes songea que cela faisait longtemps qu'elle n'avait pas vu un repas aussi joyeux. Elle les entendit après dîner s'en aller jouer au billard sur la table qui avait été achetée pour le pauvre Talbot, paix à son âme. Il plut un peu mais, contrairement à la pluie qui tombait à Horsetail Beach, celle-ci était une averse de montagne légère et passagère. À 11 heures, Mrs Sauer se mit à bâiller et la partie s'interrompit. Ils se souhaitèrent bonne nuit sur le palier du premier étage, près des photographies des coéquipiers de voile de Talbot, du poney de Talbot, des élèves de la promotion de Talbot.

« Bonne nuit, bonne nuit », s'exclama Mrs Sauer. Puis elle se composa une expression, déterminée à passer outre ses bonnes manières, et déclara : « Je suis ravie que vous ayez accepté de rester. Je ne peux pas vous dire ce que cela signifie pour moi. Je suis... »

Des larmes se mirent à lui couler des yeux.

« C'est merveilleux d'être ici, répondit Theresa.
— Bonne nuit, les enfants, dit Mrs Sauer.
— Bonne nuit, bonne nuit, dit Mr Sauer.
— Bonne nuit, dit Victor.
— Bonne nuit, bonne nuit, dit Theresa.
— Dormez bien, ajouta Mrs Sauer. Et faites de beaux rêves. »

Dix jours plus tard, les Sauer attendaient d'autres invités – de jeunes cousins du nom de Wycherly. Ces derniers n'étaient encore jamais venus et ils gravirent le sentier en fin d'après-midi. Ce fut Victor qui leur ouvrit.

« Je m'appelle Victor Mackenzie », déclara-t-il gaiement.

Il portait un short de tennis et un pull mais, quand il se pencha pour prendre l'une des valises, ses genoux craquèrent bruyamment.

« Les Sauer sont sortis faire un tour en voiture avec ma femme, expliqua-t-il. Ils seront de retour à 18 heures, pour l'apéritif. »

Les cousins traversèrent le vaste salon à sa suite, puis gravirent l'escalier.

« Mrs Sauer vous a attribué la chambre de l'oncle George, dit-il, parce qu'elle a la plus belle vue et la plus grande quantité d'eau chaude. C'est la seule pièce qui ait été ajoutée à la maison depuis que le père de Mr Sauer a construit la maison, en 1903... »

Les jeunes cousins ne savaient trop que penser de lui. Était-ce aussi un cousin ? Un oncle, peut-être ? Un membre pauvre de la famille ? Mais la maison était confortable et la journée magnifique et, pour finir, ils prirent Victor pour ce qu'il semblait être, et il semblait être très heureux.

Le jour où le cochon est tombé dans le puits

L'été, quand les Nudd se réunissaient à Whitebeach Camp, dans les Adirondacks, il arrivait toujours un soir où l'un d'eux demandait :

« Vous vous souvenez du jour où le cochon est tombé dans le puits ? »

Alors, comme si la première note d'un sextuor venait de retentir, les autres s'empressaient d'endosser leur rôle habituel, à l'image des familles qui interprètent le répertoire de Gilbert et Sullivan[1], et le récital durait une heure, voire davantage. Les journées dénuées d'incidents – et il y en avait eu des centaines – semblaient n'avoir laissé aucune empreinte dans leur conscience, et ils en revenaient à cet enchaînement de petites catastrophes comme s'il s'agissait de la genèse de l'été.

Le célèbre cochon appartenait à Randy Nudd, qui l'avait gagné à la foire de Lanchester et l'avait rapporté à Whitebeach Camp ; il prévoyait de lui construire un enclos, mais Pamela Blaisdell avait téléphoné et Randy avait enfermé le cochon à l'intérieur de la cabane à outils et s'était rendu chez les Blaisdell au volant de la vieille Cadillac. Russell Young était en train de disputer une partie de tennis avec Esther Nudd. Cette année-là, la cuisinière était une Irlandaise du nom de Nora Quinn. La sœur de

---

1. Librettiste et compositeur anglais, auteurs de quatorze opéras comiques, écrits entre 1871 et 1896.

Mrs Nudd, la tante Martha, était allée chercher des boutures chez une amie, dans la petite ville de Macabit ; Mr Nudd prévoyait de se rendre à Polett's Landing avec le bateau à moteur pour ramener sa belle-sœur après le déjeuner. Une certaine Miss Coolidge était attendue pour le dîner et le week-end. Mrs Nudd l'avait connue dans un pensionnat suisse trente ans plus tôt ; Miss Coolidge lui avait écrit qu'elle logeait chez des amis à Glens Falls et avait demandé si elle pouvait rendre visite à sa vieille compagne de pensionnat. Mrs Nudd se souvenait à peine de Miss Coolidge et n'avait aucune envie de la voir, mais elle lui avait envoyé une lettre afin de l'inviter pour le week-end. Bien que ce fût la mi-juillet, il soufflait depuis l'aube un vent violent en provenance du nord-ouest qui mettait tout sens dessus dessous dans la maison et rugissait comme une tempête dans les arbres. Quand on se trouvait à l'abri du vent, si on y arrivait, le soleil était brûlant.

Les événements qui s'étaient déroulés le jour où le cochon était tombé dans le puits comptaient un autre acteur principal qui n'était pas membre de la famille – Russell Young. Le père de Russell était propriétaire de la quincaillerie de Macabit, et les Young étaient une famille respectable de la région. Chaque printemps, Mrs Young louait ses services comme femme de ménage pendant un mois afin de préparer les pavillons à l'arrivée des vacanciers, mais son statut n'était pas celui d'une domestique. Russell avait fait connaissance de la famille Nudd par l'intermédiaire de leurs fils, Hartley et Randell, et, très jeune, il avait pris l'habitude de passer beaucoup de temps en leur compagnie. Il avait un an ou deux de plus que les garçons et, d'une certaine manière, Mrs Nudd lui confiait le soin de veiller sur ses fils. Russell avait le même âge qu'Esther et un an de moins que Joan. À l'époque où ils s'étaient liés d'amitié, Esther avait de l'embonpoint. Joan, elle, était ravissante et passait presque tout son temps devant la glace. Esther et Joan adoraient leur petit frère Randy et lui donnaient une partie de leur argent de poche pour qu'il puisse acheter de la peinture pour son bateau, mais cela mis à part, il n'y avait guère de relations entre frères et sœurs. Harley, lui, éprouvait un sentiment de dégoût envers ses sœurs. « J'ai vu Esther dans le hangar à bateaux hier, toute nue, disait-il à qui voulait l'entendre, et elle a de gros bourrelets de graisse autour du ventre qui ressemblent à je ne sais pas quoi. Elle est hideuse à regarder. Et Joan est une souillon. Vous devriez voir sa chambre. Je ne comprends pas comment quelqu'un peut avoir envie d'inviter à danser une souillon comme elle. »

Mais le jour dont ils aimaient à se souvenir, ils étaient tous beaucoup plus âgés. Russell avait obtenu son diplôme de fin d'études au lycée de la ville et était entré à l'université d'Albany. Au terme de la première année d'université, il avait travaillé tout l'été chez les Nudd, accomplissant diverses tâches dans la maison. Le fait qu'il soit payé n'avait pas changé les relations qu'il entretenait avec la famille et il était resté ami avec Randell et Hartley. D'une certaine manière, le caractère et le milieu social de Russell semblaient prévaloir, et les fils Nudd regagnaient New York en ayant adopté son accent rural. Par ailleurs, Russell les accompagnait lors des pique-niques à Hewitt's Point, des excursions en montagne, des parties de pêche, des quadrilles à la salle de bal de l'Hôtel de Ville et, en se livrant à ces activités, il acquérait, grâce aux Nudd, une appréciation des mois d'été qu'il n'aurait pas connue en tant qu'enfant du pays. Il n'était pas troublé par cette influence simple et agréable, et il parcourait les routes de montagne aux côtés des Nudd dans la vieille Cadillac et partageait avec eux le sentiment que la lumière limpide de juillet et d'août insufflait une qualité rare à leurs esprits et leurs existences. Si les Nudd n'évoquaient jamais la différence de statut social entre Russell et eux, c'est parce que les barrières bien réelles qu'ils auraient respectées en d'autres circonstances avaient été baissées pour les mois d'été : la campagne, où le ciel déversait son éblouissante lumière du sommet des montagnes jusqu'au lac, semblait être un paradis saisonnier où les forts et les faibles, les riches et les pauvres, coexistaient pacifiquement.

L'été où le cochon était tombé dans le puits était aussi celui qu'Esther avait consacré au tennis et durant lequel elle avait minci de façon saisissante. Quand elle était entrée à l'université, elle avait un fort embonpoint mais, au cours de la première année, elle s'était lancée dans le combat ardu – et, en ce qui la concerne, couronné de succès – visant à acquérir un nouveau physique et une nouvelle personnalité. Elle avait adopté un régime strict et s'était mise à jouer entre douze et quatorze sets de tennis par jour ; sa ligne de conduite chaste, athlétique et sérieuse ne se relâchait jamais. Cet été-là, son partenaire au tennis était Russell. Mrs Nudd avait à nouveau proposé du travail au jeune homme, mais ce dernier avait pris un emploi de livreur pour une laiterie. Les Nudd avaient supposé qu'il voulait être indépendant, et ils avaient compris, car ils ne voulaient que son bien. Le fait qu'il ait achevé sa deuxième année d'université sur la liste des meilleurs élèves leur inspirait une sorte de fierté familiale. Son emploi à la laiterie, s'avéra-t-il, ne changea rien. Il avait fini ses livraisons à 10 heures du matin, et avait passé la plus grande partie de l'été à jouer au tennis avec Esther. Il restait souvent dîner.

L'après-midi dont il est question, Russell et Esther étaient en train de disputer une partie de tennis quand Nora était apparue en courant dans le jardin et leur avait annoncé que le cochon s'était échappé de la cabane à outils et qu'il était tombé dans le puits – quelqu'un avait laissé ouverte la porte de la resserre du puits. Russell et Esther étaient allés voir et avaient trouvé l'animal nageant dans deux mètres d'eau. Le jeune homme avait fait un nœud coulant à une corde à linge et entrepris de repêcher le cochon. Pendant ce temps, Mrs Nudd attendait l'arrivée de Miss Coolidge, tandis que son mari et la tante Martha revenaient de Polett's Landing dans le bateau à moteur. De hautes vagues agitaient la surface du lac, le bateau roulait et des sédiments avaient été délogés du réservoir à essence et étaient allés obstruer le tuyau d'alimentation. Le vent avait chassé le bateau avarié sur Gull Rock et la proue avait été transpercée par les rochers. Mr Nudd et la tante Martha avaient enfilé des gilets de sauvetage et parcouru à la nage les vingt mètres qui les séparaient du rivage.

La participation de Mr Nudd au récit était restreinte (la tante Martha était morte), et il ne se joignait pas à la conversation avant qu'on ne le lui demande. « Est-ce que la tante Martha priait *vraiment* ? » demandait Joan, après quoi il s'éclaircissait la gorge pour dire – de manière extrêmement froide et posée, comme à son habitude : « En effet, Joany. Elle récitait le Notre Père. Elle n'avait jamais, jusqu'à ce moment, été particulièrement croyante, mais je suis sûr qu'on l'entendait prier depuis la rive.

— Est-ce que la tante Martha portait *vraiment* une gaine ? insistait Joan.

— Eh bien, cela ne fait aucun doute, Joany, répondait son père. Quand nous sommes arrivés sur la véranda où ta mère et Miss Coolidge étaient en train de prendre le thé, nous étions encore trempés comme des soupes et la tante Martha ne portait pas grand-chose qui ne soit pas visible. »

Mr Nudd avait hérité de l'entreprise de filature de laine de son père et il portait toujours un costume de cette manière, comme s'il faisait la publicité de sa filature. L'été où le cochon était tombé dans le puits, il avait passé l'été entier à Whitebeach Camp, non parce que son entreprise tournait toute seule mais parce qu'il était en conflit avec ses associés. « Ça ne sert à rien que je retourne à New York maintenant, répétait-il. Je vais rester ici jusqu'en septembre et donner à ces salopards la corde pour se pendre. » La cupidité de ses partenaires et associés l'emplissait d'une profonde frustration. « Tu sais, Charlie Richmond n'a aucun principe », affirmait-il à Mrs Nudd avec désespoir mais aussi avec impuissance, comme s'il n'espérait pas que son épouse comprenne quoi que ce soit aux affaires, ou comme si la force de la cupidité était indescriptible. « Il n'a aucun sens éthique, poursuivait-il, aucun code de conduite ou de morale, il ne pense à rien si ce n'est à gagner de l'argent. » Mrs Nudd semblait comprendre. Elle était d'avis que des hommes de cette sorte allaient droit à la mort. Elle en avait connu un du même genre. Il s'était échiné jour et nuit à gagner de l'argent, il avait ruiné ses partenaires, trahi ses amis et brisé le cœur de sa gentille épouse et de ses adorables enfants ; puis, après avoir gagné des millions et des millions de dollars, il était allé au bureau un dimanche après-midi et s'était jeté par la fenêtre.

Le rôle que Hartley jouait dans l'histoire du cochon tournait autour d'un gros brochet qu'il avait pêché ce jour-là, et Randy n'arrivait dans le récit qu'à la fin. Ce printemps-là, le jeune homme avait été renvoyé de son université. Il était allé assister à une conférence sur le socialisme en compagnie de six amis et l'un d'eux avait lancé un pamplemousse sur l'orateur. Ils avaient refusé de dénoncer celui qui avait jeté le pamplemousse et avaient tous été renvoyés. Mr et Mrs Nudd étaient consternés, mais fiers de la façon dont s'était conduit leur fils. Au bout du compte, l'incident avait donné à Randy l'impression d'être une vedette et avait accru son estime de soi, laquelle était déjà considérable. Parce qu'il avait été renvoyé de l'université, qu'il s'apprêtait à aller travailler à Boston à l'automne, il avait le sentiment d'être supérieur aux autres.

Le récit ne commença à s'étoffer qu'un an après l'incident du cochon et déjà, dans ce bref laps de temps, il avait subi des modifications. Le rôle d'Esther avait changé au bénéfice de celui de Russell, et la jeune femme interrompait les autres pour faire son éloge. « Tu as été merveilleux, Russell. Mais où avais-tu appris à faire un nœud coulant ? Par *Jupiter*, si Russell n'avait pas été là, je parie que ce cochon serait encore dans le puits. » L'année précédente, Esther et Russell s'étaient embrassés plusieurs fois et avaient décrété que, même s'ils tombaient amoureux, ils ne pourraient pas se marier. Russell ne quitterait pas Macabit. Esther ne pourrait pas y vivre. Ils étaient arrivés à ces conclusions durant l'été qu'Esther avait consacré au tennis, à l'époque où ses baisers, comme tout ce qu'elle faisait, étaient sérieux et chastes. L'été suivant, elle semblait aussi désireuse de perdre sa virginité qu'elle l'avait été de perdre son embonpoint. Il s'était passé durant l'hiver quelque chose – Russell n'avait jamais découvert quoi – qui lui avait donné honte de son manque d'expérience.

Quand ils étaient seuls, elle parlait de sexe. Russell s'était mis en tête que la chasteté de la jeune fille était importante et c'est lui qui dut être convaincu, mais il perdit rapidement la tête et monta l'escalier de service menant à la chambre d'Esther. Après être devenus amants, ils continuèrent à se dire qu'ils ne pourraient jamais se marier, mais le caractère éphémère de leur relation semblait dénué d'importance, comme si, à l'image du reste, elle était illuminée par cette saison éphémère et innocente. Esther refusait de faire l'amour ailleurs que dans son lit, mais sa chambre était située à l'arrière de la maison et était accessible par l'escalier de la cuisine, et Russell n'eut jamais de mal à y entrer sans être vu. Comme les autres pièces de la maison, elle n'était pas terminée. Les lattes de pin du parquet étaient odorantes et sombres, une reproduction d'un Degas et une photographie de Zermatt étaient punaisées aux murs, le matelas était bosselé et, durant les nuits d'été où les hannetons faisaient résonner les moustiquaires, où la chaleur de la journée était encore prisonnière des planches de la vieille maison, où Russell respirait l'odeur des cheveux desséchés par le soleil de la jeune fille et sentait sa minceur et sa douceur dans ses bras, il avait le sentiment d'éprouver un bonheur inestimable.

Ils étaient convaincus que tout le monde allait découvrir ce qu'ils avaient fait, convaincus d'être perdus. Esther ne regrettait rien mais se demandait comment toute l'histoire allait se terminer.

Ils continuèrent d'attendre qu'arrivent les ennuis, et furent déconcertés en constatant qu'il ne se passait rien. Esther en arriva à la conclusion, un soir, que tout le monde devait être au courant, mais qu'ils comprenaient. La pensée que ses parents soient suffisamment jeunes d'esprit pour percevoir que leur passion était pure et naturelle la fit fondre en larmes. « Est-ce que ce ne sont pas des êtres *merveilleux*, mon chéri ? demanda-t-elle à Russell. As-tu *jamais* connu des êtres aussi merveilleux... Je veux dire, ils ont été élevés de façon tellement *stricte*, et tous leurs amis sont *vieux jeu*, et n'est-ce pas *merveilleux* qu'ils comprennent ? » Russell acquiesça. Le respect qu'il éprouvait à l'égard des Nudd s'accrut à l'idée qu'ils étaient capables d'ignorer les conventions au profit d'un sentiment plus fort. Mais, bien sûr, Esther et Russell se trompaient. Personne n'évoquait leur liaison parce que personne n'était au courant. Pas une fois il ne vint à l'esprit de Mr et Mrs Nudd qu'une chose pareille était en train de se passer.

À l'automne précédent, Joan s'était mariée très soudainement et était allée s'installer à Minneapolis. Le mariage n'avait pas duré. En avril, elle s'était rendue à Reno et avait obtenu son divorce à temps pour rentrer passer l'été à Whitebeach Camp. C'était toujours une jolie jeune femme au long visage et aux cheveux blonds. Personne ne s'attendait à ce qu'elle revienne et les affaires qui se trouvaient dans sa chambre avaient été réparties entre les uns et les autres. Elle passait son temps à chercher ses photos, ses livres, ses tapis, ses chaises. Quand elle se joignait aux autres sur la véranda après le dîner, elle posait sans cesse des questions. « Est-ce que quelqu'un a une allumette ? Est-ce qu'il y a un cendrier par ici ? » « Est-ce qu'il reste du café ? » « Est-ce que nous allons prendre un verre ? » « Est-ce qu'il y a un oreiller en trop quelque part ? » Hartley était le seul à répondre à ses questions avec gentillesse.

Randy et sa femme étaient venus passer deux semaines à

Whitebeach Camp. Randy empruntait toujours de l'argent à ses sœurs. Pamela était une jeune femme menue, aux cheveux sombres, qui ne s'entendait absolument pas avec Mrs Nudd. Elle avait grandi à Chicago et Mrs Nudd, qui avait passé toute sa vie dans l'Est, se disait parfois que cela expliquait peut-être leurs différends. « Je veux que vous me disiez la *vérité* », ordonnait souvent Pamela à Mrs Nudd, comme si elle soupçonnait sa belle-mère de mentir. « Est-ce que vous trouvez que le rose me va bien ? demandait-elle. Je veux que vous me disiez la *vérité*. » Elle n'approuvait pas la façon dont Mrs Nudd s'occupait de Whitebeach Camp et elle avait, en une occasion, essayé de remédier au gaspillage qu'elle constatait autour d'elle. Derrière le potager de Mrs Nudd se trouvait un vaste carré de groseilliers que l'homme de main paillait et taillait une fois l'an, même si les Nudd n'aimaient pas les groseilles et n'en mangeaient jamais. Un matin, une camionnette se gara dans l'allée et quatre hommes, des inconnus, allèrent dans le carré de groseilliers. La domestique en informa Mrs Nudd, et celle-ci s'apprêtait à demander à Randy de chasser les inconnus quand Pamela entra dans la pièce et expliqua de quoi il retournait. « Les groseilles sont en train de pourrir, déclara-t-elle. Alors j'ai dit à l'épicier qu'il pouvait les ramasser s'il nous payait quinze cents le kilo. Je déteste le gaspillage... »

Cet incident emplit Mrs Nudd et les autres membres de la famille d'un sentiment de malaise, bien qu'ils eussent été incapables de dire pourquoi.

Mais pour l'essentiel, cet été-là ressemblait à tous les autres. Russell et « les enfants » allaient nager à Sherill's Falls, où l'eau est d'or ; ils gravissaient Macabit Mountain, et pêchaient à Bates's Pond. Ces excursions, parce qu'elles se reproduisaient chaque année, avaient commencé à se muer en rites. Après le dîner, la famille sortait sur la véranda. Souvent, des nuages roses flottaient dans le ciel. « Je viens de voir la cuisinière jeter un plat de choux-fleurs, disait Pamela à Mrs Nudd. Ce n'est pas mon rôle de la réprimander, mais je déteste le gaspillage. Pas vous ? » Ou encore, Joan demandait : « Quelqu'un a vu mon pull jaune ? Je suis sûre de l'avoir laissé dans la cabine de plage, mais je viens d'y aller et je l'ai pas trouvé. Est-ce que quelqu'un l'a rapporté ? C'est le deuxième pull que je perds cette année. » Puis, pendant un moment, personne ne parlait, comme si le crépuscule les avait libérés des lois rigoureuses de la conversation ; quand celle-ci reprenait, elle était tout aussi triviale : il était question des meilleures méthodes de calfatage, ou encore du confort respectif des bus et des tramways, ou du chemin le plus court pour se rendre en voiture au Canada. La pénombre, aussi dense que du linon, descendait dans l'air doux. Puis quelqu'un, en commentant l'aspect du ciel, rappelait à Mrs Nudd combien celui-ci était rouge le soir où le cochon était tombé dans le puits.

« Tu étais en train de jouer au tennis avec Esther, n'est-ce pas, Russell ? C'est arrivé l'été où Esther a tellement joué au tennis. Tu n'avais pas gagné le cochon à la foire de Lanchester, Randy ? Oui, tu l'avais gagné dans l'un de ces jeux où il faut lancer des balles sur une cible. Tu as toujours été un *excellent* athlète. »

Le cochon, ils le savaient tous, avait été gagné à une tombola, mais personne ne corrigeait cette légère variation du récit. Mrs Nudd s'était récemment mise à faire l'éloge de Randy en lui attribuant des qualités qu'il n'avait jamais eues. Elle ne le faisait pas consciemment et aurait été troublée si quelqu'un l'avait contredite, mais à présent elle lui rappelait souvent combien il avait été doué en allemand, combien il avait été apprécié en pension, quel rôle important il avait joué dans son équipe de football américain – autant de souvenirs erronés, bienveillants, qui semblaient s'adresser à Randy lui-même, comme s'ils avaient pu l'encourager. « Tu allais construire un enclos pour ce cochon, disait-elle. Tu as toujours été un *excellent* menuisier. Tu te souviens de la bibliothèque que tu as construite ? Et puis Pamela t'a téléphoné, et tu es parti chez elle dans la vieille Cadillac. »

Ce fameux jour, Miss Coolidge était arrivée à 4 heures de l'après-midi, ils s'en souvenaient tous. C'était une vieille fille qui habitait le Midwest et gagnait sa vie en étant soliste dans une chorale. Elle n'avait rien de remarquable mais était, bien sûr, très différente de la famille Nudd et de sa fantaisie, et ils se plaisaient à penser qu'ils suscitaient sa désapprobation. Une fois Miss Coolidge installée dans sa chambre, Mrs Nudd l'avait emmenée sur la véranda et Nora Quinn leur avait servi le thé. Après cela, la cuisinière s'était emparée subrepticement d'une bouteille de whisky au salon, était montée dans les combles où se trouvait sa chambre et s'était mise à boire. Hartley était revenu du lac avec son brochet de trois kilos cinq dans un seau. Il avait posé le seau dans l'entrée de service et s'était joint à sa mère et à Miss Coolidge, attiré par les biscuits qui se trouvaient sur la table. Les deux femmes étaient en train de se remémorer l'époque de la pension suisse quand Mr Nudd et la tante Martha, tout habillés et dégoulinants d'eau, avaient gravi les marches de la véranda, avant d'être présentés à Miss Coolidge. Dans l'intervalle, le cochon s'était noyé, et Russell n'était pas arrivé à le sortir du puits avant l'heure du dîner. Hartley lui avait prêté une chemise blanche et un rasoir et le jeune homme était resté manger. Il n'avait pas été fait allusion au cochon devant Miss Coolidge mais on avait beaucoup évoqué, à table, le goût étonnamment salé de l'eau. Après le dîner, ils étaient sortis sur la véranda. La tante Martha avait suspendu sa gaine mouillée à la fenêtre de sa chambre ; quand elle était montée s'assurer qu'elle séchait bien, elle avait remarqué le ciel et avait crié aux autres de le regarder. « Que tout le monde regarde le ciel ; mais *regardez* donc le ciel ! » Un instant plus tôt, les nuages étaient scellés ; à présent, ils déversaient des torrents de feu. Une lumière aveuglante se répandait au-dessus du lac. « Oh, regardez le ciel, Nora ! » s'était écriée Mrs Nudd à l'intention de la cuisinière, un étage plus haut, mais le temps que Nora, qui était ivre, s'approche de la fenêtre, l'illusion avait pris fin et les nuages étaient ternes et, se disant qu'elle avait peut-être mal compris, Nora Quinn s'était dirigée vers l'escalier pour demander s'ils avaient besoin de quelque chose. Elle était tombée dans l'escalier et avait renversé le seau dans lequel se trouvait le brochet vivant.

À ce moment de l'histoire, Joan et sa mère riaient aux larmes. Tout le monde riait de bon cœur, à l'exception de Pamela, qui attendait impatiemment son tour. Celui-ci venait immédiatement après la chute de la cuisinière. Randy était resté dîner chez les Blaisdell et était rentré avec Pamela alors que Hartley et Russell s'efforçaient de mettre Nora au lit. Ils avaient une nouvelle importante à leur annoncer, avaient-ils dit ; ils avaient décidé de se marier. Mrs Nudd n'avait jamais souhaité que Randy épouse Pamela et la nouvelle l'avait attristée, mais elle avait embrassé la jeune femme avec tendresse et était montée chercher une bague en diamant. « Oh, elle est magnifique ! s'était exclamée Pamela en recevant la bague. Mais est-ce que vous n'en aurez pas besoin ? Est-ce qu'elle ne va pas vous manquer ? Êtes-vous *sûre* que vous voulez me la donner ? Dites-moi la vérité... »

Miss Coolidge, qui était restée silencieuse jusqu'à cet instant et qui avait dû se sentir particulièrement exclue, avait demandé la permission de chanter.

Les longues discussions qu'avait eues Russell avec Esther concernant le caractère éphémère de leur relation ne furent d'aucune aide au jeune homme, cet automne-là, quand les Nudd s'en allèrent. La jeune fille et les nuits d'été passées dans sa chambre lui manquaient cruellement. Quand il retourna à Albany, il se mit à lui écrire de longues lettres. Il se sentait tourmenté et seul comme il ne l'avait encore jamais été. Esther ne répondit pas à ses lettres, mais cela ne changea rien à ce qu'il éprouvait. Il décida qu'ils devaient se fiancer. Il continuerait à étudier à l'université et obtiendrait son Master, et un poste d'enseignant leur permettrait d'habiter une ville comme Albany. Esther ne répondit même pas à sa demande en mariage et, mû par le désespoir, Russell lui téléphona à l'université. Elle était sortie. Il laissa un message en lui demandant de le rappeler. Le lendemain soir, elle ne l'avait toujours pas fait et il téléphona à nouveau ; cette fois-ci, il l'eut au bout du fil et lui demanda de l'épouser. « Je ne peux pas t'épouser, Russell, répliqua-t-elle avec impatience. Je ne *veux* pas t'épouser. » Il raccrocha, profondément malheureux, et eut le cœur brisé pendant une semaine. Puis il se convainquit que le refus d'Esther n'était pas de son fait, que ses parents lui avaient interdit de l'épouser – une hypothèse qui se trouva renforcée par le fait qu'aucun des membres de la famille Nudd ne revint à Macabit l'été suivant. Mais Russell se trompait. Cet été-là, Mr et Mrs Nudd emmenèrent leurs filles en Californie, non pour tenir Esther à l'écart de Russell, mais parce que Mrs Nudd avait fait un héritage et décidé de le consacrer à ce voyage. Hartley fut moniteur dans une colonie de vacances du Maine. Randy – qui avait perdu son emploi à Boston et en avait trouvé un autre à Worcester – et Pamela attendaient un bébé pour le mois de juillet, et Whitebeach Camp resta donc vide.

Puis ils revinrent. Un an plus tard, un jour de juin où les chevaux bais étaient acheminés en van au centre équestre de Macabit et où de nombreuses remorques transportant des bateaux à moteur circulaient sur les routes, les Nudd revinrent à Whitebeach Camp. Hartley était enseignant, aussi resta-t-il tout l'été. Randy prit deux semaines de congé sans solde pour pouvoir y passer un mois entier avec Pamela et leur bébé. Joan n'avait pas prévu de venir ; elle s'était associée avec une femme qui était propriétaire d'un salon de thé à Lake George, mais elle se disputa avec elle peu après s'être lancée dans l'aventure et, au mois de juin, Mr Nudd alla la chercher en voiture au lac et la ramena à Whitebeach Camp. Cet hiver-là, Joan était allée consulter un médecin parce qu'elle s'était mise à souffrir de dépression et elle parlait sans inhibition de sa tristesse. « Vous savez, déclarait-elle au petit déjeuner, je crois que mon problème, c'est d'avoir été si jalouse de Hartley quand il est allé en pension. J'aurais pu le tuer quand il est rentré pour Noël, cette année-là, mais j'ai refoulé mon animosité... » « Vous vous souvenez de cette nurse, O'Brien ? demandait-elle au cours du déjeuner. Eh bien, je crois qu'O'Brien a faussé ma vision du sexe. Elle se déshabillait à l'intérieur du placard, et un jour elle m'a battue parce qu'elle m'a surprise à me regarder toute nue dans la glace. Je pense qu'elle a faussé ma vision... » « Je crois que mon problème est lié au fait que Grand-mère a toujours été aussi stricte, disait-elle pendant le dîner. Je n'avais jamais l'impression de lui faire plaisir. Je veux dire, j'avais de très mauvaises notes à l'école, et elle me faisait toujours culpabiliser. Je pense que ça a influencé mon attitude envers les autres femmes... » Ces souvenirs l'emplissaient d'une joie passagère, mais une demi-heure plus tard, elle se rongeait les ongles. Ayant été entourée toute sa vie de gens justes et bienveillants, elle avait du mal à trouver les causes de son indécision et blâmait, les uns après les autres, les membres de la famille, les amis et les domestiques.

Esther avait épousé Tom Dennison l'automne précédent, à son retour de Californie. Toute la famille était ravie de ce mariage. Tom était agréable, travailleur et intelligent. Il venait d'être embauché dans une entreprise qui fabriquait des caisses enregistreuses. Son salaire était bas et, durant les premiers mois de leur mariage, Esther et lui habitèrent un vieil immeuble sans eau chaude aux alentours de la Soixantième Rue, dans l'East Side. Quand ils évoquaient la situation, les gens ajoutaient parfois : « Esther Nudd est tellement *courageuse* ! » L'été suivant, Tom n'eut que de courtes vacances, et Esther et lui allèrent à Cape Cod en juin. Mrs et Mr Nudd espéraient qu'Esther les rejoindrait ensuite à Whitebeach Camp, mais elle répondit qu'elle préférait rester en ville avec Tom. Elle changea d'avis en août et Mr Nudd alla la chercher en voiture à la gare de jonction. Elle ne resterait que dix jours, déclara-t-elle, et ce serait son dernier été à Whitebeach Camp. Tom et elle avaient prévu d'acheter une maison de vacances à Cape Cod. Au moment du départ, elle appela Tom, qui lui conseilla de rester à la campagne : la chaleur était insoutenable. Elle lui téléphona une fois par semaine et resta à Whitebeach Camp jusqu'à la mi-septembre.

Cet été-là, Mr Nudd passa deux ou trois jours par semaine à New York, où il se rendait en avion depuis l'aéroport d'Albany. Il était, pour une fois, satisfait de la façon dont marchait son affaire. Il avait été élu président du conseil d'administration. Pamela était venue avec son bébé et se plaignait de la chambre qu'on leur avait attribuée. Un jour, Mrs Nudd l'entendit dire à la cuisinière : «Les choses vont changer dans cette maison quand Randy et moi nous en occuperons, laissez-moi vous le dire...» Mrs Nudd en parla à son mari et ils convinrent de laisser Whitebeach Camp à Hartley. «Ce jambon n'a été servi qu'une seule fois, disait Pamela, et j'ai vu la cuisinière jeter une assiette de fèves parfaitement bonnes aux ordures hier soir. Ce n'est pas mon rôle de la réprimander, mais je déteste le gaspillage. Pas vous ? »

Randy vénérait son épouse, laquelle profitait autant que possible de sa protection. Un soir, elle les rejoignit sur la véranda où ils prenaient l'apéritif avant le dîner et s'assit auprès de Mrs Nudd. Elle tenait le bébé dans les bras.

«Est-ce que le dîner est toujours servi à 7 heures, mamie ? s'enquit-elle.

— Oui.

— J'ai bien peur de ne pas pouvoir passer à table à 7 heures, poursuivit-elle. Je déteste arriver en retard aux repas, mais je dois d'abord penser à mon bébé, n'est-ce pas ?

— Je crains de ne pas pouvoir leur demander de repousser le dîner, rétorqua Mrs Nudd.

— Je ne veux pas que vous le repoussiez pour moi, mais il fait affreusement chaud dans cette petite chambre et nous avons du mal à faire s'endormir Binxey. Randy et moi aimons beaucoup être ici et nous voulons faire tout notre possible pour vous faciliter la tâche, mais je dois d'abord penser à Binxey, et tant qu'il aura du mal à s'endormir, je ne pourrai pas être à l'heure pour le dîner. J'espère que cela ne vous dérange pas. Je veux que vous me disiez la vérité.

— Si vous êtes en retard, ça n'a pas d'importance, répliqua Mrs Nudd.

— C'est une très jolie robe, commenta Pamela pour achever la conversation sur une note agréable. Est-ce qu'elle est neuve ?

— Merci, ma chérie. Oui, elle est neuve.

— C'est une très jolie couleur », poursuivit la jeune femme. Elle se leva pour palper l'étoffe mais parce qu'elle fit un mouvement soudain, à moins que ce ne soit le bébé dans ses bras ou encore Mrs Nudd, sa cigarette entra en contact avec la robe neuve et brûla l'étoffe. Mrs Nudd retint son souffle, eut un sourire tendu et dit que ce n'était pas grave.

« Mais si, c'est grave, s'exclama Pamela. Je suis affreusement gênée. Affreusement gênée. C'est entièrement ma faute ; donnez-moi la robe et je l'enverrai à Worcester pour la faire raccommoder. Je connais un atelier de couture, à Worcester, où ils raccommodent merveilleusement bien. »

Mrs Nudd répéta que ce n'était pas grave, et elle essaya de changer de sujet en faisant remarquer que la journée avait été magnifique.

« J'insiste pour que vous me laissiez la faire raccommoder, reprit Pamela. Je veux que vous l'enleviez après le dîner et que vous me la donniez. »

Puis elle se dirigea vers la porte, se retourna et redressa le bébé dans ses bras.

« Fais coucou à mamie, Binxey. Fais coucou, allez, Binxey. Allez, bébé. Le bébé va faire coucou à mamie. Binxey va faire coucou au revoir à mamie. Le bébé va faire coucou… »

Mais aucun de ces incidents ne changeait rien aux rituels de l'été. Tous les samedis matin, Hartley emmenait la domestique et la cuisinière à la messe à St John et les attendait sur les marches du magasin d'alimentation pour animaux. Randy préparait la crème glacée à 11 heures. L'été semblait être un continent en soi, harmonieux et indépendant, doté d'un éventail de sensations qui lui étaient propres, parmi lesquelles le fait de conduire la vieille Cadillac pieds nus dans un pré bosselé, le goût de l'eau du tuyau d'arrosage près du court de tennis, le plaisir d'enfiler un pull en laine propre à l'aube dans un refuge en montagne, le fait d'être assis sur la véranda dans l'obscurité, conscient, mais sans en éprouver de ressentiment, d'être comme prisonnier d'une toile aussi palpable et fragile que du fil, et le sentiment de pureté qui suit une longue baignade.

Cet été-là, les Nudd n'invitèrent pas Russell à Whitebeach Camp, et ils racontèrent l'histoire sans sa contribution. Une fois ses diplômes de fin d'études obtenus, le jeune homme avait épousé Myra Hewitt, une fille de la région. Il avait abandonné le projet d'obtenir un Master quand Esther avait refusé de l'épouser. À présent, il travaillait pour son père à la quincaillerie. Les Nudd le voyaient quand ils allaient acheter un grill à barbecue ou du fil de pêche et s'accordaient à dire qu'il n'avait pas l'air en forme. Il avait mauvaise mine. Ses vêtements, Esther l'avait remarqué, dégageaient une odeur d'aliment pour volaille et de kérosène. Ils avaient le sentiment qu'en étant employé dans un magasin, Russell avait perdu toute légitimité à être l'un des acteurs de leurs étés. Néanmoins ce sentiment était superficiel, et c'est surtout par indifférence et manque de temps qu'ils ne le virent pas. Mais l'été suivant, ils en vinrent à détester Russell ; ils le bannirent de leurs fréquentations.

À la fin du printemps, le jeune homme et son beau-père avaient entrepris de couper et de vendre les arbres de Hewitt's Point afin de dégager une clairière d'un hectare et demi au bord du lac pour y implanter un important village de vacances, lequel s'appellerait Young's Bungalow City. Hewitt's Point était situé sur l'autre rive du lac, à presque cinq kilomètres au sud de Whitebeach Camp, et la propriété des Nudd ne serait pas affectée par le lotissement, mais Hewitt's Point était le lieu où la famille était toujours allée pique-niquer et ils n'appréciaient pas de voir les bosquets abattus et remplacés par des clapiers à touristes. Ils étaient tous profondément déçus par Russell. Ils s'étaient imaginé que c'était un fils du pays, attaché à ses collines ; ils s'étaient attendus que, telle une sorte de fils adoptif, il partage leur désintérêt estival pour les affaires d'argent ; ils furent doublement affectés par sa vénalité et par le fait que l'objet de ses transactions soit les bois de Hewitt's Point, où s'étaient déroulés tant de leurs innocents pique-niques.

Mais c'est l'usage de ce pays de laisser les beautés de la nature aux femmes et aux pasteurs. Le village de Macabit est bâti au-dessus d'un col, et tourné vers les montagnes du nord du pays. Le lac est situé au fond de ce col et tous les matins, à l'exception des journées les plus chaudes, des nuages stagnent au pied des marches du magasin d'alimentation pour animaux et du porche de l'Église fédérée. Le climat qui règne dans le col est caractérisé par ce que l'on nomme sur la côte le « sea turn[1] ». Au beau milieu d'une journée chaude et calme surgit une ombre aussi profonde que du velours, et les montagnes disparaissent sous une pluie cinglante ; mais ce déplacement perpétuel de lumière et de pénombre, le tonnerre et les couchers de soleil, les rais de lumière

---

1. Terme propre à la Nouvelle-Angleterre et désignant un vent soufflant de l'océan et souvent chargé de brouillard.

en forme de cônes qui succèdent parfois aux orages et que les peintres d'œuvres religieuses attribuent à une intervention divine, ne font qu'accentuer l'indifférence de l'homme profane envers son environnement. Quand les Nudd croisaient Russell sur la route sans lui adresser un signe, il ne savait pas en quoi il avait mal agi.

Cette année-là, Esther s'en fut au mois de septembre. Le couple avait déménagé en banlieue, mais n'avait pas pu acheter un pavillon à Cape Cod et la jeune femme avait passé la plus grande partie de l'été loin de son mari. Joan, qui avait prévu de prendre des cours de secrétariat, regagna New York avec sa sœur. Mr et Mrs Nudd restèrent à Whitebeach Camp jusqu'à la fin du mois de novembre. Mr Nudd avait été leurré quant à sa réussite au sein de l'entreprise. Son statut de président du conseil d'administration, il s'en aperçut beaucoup trop tard, équivalait à une retraite accompagnée d'une petite pension. Il n'avait aucune raison de rentrer, et sa femme et lui passèrent l'automne à faire de longues promenades dans les bois. Le rationnement d'essence avait rendu l'été difficile et, quand ils quittèrent la maison, ils eurent le sentiment qu'il s'écoulerait longtemps avant qu'ils ne reviennent. La pénurie de matériaux de construction avait arrêté la construction de Young's Bungalow City. Une fois les arbres abattus et des poteaux en ciment plantés pour vingt-cinq bungalows de touristes, Russell avait été incapable de trouver des clous, du bois ou des toitures.

Après la guerre, les Nudd retournèrent passer leurs étés à Whitebeach Camp. Ils s'étaient tous impliqués dans l'effort de guerre : Mrs Nudd avait travaillé pour la Croix-Rouge, Mr Nudd avait été garçon de salle dans un hôpital, Randy avait été responsable d'une cantine militaire en Géorgie, le mari d'Esther avait été lieutenant en Europe et Joan s'était rendue en Afrique avec la Croix-Rouge, mais elle s'était disputée avec son supérieur et avait été rapidement rapatriée aux États-Unis sur un bâtiment de transportss de troupes. Mais leurs souvenirs de la guerre se révélèrent moins durables que la plupart des souvenirs et, à l'exception de la mort de Hartley (qui s'était noyé dans le Pacifique), ils l'oublièrent sans peine. À présent, c'était Randy qui conduisait la cuisinière et la domestique à la messe à St John le dimanche matin. Ils jouaient au tennis à 11 heures, allaient nager à 15 heures, buvaient du gin à 18 heures. « Les enfants » – à l'exception de Hartley et Russell – nageaient à Sherill's Falls, gravissaient Macabit Mountain, pêchaient à Bates's Pond, et conduisaient la vieille Cadillac pieds nus dans les prés.

Le premier été après la fin de la guerre, le nouveau pasteur de la chapelle épiscopalienne de Macabit rendit visite aux Nudd et leur demanda pourquoi ils n'avaient pas fait dire de messes pour Hartley. Ils ne surent que répondre. Le pasteur se montra insistant. Quelques jours plus tard, Mrs Nudd rêva qu'elle voyait Hartley et qu'il était une vague silhouette mécontente. Plus tard cette semaine-là, le pasteur l'arrêta dans la rue et évoqua à nouveau une messe commémorative et, cette fois, elle accepta. Des habitants de Macabit, Russell était le seul qu'elle crut devoir inviter. Il était allé combattre dans le Pacifique, lui aussi. À son retour à Macabit, il avait repris son emploi à la quincaillerie. Le terrain de Hewitt's Point avait été vendu à des promoteurs immobiliers, qui étaient en train de faire construire des petites maisons de vacances à une ou deux chambres.

Les prières destinées à Hartley furent lues par une chaude journée de la fin de l'été, trois ans après sa noyade. À l'office relativement simple, le pasteur ajouta une strophe concernant la mort en mer. La lecture de ces prières n'apporta aucun réconfort à Mrs Nudd. Elle n'avait pas plus foi en la souveraineté de Dieu qu'en la magie de l'étoile du Berger. Une fois l'office terminé, Mr Nudd lui prit le bras, et le couple de vieillards se dirigea vers la sacristie. Mrs Nudd vit Russell qui l'attendait pour lui parler devant l'église, et elle songea : « Pourquoi a-t-il fallu que ce soit Hartley ? Pourquoi pas Russell ? »

Elle ne l'avait pas vu depuis des années. Il portait un costume trop petit pour lui. Son visage était congestionné. Mue par la honte d'avoir souhaité la mort d'un homme (car elle n'avait jamais éprouvé de sentiments de malveillance ou d'amertume sans s'empresser de les recouvrir d'amour et, parmi ses amis et les membres de sa famille, ceux qui jouissaient de sa plus grande générosité étaient ceux-là même qui suscitaient son impatience et sa honte), elle se dirigea impulsivement vers Russell et lui prit la main. Son visage luisait de larmes.

« Oh, comme c'est gentil à toi d'être venu ! Tu étais l'un de ses meilleurs amis. Tu nous as manqué, Russell. Viens nous voir. Est-ce que tu peux venir demain ? Nous partons samedi. Viens dîner. Ce sera comme au bon vieux temps. Oui, viens dîner. Nous ne pouvons pas inviter Myra et les enfants parce que nous n'avons pas de domestique cette année, mais nous aimerions beaucoup te voir. Viens, je t'en prie. » Russell répondit qu'il viendrait.

Le lendemain fut une journée venteuse et limpide, d'une clarté vivifiante, d'une grande variété d'humeurs et de lumières, une journée à moitié estivale, à moitié automnale, exactement pareille à celle où le cochon s'était noyé. Après le déjeuner, Mrs Nudd et Pamela se rendirent à une vente aux enchères. Les deux femmes étaient parvenues à conclure une trêve, bien que Pamela se mêlât toujours des faits et gestes de la cuisinière et considérât Whitebeach Camp comme son héritage légitime. Randy, malgré la meilleure volonté du monde, avait commencé à trouver le corps de sa femme maigre et familier, son désir aussi intense qu'autrefois, et il avait été infidèle à une ou deux reprises. Il s'était ensuivi des accusations, une confession, une réconciliation, et Pamela aimait discuter de tout cela avec Mrs Nudd pour chercher à découvrir, comme elle le disait, la « vérité » sur les hommes.

Cet après-midi-là, Randy s'était vu confier les enfants et les avait emmenés à la plage. C'était un père aimant mais dénué de patience, et on l'entendait gronder Binxey depuis la maison. « Quand je te parle, Binxey, ce n'est pas parce que j'aime m'entendre parler ; je te parle parce que je veux que tu fasses ce que je te dis ! » Comme Mrs Nudd l'avait dit à Russell, ils n'avaient pas de domestique cet été-là. Esther se chargeait du ménage. Chaque fois que quelqu'un proposait d'engager une femme de ménage, elle répliquait : « Nous ne pouvons pas nous le permettre et, quoi qu'il en soit, je n'ai rien à faire. Ça ne *m'ennuie* pas de faire le ménage, seulement j'aimerais bien que vous pensiez à ne pas aller dans le salon avec vos chaussures pleines de sable... » Le mari d'Esther avait passé ses vacances à Whitebeach Camp, mais cela faisait longtemps qu'il était retourné au travail.

Mr Nudd était assis sur la véranda au soleil, cet après-midi-là, quand Joan vint le voir avec une lettre à la main. Elle avait un sourire gêné aux lèvres et s'adressa à son père de la voix chantonnante qui avait toujours irrité celui-ci.

« J'ai décidé de ne pas rentrer avec vous demain, déclara-t-elle. J'ai décidé de rester ici un peu plus longtemps, papa. Après tout, je n'ai rien à faire à New York. Je n'ai aucune raison de rentrer, n'est-ce pas ? J'ai écrit à Helen Parker et elle va venir me rejoindre, ainsi je ne serai pas seule. Voici sa lettre. Elle dit qu'elle aimerait beaucoup venir. J'ai pensé que nous resterions jusqu'à Noël. Je n'ai encore jamais habité ici en hiver. Helen et moi allons écrire un livre pour enfants. Elle va s'occuper des illustrations, et j'écrirai l'histoire. Son frère connaît un éditeur, et d'après lui...

— Joan, ma chérie, tu ne peux pas habiter ici en hiver, répliqua Mr Nudd avec douceur.

— Oh, mais si, mais si, papa, insista Joan. Helen a bien compris que ce n'était pas confortable. Je le lui ai expliqué dans ma lettre. Nous sommes prêtes à vivre à la dure. Nous pouvons faire les courses à Macabit. Nous irons en ville à tour de rôle.

Je vais acheter du bois de chauffage et beaucoup de boîtes de conserve, et...

— Mais, Joan, ma chérie, cette maison n'a pas été conçue pour qu'on y habite en hiver. Les murs sont minces. L'eau sera coupée.

— Oh, ça ne nous dérange pas qu'il n'y ait pas d'eau – nous irons en puiser dans le lac.

— Allons, Joan, ma chérie, écoute-moi, reprit Mr Nudd d'un ton ferme. Tu ne peux pas vivre ici en hiver. Tu ne tiendrais pas plus d'une semaine. Il faudrait que je vienne te chercher, et je n'ai pas envie de fermer deux fois la maison. »

Il s'était exprimé avec une note d'impatience, mais alors la raison et l'affection envahirent sa voix.

« Pense à ce que ça serait, ma chérie, sans chauffage, sans eau, et sans personne de la famille.

— Je veux rester, papa ! s'écria-t-elle. Je veux rester ! Laisse-moi rester, s'il te plaît ! Cela fait si longtemps que j'y pense !

— Tu es ridicule, Joan, intervint Mr Nudd. C'est une maison de vacances.

— Mais, papa, je ne demande pas grand-chose ! Je ne suis plus une enfant. J'ai presque quarante ans. Je ne t'ai jamais rien demandé. Tu as toujours été si strict ! Tu ne me laisses jamais faire ce dont j'ai envie !

— Joan, ma chérie, s'il te plaît, essaie d'être raisonnable, s'il te plaît, essaie au moins d'être raisonnable, s'il te plaît, essaie d'imaginer...

— Esther a toujours eu tout ce qu'elle voulait. Elle est allée deux fois en Europe ; elle a eu une voiture à l'université ; elle a eu un manteau de fourrure. »

Soudain, Joan se mit à genoux, puis s'assit par terre. C'était un mouvement disgracieux, et il était destiné à rendre son père furieux.

« Je veux rester, je veux rester, je veux rester, je veux rester !

— Joan, tu te comportes comme une enfant ! tonna-t-il. Lève-toi !

— J'ai envie de me comporter comme une enfant ! cria-t-elle. J'ai envie de me comporter comme une enfant pendant un moment ! Qu'est-ce qu'il y a de si terrible à ça ? Je n'ai plus aucun bonheur dans la vie. Quand je suis triste, j'essaie de me rappeler une époque où j'étais heureuse, mais je ne me souviens même plus de la dernière fois que ça m'est arrivé.

— Joan, lève-toi. Mets-toi debout. Mets-toi debout comme il faut.

— Je ne peux pas, je ne peux pas, je ne peux pas ! sanglota-t-elle. Ça me fait mal d'être debout... Ça me fait mal aux jambes !

— Lève-toi, Joan. »

Il se baissa, et il fallut un effort au vieil homme pour hisser sa fille sur ses pieds.

« Oh, ma petite fille, ma pauvre petite fille, murmura-t-il en entourant ses épaules de son bras. Viens à la salle de bains que je te lave la figure, ma pauvre petite fille. »

Elle le laissa lui laver la figure, puis ils prirent un verre et s'installèrent pour disputer une partie d'échecs.

Russell arriva à Whitebeach Camp à 6 h 30, et ils burent du gin sur la véranda. L'alcool le rendit volubile et il évoqua les expériences qu'il avait vécues pendant la guerre, mais l'ambiance était détendue et indulgente et il savait qu'on ne lui tiendrait rigueur de rien de ce qu'il ferait ce soir-là. Après le dîner, ils ressortirent sur la véranda, bien qu'il fît frais. Les nuages ne s'étaient pas colorés. Dans l'éclatante lumière, le flanc de la colline brillait comme un rouleau de velours. Mrs Nudd couvrit ses jambes d'une couverture et contempla le paysage. Il représentait le plaisir le plus immuable de ces années-là. Il y avait eu le boom, le crash, la dépression, la récession, le malaise de la guerre imminente, la guerre elle-même, le boom, l'inflation, la récession, la crise économique, et à présent de nouveau le malaise, mais rien de tout cela n'avait changé une pierre ou une feuille au paysage que Mrs Nudd voyait de sa véranda.

« J'ai trente-sept ans, vous savez », déclara Randy.

Il s'exprimait d'un air important, comme si le passage du temps au-dessus de sa tête était singulier, intéressant, et sacrément injuste. Il se nettoya les dents avec la langue.

« Si j'étais retourné à Cambridge cette année pour la réunion des anciens élèves, ç'aurait été ma quinzième réunion.

— Ce n'est rien, répliqua Esther.

— Est-ce que vous saviez que les Teeter ont racheté l'ancienne maison des Henderson ? demanda Mr Nudd. *Voilà* un homme qui a fait fortune pendant la guerre. »

Il se leva, retourna la chaise sur laquelle il était assis et en martela les pieds de son poing. Sa cigarette était humide. Quand il se rassit, la cendre se répandit sur sa veste.

« Est-ce que j'ai l'air d'avoir trente-sept ans ? s'enquit Randy.

— Sais-tu que tu as mentionné huit fois aujourd'hui le fait que tu as trente-sept ans ? Je les ai comptées, dit Esther.

— Combien est-ce que cela coûte d'aller en Europe en avion ? » demanda Mr Nudd.

La conversation dériva du prix de la traversée de l'Atlantique en paquebot à la question de savoir s'il était plus agréable d'arriver dans une ville inconnue le matin ou le soir. Puis ils évoquèrent les noms étranges de tous les invités qui avaient séjourné à Whitebeach Camp : Mr et Mrs Peppercorn, Mr et Mrs Starkweather, Mr et Mrs Freestone, les Blood, les Mudd, et les Parsley.

La saison touchait à sa fin et le jour se coucha rapidement. Il faisait soleil, puis brusquement il fit nuit. Macabit et sa chaîne de montagnes se découpaient contre les dernières lueurs du jour, et l'espace d'un moment il sembla inimaginable qu'il puisse y avoir quoi que ce soit au-delà des montagnes, que tout ceci ne soit pas le bout du monde. Le mur de lumière pure et métallique semblait surgir de l'infini. Puis les étoiles apparurent, la terre se déroula d'un horizon à l'autre, l'illusion de l'abysse disparut. Mrs Nudd regarda autour d'elle, et le moment et le lieu lui parurent singulièrement importants. Ce n'est pas une copie, songea-t-elle, ce n'est pas un lieu ordinaire, c'est l'endroit unique, l'air unique, où mes enfants ont vécu et donné le meilleur d'eux-mêmes. Prenant conscience qu'aucun d'eux n'avait réussi, elle s'affaissa dans son fauteuil. Elle cligna des paupières pour chasser ses larmes. Pourquoi l'été a-t-il toujours été une île, se demanda-t-elle ; pourquoi une si petite île ? Quelles erreurs avaient-ils commises ? Qu'avaient-ils fait de mal ? Ils avaient aimé leurs voisins, respecté la valeur de l'humilité, privilégié l'honneur face au gain. Pourquoi, alors, avaient-ils perdu leur talent, leur liberté, leur grandeur ? Pourquoi les hommes et les femmes bons et généreux qui l'entouraient lui semblaient-ils être des personnages de tragédie ?

« Vous vous souvenez du jour où le cochon est tombé dans le puits ? » demanda-t-elle.

Le ciel était pâle. Au pied des montagnes noires, le lac était d'un gris profond et sinistre. « Tu étais en train de jouer au tennis avec Esther, n'est-ce pas, Russell ? C'est l'été qu'Esther a passé à jouer au tennis. Randy, tu avais gagné le cochon à la foire de Lanchester, non ? Tu l'avais gagné à un de ces jeux où on jette des balles de base-ball sur une cible. Tu as toujours été un *excellent* athlète. »

Ils attendirent tous leur tour de bonne grâce. Ils évoquèrent le cochon noyé, le bateau à moteur échoué à Gull Rock, la gaine de la tante Martha suspendue à la fenêtre, l'incendie dans les nuages, et le vent soufflant en bourrasques du nord-ouest. Ils rirent à perdre haleine au moment de l'histoire où Nora tombait dans l'escalier. Pamela intervint pour rappeler l'annonce de ses fiançailles. Puis ils se souvinrent que Miss Coolidge était montée à l'étage et qu'elle était redescendue avec un porte-documents empli de partitions, et que, debout près de la porte ouverte, afin d'avoir de la lumière, elle avait interprété le répertoire classique de l'Église protestante rurale. Elle avait chanté pendant plus d'une heure. Il était impossible de l'arrêter. Au cours du récital,

Esther et Russell avaient quitté la véranda et étaient allés enterrer le cochon noyé dans un champ. Il faisait frais. Esther avait tenu une lanterne pendant que Russell creusait la fosse. Ils étaient parvenus à la conclusion que, même s'ils tombaient amoureux, ils ne pourraient pas se marier parce qu'il ne quitterait pas Macabit et qu'elle ne pourrait pas y vivre. Quand ils avaient regagné la véranda, Miss Coolidge interprétait le dernier de ses morceaux ; puis Russell était parti et ils étaient tous allés se coucher.

L'histoire rasséréna Mrs Nudd et lui donna le sentiment que tout était pour le mieux. Les autres membres de la famille étaient euphoriques et, parlant fort et riant aux éclats, ils rentrèrent dans la maison. Mr Nudd alluma un feu de cheminée et s'assit pour disputer une partie d'échecs avec Joan. Mrs Nudd fit circuler un coffret de vieux bonbons. Le vent s'était levé et la maison craquait doucement, comme la coque d'un bateau quand la voile prend le vent. La pièce où ils se trouvaient donnait l'impression d'être un havre sûr et immuable et pourtant, le lendemain matin, ils seraient tous partis.

Rien qu'une dernière fois

Il ne sert à rien de scruter le côté sombre des choses mais, dans tout authentique tableau de la ville où nous vivons, il est certainement possible d'écrire un dernier mot sur les irréductibles, les piques-assiettes, ceux qui n'ont jamais réussi à s'en sortir mais n'y ont jamais renoncé, les hommes et femmes insatiables que nous avons tous connus un jour ou l'autre. Je veux parler des aristocrates de l'Upper East Side qui tirent le diable par la queue – les hommes élégants, charmants et de piètre apparence qui travaillent pour des compagnies de courtage, et leurs épouses maniérées avec leurs visons provenant de friperies, leurs écharpes en fourrure, leurs souliers en alligator et leurs manières suffisantes à l'égard des portiers et des caissiers de supermarchés, leurs bijoux en or et leurs fonds de bouteille de *Je Reviens* et de *Chanel*. Je pense aux Beer, à présent – Alfreda et Bob –, qui habitaient l'immeuble que le père de Bob possédait autrefois, environnés de trophées de compétitions de voile, de photographies dédicacées du président Hoover, de meubles espagnols et d'autres vestiges de l'âge d'or. Ce n'était pas vraiment un bel appartement – il était grand et sombre – mais c'était plus qu'ils ne pouvaient se permettre ; vous le lisiez sur le visage des portiers et des liftiers quand vous leur disiez où vous alliez. J'imagine qu'ils avaient toujours deux ou trois mois de loyer en retard et qu'ils ne pouvaient pas se permettre de donner de pourboire. Bien sûr, Alfreda avait étudié à Fiesole. Son père, comme celui de Bob, avait perdu des millions de dollars. Tous les souvenirs d'Alfreda étaient incrustés de patines d'or vif : les enjeux élevés au bridge, les difficultés à faire démarrer la Daimler les jours de pluie, et les pique-niques sur le Brandywine avec les filles de la famille Du Pont.

C'était une belle femme – son visage était long, dotée de cette blondeur propre à la Nouvelle-Angleterre qui semble formuler une revendication raciale subtile vis-à-vis des privilèges de classe. Elle paraissait imperturbable. Durant les époques de vaches maigres, elle prenait un travail ; tout d'abord dans le magasin de verrerie Steuben, sur la Cinquième Avenue, puis chez Jensen, où elle s'attira des ennuis en insistant sur son droit à fumer. De là, elle alla chez Bonwit, et de Bonwit chez Bendel. Schwartz l'embaucha pour un Noël et, à l'époque de Pâques de l'année suivante, elle était au rayon des gants au rez-de-chaussée du magasin Saks. Entre ces différents emplois, elle eut deux enfants qu'elle laissait à la garde d'une vieille Écossaise – une vieille domestique de la Belle Époque – qui semblait tout aussi incapable que les Beer de s'adapter au changement.

Ils étaient de ces gens que l'on croise en permanence dans les gares et les fêtes. Je veux parler des gares du dimanche soir ; des lieux fréquentés le week-end ou l'été, comme la gare de jonction de Hyannis ou de Flemington ; la gare de Lake George, ou Aiken et Greenville, au début du printemps ; Westhampton, le bateau à vapeur de Nantucket, Stonington et Bar Harbor ; ou, pour nous éloigner davantage, des endroits comme Paddington Station, Rome, et le ferry de nuit d'Antwerpt. « Bonjour ! Bonjour ! » lançaient-ils dans la foule des voyageurs, et il était là, vêtu d'un imperméable blanc, avec sa canne et son chapeau mou, elle était là, vêtue de son vison, avec son écharpe en fourrure. Et en un sens, les fêtes où vos chemins se croisaient n'étaient pas bien différentes, finalement, des gares, des quais et des trains où vous les rencontriez. C'était le genre de fête où les convives ne sont jamais très nombreux et où les alcools ne sont jamais très bons – les fêtes où, tout en buvant et en discutant, vous sentez une lassitude palpable prendre le pas sur l'énergie sociale, comme si les liens de la famille, de l'école et des lieux qui unissent le groupe se dissolvaient tels les glaçons dans votre verre. Mais il ne s'agit pas tant d'une atmosphère de dissolution sociale que de changement, de réalignement – de fait, l'atmosphère du voyage. Les invités semblent réunis dans un hangar à bateau ou une gare de jonction, attendant le départ du bateau ou du train. Derrière la domestique qui vous débarrasse de vos manteaux, derrière le vestibule et la porte pare-feu semble se déployer une étendue d'eau sombre, une eau parfois houleuse – la plainte du vent, le craquement des charnières de panneaux indicateurs, et les lumières, les voix des matelots, le sifflement mélancolique d'un ferry transmanche qui approche.

L'une des raisons pour lesquelles on voyait toujours les Beer dans les réceptions et les gares, c'est qu'ils étaient sans cesse à la recherche de quelqu'un. Ils ne cherchaient pas quelqu'un comme vous et moi – ils cherchaient les Marchione de Bath –, un quelconque port dans l'orage. La manière qu'ils avaient d'arriver dans une fête et de balayer les visages du regard est compréhensible – nous le faisons tous – mais celle dont ils scrutaient les voyageurs sur un quai de gare était singulière. Dans tout endroit où ces deux-là devaient attendre quinze minutes ou davantage un transport public, ils mettaient la foule sens dessus dessous, lorgnant sous le bord des chapeaux et derrière les journaux, à la recherche d'un visage possiblement familier.

Je vous parle à présent des années trente et quarante, les années qui ont précédé et suivi la Grande Guerre – des années durant lesquelles les problèmes financiers des Beer ont dû être aggravés par le fait que leurs enfants étaient suffisamment grands pour fréquenter des écoles coûteuses. Ils firent certaines choses peu recommandables : ils signèrent des chèques en bois, et, alors qu'ils avaient emprunté une voiture pour le week-end, ils la précipitèrent par accident dans le fossé et s'en allèrent, se lavant les mains de toute l'affaire. Ces mauvais tours infligèrent une certaine précarité à leur statut social autant qu'économique, mais ils continuèrent à se débrouiller en jonglant avec un mélange de charme et d'espoir – il y avait la tante Margaret à Philadelphie et la tante Laura à Boston – et, à dire vrai, ils étaient charmants. Les gens étaient toujours ravis de les voir car, s'ils incarnaient les cigales pitoyables de quelque merveilleux été économique, ils avaient d'une certaine manière la capacité de rappeler de beaux souvenirs – des lieux, des jeux, des dîners et des amis – et l'ardeur avec laquelle ils cherchaient des visages familiers sur les quais de gare s'expliquait peut-être tout simplement par le fait qu'ils étaient en quête d'un monde qui leur était compréhensible.

Puis la tante Margaret mourut, et voici comment j'appris ce fait intéressant. C'était l'été, mon patron et sa femme prenaient le transatlantique pour l'Angleterre et je me rendis au port, un matin, muni d'un coffret de cigarettes et d'un roman historique. Le paquebot était neuf, pour autant que je m'en souviens, et de nombreux badauds contemplaient les œuvres d'Edna Ferber [1] sous clef dans la bibliothèque, et admiraient les piscines et les bars vides. Les couloirs étaient bondés, toutes les cabines de première classe étaient remplies de bouquets et d'amis venus souhaiter bon voyage et buvant des coupes de champagne à 11 heures par une matinée morose, tandis qu'au-dehors la soupe verte et riche du port de New York exhalait son odeur tragique jusqu'aux nuages. J'offris leurs cadeaux à mon patron et à son épouse, puis, alors que je cherchais à retrouver le pont principal, je passai devant une cabine ou une suite où j'entendis le rire juvénile d'Alfreda. La pièce était bondée et un serveur remplissait les

---

1. Auteur américain de romans, essais, pièces de théâtre (1887-1968).

verres de champagne. Une fois que j'eus salué mes amis, Alfreda m'entraîna à l'écart.

« La tante Margaret n'est plus de ce monde, m'annonça-t-elle, et nous sommes à nouveau pleins aux as... »

Je bus quelques coupes de champagne, puis le sifflet intimant aux visiteurs l'ordre de regagner le quai retentit – véhément, assourdissant, l'injonction rauque de la vie elle-même et, d'une certaine manière, comme l'odeur de l'eau dans le port, il était tragique : car, en regardant les invités se disperser, je me demandais combien de temps la fortune de la tante Margaret durerait aux Beer. Leurs dettes étaient énormes, leurs habitudes déraisonnables, et même cent mille dollars ne les mèneraient pas bien loin.

Cette pensée a dû me rester présente à l'esprit car, à un combat de poids lourds à Yankee Stadium, l'automne suivant, j'eus l'impression de voir Bob déambuler avec un plateau de jumelles à louer. Je l'appelai – je criai son nom – et ce n'était pas lui, mais la ressemblance était si saisissante que j'eus le sentiment de l'avoir bel et bien vu, ou du moins d'avoir entraperçu l'étendue des contrastes sociaux et économiques que la vie réserve à un tel couple.

J'aimerais pouvoir dire que, sortant d'un théâtre par un soir neigeux, je vis Alfreda vendre des stylos dans la Quarante-Sixième Rue et qu'elle s'apprêtait à regagner le sous-sol de quelque vieil immeuble où Bob gisait, mourant, sur un grabat, mais cela ne ferait que témoigner de la pauvreté de mon imagination.

Quand j'ai dit que les Beer faisaient partie de ces gens qu'on rencontre dans les gares et les fêtes, j'ai oublié les plages. Ils étaient *très* nautiques. Vous savez comment c'est ; pendant les mois d'été, la côte Est, de Long Island jusqu'au Maine, sans oublier les îles, semble se transformer en vaste bureau central social ; et, tandis que vous êtes assis sur le sable et que vous prêtez l'oreille à la présence puissante de l'océan Atlantique, des personnages issus de votre vie mondaine passée surgissent dans les vagues, aussi nombreux que des raisins secs dans un cake. Une vague prend forme, accélère sa course au-dessus des bas-fonds, écume et se brise, révélant Consuelo Roosevelt et Mr et Mrs Dundas Vanderbilt, accompagnés des enfants des deux familles. Puis une vague arrive de la droite comme une charge de cavalerie, projetant vers la plage Lathrope Macy et la seconde femme d'Emerson Crane sur un radeau en caoutchouc, ainsi que l'évêque de Pittsburgh dans une chambre à air. Enfin, une vague se brise à vos pieds en imitant le bruit d'un coffre de voiture qu'on claque et voici les Beer.

« Quel bonheur de vous voir, quel bonheur, *vraiment*, de vous voir… »

Aussi l'été et la mer constitueront-ils le décor de leur dernière apparition – leur dernière apparition, du moins, en ce qui nous concerne. Nous sommes dans une petite ville du Maine, dirons-nous, et nous décidons d'emmener toute la famille faire un tour en voilier suivi d'un pique-nique. Le propriétaire de l'auberge nous indique où il est possible de louer des bateaux. Nous préparons nos sandwiches et nous suivons ses instructions jusqu'à un ponton. Nous trouvons là un vieil homme dans un cabanon avec un petit voilier à louer ; nous versons une caution et signons un papier sale, non sans remarquer que le vieil homme, à 10 heures du matin, est déjà ivre. Il nous emmène en yole jusqu'au voilier à l'amarrage et nous lui disons au revoir, puis, nous apercevant combien le voilier est délabré, nous le rappelons, mais il est déjà reparti vers la terre et il est trop loin pour nous entendre.

Les planches au fond du voilier flottent, le safran est tordu, et l'un des boulons du safran en question est rongé par la rouille. Les poulies sont cassées et, après avoir écopé l'eau et hissé la voile, nous nous apercevons que celle-ci est pourrie et déchirée. Nous nous mettons enfin en route – sur l'insistance des enfants – et nous naviguons jusqu'à une île où nous pique-niquons. Puis nous prenons le chemin du retour. Mais le vent s'est rafraîchi : il a viré au nord-ouest ; et, une fois que nous avons quitté l'île, le hauban à bâbord se rompt et le filin s'envole dans les airs et s'entoure autour du mât. Nous descendons la voile et réparons le hauban à l'aide d'une longueur de corde. Puis nous nous apercevons que la marée est descendante et que nous nous dirigeons rapidement vers le large. Nous naviguons pendant dix minutes avec le hauban réparé avant que l'autre, situé à tribord, ne casse. Maintenant nous sommes dans le pétrin. Nous songeons au vieil homme du cabanon qui est seul à savoir, dans son cerveau embrumé par l'alcool, où nous sommes. Nous essayons de pagayer avec les planches du fond du voilier, mais il nous est impossible de lutter contre le reflux irrésistible de la marée. Qui nous sauvera ? Les Beer !

Ils surgissent à l'horizon, au crépuscule, dans un de ces gros cruisers pourvus d'une banquette sur le pont, de lampes à abat-jour et de vases de roses dans la cabine. Un homme de main tient la barre, et Bob nous lance une corde. Il s'agit de bien plus que de retrouvailles provoquées par le hasard entre de vieux amis – ils nous ont sauvé la vie. Nous sommes presque ivres de joie. L'homme de main s'installe dans le voilier, et dix minutes après avoir été arraché aux mâchoires de la mort, nous buvons des Martini sur le pont. Ils vont nous emmener chez eux, déclarent-ils. Nous pouvons y passer la nuit. Et, bien que le décor et les circonstances ne soient guère différents de ce qu'ils ont toujours été, leur rapport aux Beer est radicalement transformé. Il s'agit de *leur* maison, *leur* bateau. Nous nous demandons comment une telle chose est possible – nous en sommes bouche bée – et Bob est suffisamment courtois pour nous l'expliquer, à voix basse, en marmonnant presque, comme si les faits étaient anecdotiques.

« Nous avons utilisé la plus grande partie de l'argent de la tante Margaret, la totalité de celui de la tante Laura et le petit quelque chose que nous a laissé l'oncle Ralph et nous avons tout investi en bourse, vous voyez, et la somme a plus que triplé au cours de ces deux dernières années. J'ai racheté tout ce que papa avait perdu – du moins, tout ce dont j'avais envie. Voici ma goélette. La villa est neuve, bien sûr. Là-bas, ce sont nos lumières. »

Le soir et l'océan, qui paraissaient si menaçants lorsque nous nous trouvions dans le voilier, se déploient à présent autour de nous avec une miraculeuse tranquillité, et nous nous apprêtons à savourer pleinement la compagnie de nos amis, car les Beer sont charmants – ils l'ont toujours été – et à présent ils semblent en outre être astucieux, car ont-ils fait preuve d'autre chose que d'astuce en sachant que l'été reviendrait ?

Le ver dans la pomme

Les Crutchman étaient si immensément heureux, ils menaient une existence si raisonnable, ils étaient si comblés par chaque événement que l'on ne pouvait que rechercher le ver dans cette pomme si parfaite, soupçonner que cette apparence de perfection peu ordinaire dissimulait la gravité et la profondeur du mal. Ainsi, leur maison de Hill Street avec toutes ces baies vitrées. Qui, sinon une personne atteinte d'un complexe de culpabilité, aurait envie que tant de lumière se déverse à l'intérieur des pièces qu'elle occupe ? Et toute cette moquette, comme si deux centimètres carrés de plancher (il n'y en avait pas) allaient réveiller un profond souvenir de mise à l'écart ou de solitude. Sans oublier l'ardeur nécrophile dans leur façon de jardiner. Pourquoi une telle ferveur à creuser des trous, planter des graines et les regarder pousser ? Pourquoi cet intérêt morbide porté à la terre ? Elle était une jolie femme avec la pâleur saisissante que l'on retrouve souvent chez les nymphomanes. Larry était un type costaud qui faisait son jardin torse nu, ce qui dénotait peut-être un penchant puéril à l'exhibitionnisme.

Après la guerre, ils s'étaient installés avec joie à Shady Hill. Larry avait servi dans la marine. Ils avaient deux enfants épanouis : Rachel et Tom. Pourtant, quelques nuages obscurcissaient déjà leur horizon. Le navire de Larry avait coulé pendant la guerre, et il avait passé quatre jours sur un radeau en Méditerranée. Cette expérience devait l'avoir rendu sceptique quant au confort et au chant des oiseaux de Shady Hill, mais aussi lui donner de terribles cauchemars. Plus grave encore peut-être, le fait que Helen possédait une fortune. Elle était l'unique descendante du vieux Charlie Simpson – l'un des derniers pirates industriels – qui lui avait légué une somme plus importante que Larry ne gagnerait jamais chez Melcher & Thaw où il était employé. Les dangers d'une telle situation sont bien connus. Larry n'ayant pas besoin de gagner sa vie – étant, donc, dépourvu de motivation –, il aurait pu se laisser aller, passer trop de temps sur les terrains de golf, et avoir toujours un verre à la main. Helen aurait pu confondre indépendance financière et affective, et mettre à mal l'équilibre délicat de leur mariage. Mais Larry ne semblait pas faire de cauchemars, Helen consacrait sa fortune à diverses associations caritatives tout en menant une existence confortable mais modérée. Larry partait chaque matin au bureau avec un enthousiasme tel qu'on aurait pu croire qu'il fuyait quelque chose. Il s'investissait avec tant d'énergie dans la vie de la communauté qu'il ne devait guère lui rester de temps pour l'introspection. Il était partout : au balustre du chœur, au centre du terrain de football américain, il jouait du hautbois au club de musique de chambre, conduisait le camion des pompiers, participait au conseil d'école et prenait tous les matins le train de 8 h 03 pour New York. Quelle souffrance le poussait donc à faire tout cela ?

Peut-être aurait-il aimé une famille plus nombreuse. Pourquoi n'avaient-ils que deux enfants ? Pourquoi pas trois ou quatre ? Y avait-il eu quelque dégradation dans leur couple après la naissance de Tom ? Dans son jeune âge, Rachel, l'aînée, était très grosse et une enfant très intéressée. À chaque printemps, elle traînait une vieille coiffeuse hors du garage et s'installait sur le trottoir, avec une pancarte disant : « CITRONnaDE FraîCHE. 15 cents. » Tom eut une pneumonie à l'âge de six ans et faillit en mourir, mais il se rétablit et il n'y eut aucune complication apparente. Les enfants avaient sans doute envie de se rebeller contre la conformité de leurs parents, car ceux-ci étaient conformistes à l'extrême. Deux voitures ? Bien sûr. Fréquentaient-ils l'église ? Ils s'agenouillaient et priaient chaque dimanche avec ardeur. Leur habillement ? Ils n'auraient pu mieux respecter les codes vestimentaires. Les clubs littéraires, l'art local et les associations de passionnés de musique, le sport et les cartes – ils s'y consacraient corps et âme. Mais si les enfants se rebellaient, c'était en secret, et ils donnaient l'impression d'aimer leurs parents et d'être aimés en retour. Peut-être cet amour était-il entaché par le chagrin de quelque profonde déception. Peut-être Larry était-il impuissant. Peut-être Helen était frigide – ce qui était improbable, vu sa pâleur. Toutes les personnes de la communauté aux mains baladeuses avaient tenté leur chance avec l'un ou l'autre, et toutes avaient essuyé une rebuffade. Quelle était la source de leur fermeté ? Avaient-ils peur ? Étaient-ils prudes ? Étaient-ils monogames ? Que dissimulait cette apparence de bonheur ?

À mesure que leurs enfants grandissaient, il devint possible de chercher en eux le ver dans la pomme. Ils seraient un jour riches, puisqu'ils hériteraient de la fortune de Helen, et on pouvait imaginer, planant au-dessus de leur tête, l'ombre qui s'abat si fréquemment sur une progéniture exempte de souci financier. De toute façon, Helen aimait trop son fils. Elle lui achetait tout ce qu'il voulait. Le jour où elle le conduisit à son cours de danse dans son premier costume de serge, elle s'extasia tant sur sa silhouette masculine tandis qu'il gravissait l'escalier qu'elle emboutit un orme. Un tel engouement ne pouvait qu'engendrer des problèmes. Car si elle privilégiait son fils, cela entraînerait une discrimination envers sa fille. Écoutons-la : « Les pieds de Rachel, dit-elle, sont immenses, tout simplement immenses. Je ne parviens jamais à la chausser. » Nous voyons peut-être là le ver. Comme la plupart des belles femmes, elle est jalouse ; jalouse de sa propre fille ! Elle ne souffre pas la comparaison. Elle va affubler l'adolescente de vêtements hideux, lui faire boucler les cheveux de façon peu seyante, et parler sans cesse de la taille de ses pieds jusqu'à ce que la pauvre enfant refuse de se rendre aux soirées dansantes, ou si on la contraint à y aller, boude dans les toilettes des dames sans quitter des yeux ses pieds monstrueux. Elle va devenir si triste et renfermée que pour avoir voix au chapitre, elle va tomber amoureuse d'un poète volage et partir avec lui pour Rome, où ils vont vivre dans un exil misérable et alcoolisé. Or, lorsque l'adolescente entre dans la pièce, elle est jolie, habillée avec goût, et elle sourit à sa mère avec un amour sans faille. Ses pieds sont imposants, c'est vrai, mais c'est également le cas de sa poitrine. Peut-être devrions-nous nous tourner vers le fils pour découvrir le problème.

Et là, il y a bel et bien un problème. Il échoue en première année de lycée, doit redoubler et, par conséquent, se sent mal à l'aise vis-à-vis de ses camarades. On le place par hasard à la même table que Carrie Witchell, la plus remarquable beauté de Shady Hill. Tout le monde connaît les Witchell ainsi que leur fille si ravissante et si gaie. Ils boivent trop et habitent l'une des maisons à charpente de bois de Maple Dell. La jeune fille est vraiment une beauté, et tout le monde sait que ses vieux parents rusés projettent de gravir l'échelle sociale et de quitter Maple Dell grâce à sa peau blanche, si blanche. Quelle situation parfaite ! Ils sont nécessairement au courant de la fortune de Helen. Dans l'obscurité de leur chambre, ils vont calculer la dot qu'ils peuvent exiger, et dans la cuisine malodorante où ils prennent tous leurs repas, ils vont ordonner à leur fille de laisser le garçon aller aussi loin qu'il veut. Mais Tom cessa de s'intéresser à Carrie aussi vite qu'il en était tombé amoureux. Il s'intéressa ensuite à Karen Strawbridge, à Susie Morris et à Anna Macken. On aurait pu le croire volage, mais durant sa deuxième année d'université, il annonça ses fiançailles avec Elizabeth Trustman, ils se marièrent après ses examens, et puisqu'il lui fallait, alors, faire son service militaire, elle le suivit en Allemagne où ils étudièrent, apprirent la langue, se lièrent d'amitié avec les habitants, et firent honneur à leur pays.

Le chemin que suivit Rachel ne fut pas aussi évident. Ayant perdu du poids, elle devint très jolie, mais elle se mit à avoir des mœurs assez légères. Elle fumait, elle buvait, et sans doute forniquait, or l'abîme qui s'ouvre sous les pieds d'une jolie jeune femme excessive est insondable. Qu'est-ce qui l'empêcherait, sinon un heureux hasard, de finir dans un sex-shop de Times Square ? Et que penserait son pauvre père en découvrant sa fille, les seins à peine cachés par un voile, le contempler sans un mot depuis une cabine par un matin pluvieux ? En réalité, elle tomba amoureuse du fils du jardinier allemand des Farquarson. Il avait émigré aux États-Unis après la guerre avec sa famille grâce au quota des personnes déplacées. Il s'appelait Eric Reiner et, pour être honnête, c'était un jeune homme exceptionnel qui voyait dans les États-Unis un véritable Nouveau Monde. Les Crutchman furent très certainement attristés par le choix de Rachel – pour ne pas dire qu'ils en eurent le cœur brisé – mais ils dissimulèrent leurs sentiments. Ce qui ne fut pas le cas des Reiner. Ce couple d'Allemands dur à la tâche jugea ce mariage improbable et sans avenir. Un jour, le père frappa son fils à la tête avec un fagot de brindilles pour le feu. Pourtant, les deux jeunes gens continuèrent à se fréquenter et, peu de temps après, ils s'enfuirent. Ils n'avaient pas le choix. Rachel était enceinte de trois mois. Eric était alors en première année à Tufts, où il avait une bourse. L'argent de Helen leur fut très utile, car elle loua un appartement pour le jeune couple et subvint à leurs besoins. Que leur premier petit enfant soit né prématuré ne sembla pas ennuyer les Crutchman. Quand Eric sortit diplômé de son université, il obtint une allocation de recherche au M.I.T., passa sa thèse en physique et fut engagé comme maître de conférence dans son département. Il aurait pu obtenir un poste mieux payé dans l'industrie, mais il aimait enseigner et Rachel se plaisait à Cambridge, où ils demeurèrent.

On aurait pu croire que les Crutchman, une fois leurs chers enfants envolés du nid familial, souffriraient de cette misère intellectuelle propre aux gens de leur âge et de leur milieu – le ver dans la pomme apparaîtrait enfin –, mais à observer ce charmant couple qui recevait ses amis ou lisait les livres qu'ils aimaient, on finissait par se demander si le ver n'était pas plutôt dans l'œil de l'observateur qui, par crainte ou lâcheté morale, ne pouvait supporter la longue liste de leurs bonheurs, et refusait de concéder que, même si Larry ne jouait que médiocrement Bach et au football américain, son plaisir à s'adonner à l'un et à l'autre était bien réel. On aurait pu s'attendre à voir chez eux les ravages du temps, mais par chance ou grâce à une existence raisonnable et saine, ils n'avaient perdu ni leurs dents ni leurs cheveux. La pierre de touche de leur euphorie demeura solide et, si Larry renonça à conduire le camion des pompiers, on le voyait toujours au balustre du chœur, au centre du terrain de foot, dans le train de 8 h 03, au club de musique de chambre, et, grâce à la prudence et à l'astuce du courtier de Helen, ils devinrent toujours plus riches et vécurent immensément, immensément heureux.

La bella lingua

Wilson Streeter, comme nombre d'Américains vivant à Rome, était divorcé. Il était statisticien pour l'agence F.R.U.P.C., habitait seul et menait une vie sociale distrayante en compagnie d'autres expatriés et des Romains qui sont attirés dans leurs cercles, mais au bureau il parlait anglais toute la journée et les Italiens qu'il rencontrait en société maîtrisaient tellement mieux sa langue qu'il ne parlait la leur, qu'il ne pouvait se résoudre à converser avec eux en italien. Il avait le sentiment que pour comprendre l'Italie, il lui faudrait parler italien. Il se débrouillait quand il s'agissait de choses simples, comme de faire ses courses ou de prendre des dispositions d'un genre ou d'un autre, mais il voulait pouvoir exprimer ses sentiments, raconter des plaisanteries et suivre les conversations qu'il entendait dans le tramway et le bus. Il était parfaitement conscient de bâtir sa vie dans un pays qui n'était pas le sien, mais il s'imaginait qu'il n'aurait plus le sentiment d'être un étranger quand il maîtriserait cette langue.

Pour un touriste, l'expérience consistant à voyager dans un pays étranger se situe tout entière à la frontière du passé. Alors même que les jours défilent, *c'étaient* les jours passés à Rome, et tout – les lieux visités, les souvenirs, les photographies, les cadeaux – est de l'ordre de la réminiscence. Alors même que le voyageur est allongé dans son lit, attendant le sommeil, *c'étaient* les nuits passées à Rome. Mais pour l'expatrié, le passé n'existe pas. Il irait à l'encontre de ses intentions de mettre le temps passé dans ce pays étranger en parallèle avec une ville ou un coin de campagne qui a été et sera peut-être à nouveau un jour son lieu de résidence permanent, et il vit dans un présent constant et implacable. Au lieu d'accumuler les souvenirs, l'expatrié est soumis au défi d'apprendre une langue et de comprendre un peuple. Aussi s'aperçoivent-ils brièvement sur la Piazza Venizia – les expatriés traversant la place pour aller prendre leurs leçons d'italien, les touristes occupant les tables réservées à l'avance d'une terrasse de café et buvant du Campari, dont on leur a dit qu'il s'agissait d'un *aperitivo* romain typique.

Le professeur de Streeter était une Américaine du nom de Kate Dresser, qui habitait un vieux palais près de la Piazza Firenze avec son fils adolescent. Streeter allait prendre ses cours chez elle le mardi et le vendredi soir, ainsi que le dimanche après-midi. Il aimait le trajet qui l'y menait depuis son bureau, le soir, et qui longeait le Panthéon. Les bons côtés de l'expatriation consistaient entre autres en une conscience aiguisée de ce qu'il voyait, et en un grisant sentiment de liberté. Mêlée à l'amour que nous éprouvons pour notre pays natal se trouve la conscience du fait qu'il s'agit de l'endroit où nous avons grandi et, si quoi que ce soit devait mal tourner, cette faute nous sera rappelée par la scène du crime jusqu'à l'instant de notre mort. Peut-être un tel revers de fortune expliquait-il le sentiment de liberté qu'éprouvait Streeter ; peut-être sa conscience aiguisée n'était-elle rien de plus que ce à quoi on peut s'attendre chez un homme doué d'un robuste appétit de vivre qui déambule dans les petites rues d'une ville en automne. L'air était froid et imprégné d'une odeur de café et parfois d'encens, quand les portes d'une église étaient ouvertes, et partout l'on vendait des chrysanthèmes. Le décor était exaltant et déroutant – les ruines de la Rome républicaine et impériale, et les ruines de ce qu'avait été la ville l'avant-veille, semblait-il – mais tout cela serait révélé à Streeter quand il saurait parler italien.

Il savait qu'il n'était pas facile, pour un homme de son âge, d'apprendre quoi que ce soit, et il n'avait pas eu de chance dans sa quête d'un bon professeur d'italien. Il était d'abord allé à l'Institut Dante Alighieri, où les classes comptaient tant d'élèves qu'il n'avait fait aucun progrès. Puis il avait pris des leçons privées avec une vieille femme ; il était censé lire et traduire *Pinocchio* de Collodi, mais après quelques phrases à peine, le professeur lui prenait le livre des mains pour le lire et le traduire elle-même. Elle aimait tant cette histoire qu'elle riait et pleurait, et parfois des leçons entières s'écoulaient sans que Streeter n'ouvre la bouche. Il lui semblait peu approprié que lui, un homme de cinquante ans, soit assis dans un appartement froid à la périphérie de Rome tandis qu'une femme de soixante-dix ans lui lisait une histoire pour enfants, et, après une dizaine de leçons, il raconta à son professeur qu'il devait aller à Pérouse pour affaires. Après cela, il s'inscrivit à l'école Tauchnitz où il reçut des cours privés. Son professeur était une jeune femme incroyablement jolie portant les vêtements très ajustés au niveau de la taille qui étaient à la mode cette année-là, et une alliance – une fausse, supposa-t-il, tant la jeune femme semblait ouvertement séductrice et gaie. Elle portait un parfum piquant, faisait tinter ses bracelets, ondulait des hanches lorsqu'elle se dirigeait vers le tableau noir et, un soir, jeta à Streeter un regard si langoureux qu'il la prit dans ses bras. Alors elle poussa un cri perçant, renversa d'un coup de pied un petit bureau, et traversa en courant les trois salles de cours les séparant du hall d'entrée en hurlant qu'un maniaque l'avait agressée. Après tous ces mois de cours, « maniaque » fut le seul mot de sa tirade que comprit Streeter. L'école tout entière était en état d'alerte, bien sûr, et il n'eut d'autre choix que d'essuyer la sueur perlant sur son front et de traverser les salles de classe jusqu'au hall d'entrée. Les gens montaient sur des chaises pour mieux le voir, et il ne retourna jamais à Tauchnitz.

Son professeur suivant fut une femme au physique ingrat et aux cheveux gris, portant un châle mauve qu'elle devait avoir tricoté elle-même tant il était plein de nœuds et d'enchevêtrements de fils. Elle se montra un excellent professeur pendant un mois puis, un soir, elle lui confia que sa vie était difficile. Elle attendit qu'il l'encourage à lui raconter ses ennuis, et lorsqu'il s'abstint de le faire, elle les lui raconta quand même. Elle était fiancée depuis vingt ans, mais la mère de son promis s'opposait au mariage et, chaque fois que quelqu'un abordait le sujet, elle grimpait sur l'appui de fenêtre et menaçait de se jeter dans la rue. À présent son fiancé était malade, il allait falloir l'ouvrir (elle mima le geste) du cou jusqu'au nombril et, s'il mourait, elle serait vieille fille le jour où elle-même serait enterrée. Ses sœurs fourbes étaient tombées enceintes afin de contraindre leur fiancé au mariage – l'une d'elles avait marché vers l'autel enceinte de huit mois (gestes supplémentaires) – mais elle-même aurait préféré (retroussant son châle) racoler des hommes dans la rue plutôt qu'agir ainsi. Streeter écouta la litanie de ses malheurs, impuissant, comme nous écoutons la plupart des problèmes d'autrui, puisque nous en avons nous-mêmes ; mais elle bavardait encore lorsque son élève suivant arriva, un Japonais, et Streeter n'avait pas appris un seul mot d'italien ce soir-là. Elle n'avait pas fini de lui raconter toute l'histoire, et elle la poursuivit lors de la leçon suivante. Peut-être était-ce la faute de Streeter – il aurait dû la décourager sans amabilité – mais elle l'avait choisi pour confident, et il comprit qu'il ne pouvait pas changer la nature de leur relation. Il lui fallait composer avec la solitude que l'on trouve dans n'importe quelle grande ville, et il inventa un autre voyage à Pérouse. Il eut deux autres professeurs, deux autres voyages à Pérouse puis, à la fin de l'automne de sa deuxième année à Rome, une personne de l'Ambassade lui recommanda Kate Dresser.

Une Américaine qui enseigne l'italien à Rome est une chose inhabituelle mais tout, à Rome, est si compliqué que nous renonçons à la lucidité et au scepticisme quand nous essayons de suivre la description d'une scène au tribunal, d'un bail, d'un déjeuner ou de quoi que ce soit. Chaque fait, chaque détail engendre plus de questions que de réponses, et, pour finir, nous perdons de vue la vérité, ce qui était le but recherché. Voici le cardinal Micara muni du Doigt de la Vérité de Thomas l'Incrédule – ceci, du moins, est clair – mais l'homme assis près de nous à l'église est-il endormi ou mort, et que font tous ces éléphants sur la Piazza Venezia ?

Les leçons se déroulaient au fond d'une immense *sala*, près d'une cheminée. Streeter passait une heure, parfois deux, à s'y préparer. Il acheva *Pinocchio* et se lança dans la lecture d'*I Promessi sposi*[1]. Après cela viendrait *La Divine Comédie*. Il était fier comme un enfant d'avoir fini ses devoirs, adorait qu'elle lui fasse faire des exercices et des dictées, et pénétrait généralement dans l'appartement avec un grand sourire bête aux lèvres tant il était content de lui. Kate était un excellent professeur. Elle comprenait sa fatuité, l'usure de sa mémoire de quadragénaire et son désir d'apprendre. Elle parlait un italien qu'il parvenait presque toujours à comprendre et, parce qu'elle posait une montre sur la table pour surveiller la durée des cours, qu'elle lui envoyait les factures par la poste et ne lui parlait jamais d'elle, les leçons se déroulaient dans une atmosphère pragmatique et impersonnelle. Il la jugeait séduisante – intense, agitée, surmenée, peut-être, mais charmante.

Parmi les choses que Kate Dresser ne lui confiait pas, tandis qu'ils étaient installés dans cette partie de la pièce qu'elle avait aménagée avec un paravent chinois et des fauteuils dorés branlants, était le fait qu'elle était née et qu'elle avait grandi dans la petite ville de Krasbie, dans l'Iowa. Son père et sa mère étaient tous les deux morts. Dans une région où presque tout le monde travaillait à l'usine d'engrais chimique, son père était conducteur de tramway. À l'époque où elle était enfant, Kate n'avait jamais pu se résoudre à admettre que son père vendait des billets dans un tramway. Elle n'avait même jamais pu se résoudre à

---

1. *Les Fiancés* d'Alessandro Manzoni, roman historique considéré comme l'un des écrits majeurs de la littérature italienne.

admettre que c'était son père, bien qu'elle ait hérité de son trait physique le plus frappant – un nez dont l'extrémité se retroussait de façon si spectaculaire qu'on la surnommait Montagnes russes et Carlin. Elle avait quitté Krasbie pour Chicago, puis Chicago pour New York, où elle avait épousé un homme des services diplomatiques. Ils avaient vécu à Washington, puis à Tanger. Peu après la guerre, ils s'étaient installés à Rome où son mari était mort d'un empoisonnement alimentaire, la laissant avec un fils et très peu d'argent. Elle s'était donc installée définitivement à Rome. Le rideau du petit cinéma où elle passait ses samedis après-midi, enfant, était la seule façon dont Krasbie l'avait préparée à l'Italie. En ce temps-là, maigrichonne, guère mieux habillée que la plupart des enfants rebelles et ne sentant pas meilleur, les cheveux tressés, les poches remplies de cacahouètes et de bonbons, la bouche pleine de chewing-gum, elle donnait un *quarter* chaque samedi après-midi, qu'il pleuve ou fasse soleil, et se vautrait dans un fauteuil au premier rang. On entendait crier « Montagnes russes ! » et « Carlin » dans tout le cinéma et, certes, avec les chaussures à talons hauts (appartenant à sa sœur) qu'elle portait parfois et les bagues en faux diamants du bazar à ses doigts, il n'était guère étonnant qu'on se moque d'elle. Les garçons jetaient du chewing-gum dans ses cheveux et des boulettes de papier imbibées de salive sur sa nuque maigre et, persécutée dans son corps et son âme, elle contemplait le rideau et y distinguait une vision remarquablement claire de son avenir. Celle-ci était peinte sur la toile, toute craquelée d'avoir été roulé et déroulé si souvent – le spectacle d'un jardin italien, des cyprès, une terrasse, un bassin et une fontaine, et une balustrade en marbre où des roses se déversaient d'urnes en marbre également. Elle semblait s'être littéralement levée de son siège et avoir pénétré dans cette scène craquelée, car la vue dont elle jouissait de sa fenêtre, dans la cour du Palazzo Tarominia où elle habitait, était presque la même.

Vous pourriez, certes, vous demander pourquoi une femme qui avait si peu d'argent logeait dans le Palazzo Tarominia, et il existait une réponse romaine. La baronessa Tramonde – la sœur du vieux duc de Rome – habitait l'aile ouest du palais, dans un appartement qui avait été construit pour le pape Andros X et auquel on accédait par un vaste escalier aux murs et au plafond peints. La baronessa, avant la guerre, aimait à se tenir en haut des marches pour accueillir ses amis et sa famille, mais les temps avaient changé. Elle avait vieilli, ainsi que ses amis ; ils ne parvenaient plus à gravir l'escalier. Oh, ils essayaient. Ils étaient montés laborieusement dans ses appartements pour leurs soirées de cartes comme une patrouille sous le feu d'une mitraillette, les messieurs poussant les dames, et parfois vice versa, les vieilles marquises et princesses – la crème de l'Europe – soufflant et haletant et s'asseyant sur les marches dans un épuisement absolu. Dans l'autre aile du palais – celle où habitait Kate – se trouvait un ascenseur, mais il était impossible d'en installer un dans l'aile ouest car les fresques auraient été endommagées. La seule autre façon d'accéder aux appartements de la baronessa consistait à prendre l'ascenseur jusqu'à l'appartement de Kate, de le traverser, et d'en ressortir par une porte de service donnant dans l'autre aile. En concédant au duc de Rome, qui possédait également un appartement dans le Palazzo, le fameux principe de droit établissant que toute terre relève de la Couronne, Kate disposait d'un appartement au loyer modeste dans un palais. Le duc le traversait généralement deux fois par jour pour rendre visite à sa sœur et, le premier jeudi de chaque mois, à 20 h 05, une joyeuse troupe élégante et âgée traversait les pièces pour se rendre à la soirée de cartes de la baronessa. Cela ne dérangeait pas Kate. De fait, quand elle entendait retentir la sonnette, le jeudi, son cœur se mettait à battre à coups désordonnés sous l'effet d'une intense excitation. Le vieux duc menait invariablement la procession. Sa main droite avait été tranchée à hauteur du poignet par l'un des bourreaux publics de Mussolini et, à présent que les ennemis du vieil homme étaient morts, il arborait fièrement son moignon. Le suivaient Don Fernando Marchetti, le duc de Treno, le duc et la duchesse Ricotto-Sporci, le comte Ambro di Albentiis, le comte et la comtesse Fabrizio Daromeo, la princesse Urbana Tessoro, la princesse Isabella Tessoro, et Federico cardinal Baldova. Chacun d'eux s'était distingué d'une manière ou d'une autre. Don Fernando était allé en voiture de Paris à Pékin, en passant par le désert de Gobi. Le duc Ricotto-Sporti s'était brisé la plupart des os dans un accident de steeple-chase, et la comtesse Daromeo avait été opératrice d'une radio alliée en plein Rome pendant l'occupation allemande. Le vieux duc de Rome tendait à Kate un petit bouquet de fleurs, puis ses amis et lui-même traversaient la cuisine à la queue leu leu et sortaient par la porte de service.

Kate parlait un italien admirable, avait fait des traductions et enseigné, et, depuis trois ans, elle subvenait aux besoins de sa famille en doublant des dialogues dans de vieux films italiens, qui étaient alors diffusés à la télévision anglaise. Avec son accent cultivé, elle interprétait surtout des douairières et ainsi de suite, mais le travail ne semblait pas manquer et elle passait la majeure partie de son temps dans un studio d'enregistrement près du Tibre. Son salaire et l'argent que lui avait laissé son mari lui permettaient à peine de s'en sortir. Sa sœur aînée, qui habitait Krasbie, lui écrivait une longue lettre de lamentations deux ou trois fois par an : «Oh, espèce de sale veinarde, Kate! Oh, comme je t'envie d'être loin de toutes les broutilles ennuyeuses, incessantes, idiotes, pénibles de la vie ici! » L'existence de Kate Dresser ne manquait pas de broutilles idiotes et pénibles, mais au lieu d'y faire allusion dans ses lettres, elle exacerbait le désir de voyage de sa sœur en lui envoyant des photos d'elle en gondole, ou des cartes postales de Florence où elle allait toujours passer Pâques avec des amis.

Streeter savait que, grâce à l'enseignement de Kate Dresser, il faisait des progrès en italien et en règle générale, quand il quittait le Palazzo Tarominia après son cours, il était euphorique à l'idée qu'un mois plus tard – à la fin de l'hiver, quoi qu'il en soit – il comprendrait tout ce qui se passait et se disait autour de lui. Mais ses progrès étaient en dents de scie.

La beauté de l'Italie n'est plus aussi facile à appréhender qu'autrefois, si tant est qu'elle l'ait jamais été, mais, le jour où Streeter se rendit en voiture jusqu'à une villa située au sud d'Anticoli pour y passer le week-end en compagnie d'amis, il découvrit un paysage d'un tel charme et d'une telle profusion de détails qu'il était indescriptible. Ils arrivèrent à la villa par une soirée pluvieuse. Des rossignols chantaient dans les arbres, les portes à deux battants de la villa étaient ouvertes, et dans toutes les pièces se trouvaient des vases emplis de roses, et des feux de bois d'olivier. On aurait cru assister, avec les domestiques qui s'inclinaient et apportaient des bougies et du vin, à quelque retour au bercail grandiose et princier dans un film et, lorsque Streeter alla sur la terrasse après le dîner pour écouter les rossignols et contempler les lumières des villes disséminées dans les collines, il prit conscience que jamais des collines sombres et des lumières lointaines ne lui avaient inspiré une telle tendresse. Au matin, quand il sortit sur le balcon de sa chambre, il vit une servante, pieds nus dans le jardin, cueillir une rose pour la glisser dans ses cheveux. Puis elle se mit à chanter ; il semblait s'agir d'un flamenco – tout d'abord guttural, puis aigu –, et le pauvre Streeter s'aperçut que son italien était encore si limité qu'il était incapable de comprendre les paroles de la chanson, ce qui l'amena à réaliser qu'il comprenait imparfaitement le paysage aussi. Ce qu'il ressentait à l'égard de celui-ci était très proche de ce qu'aurait pu lui inspirer une magnifique station balnéaire ou un lieu de villégiature – un paysage où, comme des enfants, nous nouons une relation provisoire avec la beauté et la simplicité qui sera brutalement interrompue le jour de Labor Day. C'était l'évocation d'un bonheur d'emprunt, temporaire et doux-amer, contre lequel il se rebellait, mais la servante continua à chanter sans qu'il comprenne un mot.

Quand il suivait son cours chez Kate, le fils de celle-ci, Charlie, traversait habituellement la *sala* au moins une fois durant l'heure de la leçon. Il était passionné de base-ball, affligé d'une peau boutonneuse et d'un rire de hibou. Il saluait Streeter et lui donnait des informations tirées de la rubrique des sports du *Daily American* de Rome. Streeter avait un fils à peu près du même âge, que le jugement du divorce lui interdisait de voir, et il ne posait jamais les yeux sur Charlie sans que son propre fils ne lui manque cruellement. Charlie avait quinze ans et c'était l'un des adolescents américains qu'on voit attendre le car de ramassage scolaire près de l'Ambassade, vêtus de vestes de cuir noir et de Levi's, avec des favoris ou les cheveux plus longs sur la nuque, et portant des gants de base-ball – tout ce qui les identifie comme étant américains. Ce sont ces adolescents, les véritables expatriés. Le samedi, après la séance de cinéma, ils vont dans l'un de ces bars nommés Larry's ou Jerry's où les murs sont tapissés de photographies autographiées représentant des guitaristes inconnus et des soubrettes tout aussi inconnues pour dîner d'œufs au bacon, discuter base-ball et passer des disques américains sur le juke-box. Ce sont les enfants d'attachés de l'Ambassade, d'écrivains, d'employés de compagnies pétrolières et aériennes, de divorcés, et des boursiers Fulbright[1]. Manger des œufs au bacon et écouter le juke-box leur procurait un sentiment d'éloignement qui était une distillation beaucoup plus douce et enivrante que celle que connaîtraient jamais leurs parents.

Charlie avait passé cinq années de sa vie sous un plafond décoré d'or rapporté du Nouveau Monde par le premier duc de Rome, et il avait vu de vieilles marquises aux doigts ornés de diamants aussi gros que des glands glisser des rognures de fromage dans leur sac à main à la fin du déjeuner. Il avait navigué dans des

---

1. Le programme Fulbright désigne un système de bourses d'études créé aux États-Unis en 1946 dans l'espoir que, au lendemain de la Seconde Guerre mondiale, les échanges culturels et éducatifs entre pays contribueraient à asseoir durablement la paix.

gondoles et joué au *softball* au Palatine. Il avait vu le Palio[1] de Sienne et entendu les cloches de Rome, de Florence, de Venise, de Ravenne et de Vérone. Mais ce n'est pas cela qu'il évoqua dans la lettre qu'il écrivit à George – l'oncle de sa mère habitant à Krasbie – vers le milieu du mois de mars. Non, il demanda au vieil homme de le ramener aux États-Unis pour qu'il puisse être un jeune Américain. Le moment était parfaitement choisi. L'oncle George venait de prendre sa retraite après avoir travaillé à l'usine d'engrais sa vie durant, et il avait toujours voulu ramener Kate et son fils au pays. Moins de deux semaines plus tard, il était à bord d'un paquebot à destination de Naples.

Streeter, bien sûr, ignorait tout cela. Mais il soupçonnait des tensions entre Charlie et sa mère. Les vêtements typiquement américains de l'adolescent, ses postures d'ouvrier de chemins de fer, de lanceur de base-ball, de cow-boy, et les manières italiennes de sa mère laissaient deviner pour le moins des motifs de désaccord considérables et, se rendant là-bas un dimanche après-midi, il se retrouva au beau milieu d'une dispute. Assunta, la domestique, le fit entrer, mais il s'arrêta à la porte de la *sala* en entendant Kate et son fils se disputer violemment. Il ne pouvait battre en retraite ; Assunta l'avait précédé pour annoncer son arrivée, et il dut se contenter de patienter dans le vestibule. Kate vint le trouver, alors – elle pleurait – et déclara, en italien, qu'elle ne pouvait pas lui donner de cours cet après-midi-là. Elle était désolée, ajouta-t-elle, il s'était passé quelque chose et elle n'avait pas eu le temps de lui téléphoner. Il se sentit ridicule face à ses larmes, avec son livre de grammaire et son cahier d'exercices, et *I Promessi sposi* calé sous le bras. Il affirma que cela n'avait pas d'importance, que ce n'était rien, et pouvait-il venir mardi ? Elle dit oui, oui, qu'il vienne mardi – et pouvait-il venir également jeudi, non pas pour un cours, mais pour lui rendre un service ?

« Le frère de mon père – mon oncle George – vient à Rome

---

1. Course de chevaux se déroulant deux fois par an dans les rues de Sienne.

pour essayer de ramener Charlie aux États-Unis. Je ne sais pas quoi faire. Je ne sais pas ce que je *peux* faire. Mais j'aimerais qu'un homme soit présent ; je me sentirais vraiment mieux si je n'étais pas seule. Vous n'aurez rien à faire, rien à dire, si ce n'est rester assis dans un fauteuil et boire un verre, mais je me sentirais vraiment mieux si je n'étais pas seule. »

Streeter accepta et s'en fut, se demandant quel genre d'existence menait Kate s'il lui fallait, en cas de problème, compter sur un inconnu comme lui. Puisque sa leçon était annulée et qu'il n'avait rien à faire, il se promena le long du fleuve jusqu'au ministère de la Marine, puis revint sur ses pas en traversant un quartier qui n'était ni neuf ni vieux, et ne pouvait pas non plus être défini autrement. C'était dimanche après-midi et la plupart des maisons étaient fermées. Les rues étaient désertes. Quand il croisait qui que ce soit, c'était généralement une famille revenant d'une promenade au zoo. On apercevait aussi quelques-uns de ces hommes et ces femmes solitaires, portant des pâtisseries dans des boîtes en carton, qu'on voit partout dans le monde le dimanche au crépuscule – des tantes et des oncles célibataires qui vont prendre le thé dans leur famille et apportent des gâteaux pour rendre leur visite plus agréable. Mais la plupart du temps, il était seul ; la plupart du temps, aucun bruit ne retentissait sinon celui de ses pas et, au loin, le tintement métallique des roues du tramway sur les rails – un son qui, le dimanche après-midi, incarne la solitude pour de nombreux Américains ; un son qui incarnait la solitude pour Streeter, quoi qu'il en soit, car il lui rappelait certains dimanches sans amis, sans amours, des dimanches irritants de sa jeunesse. Comme il se rapprochait de la ville, les lumières et les passants – des fleurs et des conversations – se firent plus nombreux et, sous la porte de Santa Maria del Popolo, une prostituée lui adressa la parole. C'était une belle jeune femme mais il lui dit, dans son mauvais italien, qu'il avait une amie, et poursuivit son chemin.

Alors qu'il traversait la Piazza, il vit un homme se faire renverser par une voiture. Le choc fut bruyant – ce bruit étonnamment fort que produisent nos os quand leur est infligé un coup mortel. Le conducteur de la voiture se glissa hors du véhicule et s'enfuit dans les collines Pincian. La victime gisait sur la chaussée, un homme pauvrement vêtu mais avec beaucoup de brillantine dans ses cheveux noirs, ondulés, qui devaient avoir été sa fierté. Une foule se rassembla – sans aucune solennité, même si quelques femmes se signèrent – et tout le monde se mit à parler avec animation. La foule, volubile, absorbée par ses opinions divergentes et indifférente, semblait-il, à l'homme agonisant, était si dense que lorsque la police arriva, il lui fallut se frayer un chemin jusqu'à la victime. Les mots de la prostituée toujours présents à l'esprit, Streeter se demanda au nom de quoi ils attribuaient à la vie humaine une valeur si douteuse.

Il se détourna de la Piazza, alors, et se dirigea vers le fleuve. Alors qu'il passait devant le Mausolée d'Auguste, il remarqua un homme qui appelait un chat et lui tendait quelque chose à manger. Le chat était l'un de ceux qui vivent par centaines de millions dans les ruines de Rome et se nourrissent de restes de spaghettis, et l'homme était en train de lui offrir un quignon de pain. Puis, au moment où l'animal approchait, l'homme sortit un pétard de sa poche, le glissa dans le quignon de pain et alluma la mèche. Il posa le pain sur le trottoir et, à l'instant précis où le chat s'en emparait, le pétard explosa. L'animal poussa un cri effrayant et bondit dans les airs, le corps tordu en tous sens, puis s'élança par-dessus le mur et se perdit dans l'ombre du Mausolée d'Auguste. L'homme s'esclaffa du tour qu'il venait de jouer au chat, de même que plusieurs personnes ayant assisté à la scène.

Le premier réflexe de Streeter fut de gifler l'homme pour lui apprendre à ne pas nourrir les chats errants avec des pétards allumés. Mais, devant un public aussi admiratif, cela aurait représenté un incident international, et il se rendit compte qu'il ne pouvait rien faire. Les gens que cette farce avait fait rire étaient bons et généreux – des parents affectueux pour la plupart. On aurait pu les voir un peu plus tôt dans la journée, en train de cueillir des violettes dans le Palatine.

Streeter poursuivit son chemin dans une rue sombre et entendit derrière lui un bruit de sabots et de harnachement de chevaux – on aurait cru entendre la cavalerie – et il s'écarta pour laisser passer un corbillard et son convoi funèbre. Le corbillard était tiré par deux paires de chevaux bais ornés de panaches noirs. Le conducteur portait une livrée funéraire, un chapeau d'amiral, et avait le visage rougeaud et bestial d'un voleur de chevaux ivre. Le corbillard cahotait et tressautait sur les pavés de telle façon que la pauvre âme qu'il transportait devait être terriblement bousculée, et la voiture attelée du cortège funèbre qui le suivait était vide. Les amis du mort étaient sans doute arrivés en retard, à moins qu'ils ne se soient trompés de jour ou que toute l'histoire leur soit sortie de l'esprit, comme c'est souvent le cas à Rome. Le corbillard et la voiture s'en furent en cahotant bruyamment vers la porte du mur Servien.

À cet instant, Streeter prit conscience d'une chose : il ne voulait pas mourir à Rome. Il était en excellente santé et n'avait aucune raison de penser à la mort ; néanmoins, il était effrayé. De retour dans son appartement, il se versa un whisky allongé d'eau et sortit sur le balcon. Il regarda la nuit tomber et les réverbères s'allumer, empli d'une profonde perplexité quant à ses propres sentiments. Il ne voulait pas mourir à Rome. La puissance de cette idée ne pouvait émaner que de l'ignorance et de la bêtise, se dit-il – car que pouvait représenter une telle crainte, sinon son incapacité à répondre à l'intensité de la vie ? Il s'adressa des reproches argumentés et se réconforta avec du whisky mais, au milieu de la nuit, il fut réveillé par le fracas d'un attelage et de sabots, et à nouveau il eut une suée de peur. Le corbillard, le voleur de chevaux et la voiture vide du cortège funèbre s'en revenaient en cahotant sous son balcon, songea-t-il. Il sortit du lit et s'approcha de la fenêtre, mais ce n'étaient que deux voitures attelées regagnant l'écurie.

Quand l'oncle George atterrit à Naples, le mardi, il était tout excité et de bonne humeur. Deux raisons l'avaient incité à se rendre à l'étranger : ramener Charlie et Kate aux États-Unis et prendre des vacances, les premières en quarante-trois ans. L'un de ses amis de Krasbie, qui avait visité l'Italie, lui avait composé un itinéraire : « À Naples, descends au Royal. Va au Musée national. Prends un verre à la Galleria Umberto. Dîne au California. Bonne cuisine américaine. Prends l'*auto-pullman* Roncari le matin pour Rome. Il traverse deux villages intéressants et s'arrête à la villa de Nero. À Rome, descends à l'Excellior. Réserve une chambre à l'avance... »

Le mercredi matin, l'oncle George se leva tôt et descendit dans la salle à manger de l'hôtel. « Un jus d'orange, et des œufs au jambon », demanda-t-il au serveur. Lequel lui apporta du jus d'orange, un café et un petit pain. « Où sont mes œufs au jambon ? » demanda l'oncle George, puis il se rendit compte, quand l'homme s'inclina en souriant, qu'il ne comprenait pas l'anglais. Il sortit son guide de conversation, mais nulle part il n'était fait mention d'œufs au jambon. « Vous z'avez pas de jambona ? demanda-t-il d'une voix forte. Vous z'avez pas d'œufas ? » Le serveur continua à sourire et s'incliner, et l'oncle George renonça. Il mangea le petit déjeuner qu'il n'avait pas commandé, donna au serveur un pourboire de vingt lires, changea des traveller's checks d'une valeur de quatre cents dollars à la réception, et quitta l'hôtel. La veste de son costume était bosselée à cause de tous les billets en lires, et il gardait sa main gauche posée sur son portefeuille comme s'il souffrait à cet endroit. Naples, il le savait, fourmillait de voleurs. Il prit un taxi jusqu'à la station de bus, qui se trouvait sur une place près de la Galleria Umberto. Il était tôt, la lumière tombait en oblique et le vieil homme prenait plaisir à humer les senteurs de café et de pain et à observer l'agitation des gens se hâtant sur les trottoirs. Une agréable odeur d'océan, s'élevant de la baie, emplissait les rues. L'oncle George était en avance et un homme au visage rougeaud qui parlait anglais avec un accent britannique lui indiqua son siège dans le car. C'était le guide – l'un de ceux à cause desquels, quel que soit votre moyen de transport et quel que soit le lieu, il semble bizarre d'évoluer parmi les monuments. Leur maîtrise des langues est extraordinaire, leur connaissance de l'Antiquité est impressionnante et ils vouent un amour passionné à la beauté, mais quand ils s'éloignent un instant du groupe, c'est pour boire au goulot d'une flasque ou pour pincer un jeune pèlerin. Ils font l'éloge du vieux monde en quatre langues mais leurs vêtements sont usés jusqu'à la trame, leur linge de corps est sale et la soif et la lubricité font trembler leurs mains. Tandis que le guide bavardait au sujet de la pluie et du beau temps avec l'oncle George, celui-ci sentait déjà le whisky dans son haleine. Puis il laissa le vieil homme pour accueillir le reste du groupe, qui approchait sur la place.

Ils étaient environ trente – ils se déplaçaient en tribu, ou en troupe, bien naturellement intimidés par l'étrangeté du cadre – et il s'agissait essentiellement de vieilles femmes. En montant dans le bus, ils caquetaient (comme nous le ferons tous en vieillissant) et ils s'installèrent avec le soin tatillon des voyageurs âgés. Puis, tandis que le guide chantait les louanges de la vieille Naples, ils se mirent en route.

Ils longèrent tout d'abord la côte. La teinte de l'eau rappela à l'oncle George les cartes postales qu'il avait reçues d'Honolulu, où l'un de ses amis était allé en vacances. Elle était vert et bleu. Il n'avait jamais rien vu de tel. Ils passèrent devant quelques stations balnéaires presque vides, où de jeunes hommes étaient assis sur des rochers, en maillot de bain, attendant patiemment que le soleil brunisse leur peau. À quoi pensaient-ils ? se demanda l'oncle George. Durant toutes les heures qu'ils passaient sur ces rochers, à quoi donc pouvaient-ils bien penser ? Ils passèrent devant une colonie de petites cabines de bain toutes délabrées, pas plus grandes que des cabinets d'aisances, et l'oncle George se souvint de la joie qu'il avait éprouvée – il y avait si longtemps – en se déshabillant dans des pièces saumâtres semblables à celles-là, quand on l'emmenait à la mer à l'époque où il était enfant. Lorsqu'ils s'engagèrent dans l'intérieur des terres, il se tordit le cou pour voir la mer une dernière fois en se demandant pourquoi elle lui semblait – étincelante et bleue – être une chose dont il se souvenait au plus profond de lui-même. Puis ils entrèrent dans un tunnel et en ressortirent dans un paysage de terres cultivées. George s'intéressait aux méthodes d'agriculture et il admira la façon dont les vignes étaient tuteurées aux arbres. Il admira également le système de terrasses creusées à flanc de colline, et fut troublé par les traces d'érosion de la terre. Et il dut admettre que seule l'épaisseur d'une vitre le séparait d'une vie qui lui était aussi étrangère que celle sur la Lune.

Le car au toit et aux parois vitrés ressemblait à un aquarium, et les rayons du soleil ainsi que l'ombre des nuages tombaient sur les voyageurs. Un troupeau de moutons leur bloqua la route. Les animaux entouraient le bus, isolaient leur petit îlot d'Américains âgés, emplissaient l'air de bêlements sots et discordants. Derrière les moutons, ils virent une fille qui portait une cruche d'eau sur la tête. Un homme était étendu, profondément endormi, dans l'herbe sur le bas-côté de la route. Une femme était assise sur un pas de porte, donnant le sein à un enfant. À l'intérieur du dôme de verre, les vieilles femmes se plaignaient du prix exorbitant des valises. « Grace a attrapé la teigne à Palerme, disait l'une d'elles. Je pense qu'elle n'en guérira jamais. »

Le guide leur désigna des fragments de vieille route romaine, ainsi que de tours et de ponts. Au sommet d'une colline était perché un château – un spectacle qui ravit l'oncle George, ce qui n'avait rien d'étonnant car de tels châteaux étaient peints sur son assiette quand il était enfant et que les premiers livres qu'on lui avait lus et qu'il avait été capable de lire étaient illustrés de châteaux. À cette époque, ils représentaient tout ce qu'il y avait d'excitant, d'étrange et de merveilleux dans la vie, et à présent, en levant les yeux, il en voyait un se profiler contre un ciel aussi bleu que celui de ses livres d'images.

Après avoir roulé pendant une heure ou deux, ils firent halte dans un village où se trouvaient un café et des toilettes. Le café coûtait cent lires la tasse, ce qui alimenta les conversations des dames pendant un certain temps après qu'ils se furent remis en route. À l'hôtel, le café coûtait soixante lires. Et quarante lires au coin de la rue. Ils avalèrent des cachets et parcoururent leurs guides de voyage, et l'oncle George regarda par la vitre ce pays étranger, où les fleurs du printemps et les fleurs de l'automne semblaient pousser côte à côte dans l'herbe. À Krasbie, le temps devait être exécrable, mais ici tout était en fleurs – les arbres fruitiers, les mimosas et les prés étaient blancs de pétales, et les potagers produisaient déjà des légumes.

Puis ils entrèrent dans une ville ou une bourgade ancienne, aux rues tortueuses et étroites. L'oncle George ne saisit pas son nom. Le guide expliqua que c'était jour de *festa*. Le chauffeur du bus devait klaxonner en permanence pour continuer à rouler, et deux ou trois fois il dut s'arrêter tant la foule était dense. Dans les rues, les gens considéraient cette apparition – cet aquarium de vieux Américains – avec une telle incrédulité que l'oncle George en fut blessé. Il vit une petite fille ôter une croûte de pain de sa bouche pour le dévisager fixement. Des femmes hissaient leurs enfants à bout de bras dans les airs pour qu'ils puissent voir les étrangers. Des fenêtres s'ouvraient, des bars se vidaient, et les gens montraient du doigt les touristes bizarres et riaient. L'oncle George aurait voulu s'adresser à eux comme il s'était souvent adressé aux membres du Rotary. « Ne nous fixez pas ainsi, aurait-il voulu dire. Nous ne sommes pas si bizarres, si riches et si étranges que ça. Ne nous fixez pas ainsi. »

Le bus tourna à l'angle d'une petite rue, et il y eut un nouvel arrêt café et toilettes. La plupart des voyageurs s'éparpillèrent afin d'acheter des cartes postales. Apercevant une église de l'autre côté de la rue, l'oncle George décida d'y entrer. Quand il ouvrit la porte, l'air embaumait les épices. À l'intérieur de l'église, les murs de pierre étaient nus – on se serait cru dans un arsenal – et seuls quelques cierges brûlaient dans les chapelles situées sur ses flancs. Puis l'oncle George entendit une voix sonore et vit un homme agenouillé devant l'une des chapelles, et récitant ses prières. Il se conduisait comme l'oncle George n'avait encore jamais vu personne le faire. Sa voix était forte, implorante, parfois colérique. Son visage était humide de larmes. Il implorait la Croix de lui accorder quelque chose – une explication, une indulgence ou une vie. Il agitait les mains, il sanglotait, sa voix et ses pleurs résonnaient dans ce lieu qui évoquait une étable. L'oncle George sortit de l'église et regagna sa place dans le bus.

Ils quittèrent à nouveau la ville pour la campagne et, un peu avant midi, ils s'arrêtèrent aux portes de la villa de Nero, achetèrent leurs tickets et entrèrent. Il s'agissait d'une immense ruine, très ornée mais exempte de tout si ce n'est de ses murs de brique. Autrefois, la demeure était vaste et haute et à présent les murs et les voûtes menant à des pièces à ciel ouvert, et les socles des tours, se dressaient dans un pré sans que rien ne mène plus à rien ; les nombreux escaliers en volutes s'arrêtaient entre ciel et terre. L'oncle George s'éloigna du groupe et déambula avec plaisir à travers les vestiges de ce palais. L'atmosphère lui paraissait agréable et sereine – un peu comme celle d'une forêt ; il entendait un oiseau chanter, et le murmure d'un cours d'eau. Les contours des ruines, hérissées de plantes pareilles aux poils surgissant des oreilles d'un vieillard, lui semblaient plaisamment familiers, comme si les rêves dont il n'avait pas gardé le souvenir s'étaient déroulés dans un décor comme celui-là. Puis il se retrouva dans un lieu plus sombre ; l'air était humide, et les pièces aux murs de brique dépourvues de sens, chacune donnant dans une autre, étaient envahies de broussailles. Peut-être s'agissait-il autrefois d'un donjon, d'un poste de garde ou d'un temple où l'on accomplissait des rites obscènes, car il se sentit soudain troublé de façon indécente par l'humidité. Il se détourna, cherchant le soleil, l'eau et l'oiseau, et s'aperçut qu'un guide lui barrait la route.

« Vous voulez voir l'endroit spécial ?

— Qu'est-ce que vous voulez dire ?

— Très spécial, murmura le guide. Seulement pour les hommes. Seulement pour les hommes forts. Des images comme ça. Très anciennes.

— C'est combien ?

— Deux cents lires.

— Très bien. »

L'oncle George tira deux cents lires de la poche où il gardait sa monnaie.

« Venez, reprit le guide. C'est par là. »

Il s'éloigna d'un pas vif – si vif que l'oncle George dut presque courir pour ne pas se faire distancer. Il vit l'homme se glisser dans une étroite ouverture à travers le mur, une brèche où les briques s'étaient éboulées, mais quand il le suivit, le guide semblait avoir disparu. C'était un piège. Un bras se glissa autour de sa gorge et fit basculer si violemment sa tête en arrière qu'il ne put appeler au secours. Il sentit une main tirer le portefeuille de sa poche – un effleurement aussi léger que celui d'un poisson mordant à l'hameçon – puis il fut jeté brutalement à terre. Il resta étendu là, étourdi, pendant une ou deux minutes. Quand il s'assit, il vit qu'il ne lui restait que son portefeuille vide et son passeport.

Alors il rugit de fureur en songeant à ces voleurs, et il détesta l'Italie et sa population crapuleuse de joueurs d'orgue de Barbarie et de maçons. Mais même durant cette éruption de colère, sa rage fut moins forte que son sentiment de faiblesse et de honte. Il se sentait terriblement humilié et, quand il ramassa son portefeuille vide et qu'il le remit dans sa poche, il eut le sentiment que son cœur lui avait été arraché et brisé. Qui pouvait-il blâmer ? Pas les ruines humides. Il avait souhaité quelque chose qui, selon ses principes, était mal, et il ne pouvait le reprocher à personne d'autre qu'à lui-même. Peut-être un tel vol avait-il lieu chaque jour – peut-être un vieil imbécile libidineux comme lui était-il dépouillé chaque fois que le car s'arrêtait. Il se hissa sur ses pieds, éprouvant de la lassitude et de l'écœurement pour les vieux os qui avaient provoqué ces ennuis. Il épousseta ses vêtements, puis il prit conscience qu'il était sans doute en retard. Le bus était peut-être reparti sans lui, auquel cas il serait abandonné dans les ruines sans un centime en poche. Il se mit à marcher puis à courir d'une pièce à l'autre jusqu'à ce qu'il arrive dans une clairière et voie au loin la troupe de vieilles dames, toujours collées les unes aux autres.

Le guide surgit à l'angle d'un mur, et ils montèrent dans le bus et repartirent.

Rome était laide; du moins, les abords de la ville l'étaient : des tramways, des magasins de meubles à prix discount, des rues défoncées et le genre d'immeubles dans lequel personne n'a vraiment envie d'habiter. Les vieilles dames entreprirent de rassembler leurs guides de voyage et de mettre leurs manteaux, leurs chapeaux et leurs gants. Les voyages s'achèvent toujours de la même façon. Puis, habillées de pied en cap, elles se rassirent, les mains croisées sur les genoux, et le silence envahit le bus. «Oh, je regrette d'être venue», murmura une vieille femme à une autre. Je voudrais n'être jamais partie de chez moi.» Elle n'était pas la seule.

«*Ecco, ecco Roma*», s'exclama le guide, et c'était en effet le cas.

Streeter se rendit chez Kate à 19 heures le jeudi. Assunta lui ouvrit et, pour la première fois, il traversa la *sala* sans son exemplaire de *I Promessi sposi*, et s'assit près de la cheminée. Charlie entra à cet instant-là. Il portait son accoutrement habituel – le Levi's serré aux revers retournés, et une chemise rose. Quand il se déplaçait, il traînait les talons en cuir de ses mocassins ou en martelait le sol de marbre. Il parla de base-ball et fit entendre son rire de hibou, mais il ne fit pas mention de l'oncle George. Pas plus que Kate, quand elle entra dans la pièce, et elle ne lui proposa pas non plus de boire un verre. Elle semblait en proie à une tempête émotionnelle, incapable de prendre la moindre décision. Ils discutèrent du temps. À un moment, Charlie alla se placer près de sa mère, qui prit ses deux mains dans l'une des siennes. Puis la sonnette retentit et Kate traversa la pièce pour accueillir son oncle. Ils s'enlacèrent très tendrement – en membres d'une même famille – et une fois les embrassades terminées, le vieil homme déclara :

« Je me suis fait voler, Katie. Je me suis fait voler quatre cents dollars hier. Alors que je venais de Naples en bus.

— Oh, je suis navrée, s'exclama-t-elle. N'y avait-il rien que tu puisses faire, George ? N'y avait-il personne à qui tu puisses en parler ?

— En parler, Katie ? Je n'ai eu personne à qui parler depuis que je suis descendu du bateau. *No parla da English*. Tu pourrais leur couper les deux mains, ils seraient toujours incapables de dire quoi que ce soit. Je peux me permettre de perdre quatre cents dollars – je ne suis pas pauvre –, mais si seulement j'avais pu les consacrer à une cause qui en vaille la peine....

— Je suis vraiment navrée.

— C'est un bel appartement que tu as là, Katie.

— Charlie, je te présente ton oncle George. »

Si elle avait espéré qu'ils ne s'entendraient pas, cette éventualité disparut en un instant. Charlie oublia son rire de hibou et se tint si droit, si désireux de ce que les États-Unis pouvaient faire pour lui, que l'entente entre le vieil homme et l'adolescent fut instantanée, et Kate dut intervenir pour présenter Streeter à son oncle. Celui-ci serra la main de l'élève de sa nièce et parvint à une conclusion plausible, mais erronée.

« *Parla da English* ? s'enquit-il.

— Je suis américain, répliqua Streeter.

— À combien avez-vous été condamné ?

— C'est ma deuxième année ici. Je travaille à F.R.U.P.C.

— C'est un pays immoral, enchaîna l'oncle George en s'asseyant dans l'un des fauteuils dorés. Tout d'abord ils m'ont volé quatre cents dollars et puis, en me promenant dans les rues de cette ville, je n'y ai vu que des statues d'hommes sans aucun vêtement. Sans rien. »

Kate sonna Assunta et, quand la domestique entra, elle lui demanda dans un italien très rapide d'apporter du whisky et des glaçons.

« C'est juste une autre façon de voir les choses, oncle George, dit-elle.

— Non, rétorqua l'oncle George. Ce n'est pas naturel. Pas même dans des vestiaires. Très peu d'hommes choisiraient de se promener tout nus dans des vestiaires s'ils avaient une serviette à portée de main. Ce n'est pas naturel. Tu peux regarder n'importe où – sur les toits. Aux carrefours les plus importants. Sur le chemin de chez toi, j'ai traversé un petit jardin – une aire de jeu, j'imagine – et au beau milieu de tous ces petits enfants se trouvait un de ces hommes complètement nus.

— Est-ce que tu veux un whisky ?

— Oui, s'il te plaît... Le paquebot s'en va samedi, Katie, et je veux que ton garçon et toi rentriez avec moi.

— Je ne veux pas que Charlie s'en aille, protesta Katie.

— Mais lui, il veut s'en aller – pas vrai, Charlie ? Il m'a écrit une belle lettre. Joliment tournée, et son écriture est plaisante. C'était une belle lettre, Charlie. Je l'ai montrée au directeur du lycée et il m'a dit que tu pouvais entrer au lycée de Krasbie quand tu le voulais. Et je veux que tu viennes toi aussi, Katie. C'est ton chez-toi, et tu n'en as qu'un. Ton problème, Katie, c'est qu'à l'époque où tu étais enfant, ils se moquaient de toi à Krasbie et tu t'es enfuie, voilà tout, sans plus jamais t'arrêter.

— Si c'est vrai – et ça l'est peut-être, rétorqua-t-elle vivement, pourquoi est-ce que j'aurais envie de retourner dans une ville où j'ai l'air ridicule ?

— Oh, Katie, tu n'auras pas l'air ridicule. J'y veillerai.

— Je veux rentrer à la maison, maman », intervint Charlie. Il était assis sur un tabouret près de la cheminée – et se tenait moins droit qu'auparavant. « Les États-Unis me manquent tout le temps.

— Comment est-ce que les États-Unis pourraient bien te manquer ? » La voix de Kate était très cassante. « Tu ne les as jamais vus. Ta maison est ici.

— Qu'est-ce que tu veux dire ?

— Ta maison est là où se trouve ta mère.

— Ce n'est pas seulement ça, maman. J'ai tout le temps l'impression d'être un étranger. Dans la rue, tout le monde parle une autre langue.

— Tu n'as même pas essayé d'apprendre l'italien.

— Même si je l'avais fait, ce serait pareil. Ses sonorités me sembleraient toujours bizarres. Je veux dire, ça me rappellerait toujours que ce n'est pas ma vraie langue. Je ne comprends pas les gens, maman, voilà tout. Je veux dire que je les aime bien, mais je ne les comprends pas. Je ne sais jamais ce qu'ils s'apprêtent à faire.

— Pourquoi n'essaies-tu pas de les comprendre ?

— Oh, j'essaie, mais je ne suis pas un génie, et toi non plus, tu ne les comprends pas. Je t'ai entendu le dire, et parfois les États-Unis te manquent à toi aussi. Je le vois à ton visage.

— Avoir le mal du pays, ce n'est rien, rétorqua-t-elle avec colère. Ce n'est absolument rien. Cinquante pour cent des gens vivant sur cette planète ont en permanence le mal du pays. Mais je suppose que tu n'es pas assez vieux pour comprendre. Quand tu es dans un endroit et que tu as envie d'être ailleurs, le simple fait de prendre un bateau ne résout rien. Tu n'aspires pas seulement à te trouver dans un autre pays. Tu aspires à quelque chose en toi que tu n'as pas, ou que tu n'as pas été capable de trouver.

— Oh, je ne parle pas de ça, maman. Je veux simplement dire que si j'étais avec des gens qui parlaient ma langue, je me sentirais plus à l'aise.

— Si te sentir à l'aise, c'est tout ce que tu attends de la vie, que Dieu te vienne en aide. »

Puis la sonnette retentit et Assunta alla ouvrir. Kate jeta un coup d'œil à sa montre et s'aperçut qu'il était 20 h 5. C'était aussi le premier jeudi du mois. Avant qu'elle ait pu formuler la moindre explication, ils s'étaient engagés dans la *sala*, le vieux duc de Rome en tête, tenant un bouquet dans la main gauche. Un peu en retrait se tenait la duchesse, son épouse – une femme grande et svelte aux cheveux gris, portant de nombreux bijoux offerts par François Ier à sa famille. Un méli-mélo de nobles fermait le cortège, ressemblant à la procession d'un cirque parcourant la campagne, ils étaient somptueux et usés par le voyage. Le duc tendit les fleurs à Kate. Ils s'inclinèrent tous vaguement devant ses invités et traversèrent la cuisine, où régnait une odeur de fuite de gaz, afin de gagner la porte de service.

« *Oh, Giuseppe the barber he gotta the cash*, chanta l'oncle George d'une voix forte. *He gotta the bigga the blacka mustache*[1]. » Il attendit que quelqu'un se mette à rire et, voyant que personne ne le faisait, il demanda : « Qu'est-ce que c'était que ça ? »

Kate le lui expliqua, mais ses yeux brillaient d'un éclat plus vif, et il le remarqua.

« Tu aimes ce genre de choses, n'est-ce pas ? demanda-t-il.
— Peut-être.
— C'est insensé, Katie. C'est insensé, insensé. Tu vas rentrer avec Charlie et moi. Ton fils et toi pouvez habiter l'autre moitié de ma maison, et je vous ferai installer une belle cuisine américaine. »

Streeter vit qu'elle était touchée par cette remarque, et il crut qu'elle allait se mettre à pleurer. Elle répliqua vivement :

« Comment diable crois-tu que l'Amérique aurait été découverte si tout le monde restait dans des endroits comme Krasbie ?

---

1. *Miss Carlotta*, de T(homas) A(ugustine) Dal, surtout connu pour ses vers humoristiques en dialecte italien ou irlandais.

— Tu ne découvres absolument rien, Katie.
— Mais si. Mais si.
— On sera plus heureux, maman, intervint Charlie. On sera plus heureux si on a une belle maison bien propre, des tas d'amis, un beau jardin, une cuisine et une douche. »

Elle leur tourna le dos, debout près de la cheminée, et déclara d'une voix forte :

« Aucun ami, aucune cuisine, aucun jardin, aucune douche ni quoi que ce soit ne m'empêchera d'avoir envie de voir le monde et les gens qui y vivent. »

Puis elle se tourna vers son fils et dit d'une voix douce :

« L'Italie va te manquer, Charlie. »

L'adolescent eut son rire de hibou.

« Les cheveux noirs dans mon assiette vont me manquer », persifla-t-il.

Elle ne prononça pas un mot. Elle n'eut même pas un soupir. Alors l'adolescent s'approcha d'elle et fondit en larmes.

« Je suis désolé, maman. Je suis désolé. C'était stupide de dire ça. C'est juste une vieille blague. »

Il embrassa ses mains et les larmes ruisselant sur ses joues, et Streeter se leva et s'en alla.

« *Tal era ciò che di meno deforme e di men compassionevole si faceva vedere intorno, i sani, gli agiati* », lut Streeter à voix haute quand il revint pour sa leçon le dimanche suivant. « *Chè, dopo tante immagini di miseria, e pensando a quella ancor più grave, per mezzo alla quale dovrem condurre il lettore, no ci fermeremo ora a dir qual fosse lo spettacolo degli appestati che si strascicavano o giacevano per le strade, de' poveri, de' fanciulli, delle donne* [1]. »

L'adolescent était parti, il le savait – non parce que Kate le lui avait dit, mais parce que l'appartement paraissait beaucoup plus

---

1. Extrait d'*I Promessi sposi*.

grand. Au beau milieu de la leçon, le vieux duc de Rome traversa la pièce en robe de chambre et en pantoufles, apportant un bol de soupe à sa sœur malade. Kate avait l'air fatigué, mais c'était toujours le cas et, quand la leçon s'acheva et que Streeter se leva, se demandant si elle allait faire allusion à Charlie ou l'oncle George, elle le complimenta sur les progrès qu'il avait accomplis et lui recommanda de finir *I Promessi sposi* et d'acheter un exemplaire de *La Divine Comédie* pour la semaine suivante.

La duchesse

Si vous étiez fils de mineur ou si, comme moi, vous aviez été élevé dans une petite ville du Massachusetts, la fréquentation d'une duchesse de haut rang pourrait susciter en vous certains des sentiments vulgaires qui n'ont pas lieu d'être dans une œuvre de fiction, mais cette duchesse était belle, après tout, et la beauté n'a rien à voir avec le rang social. Elle était mince, mais non pas maigre. Et elle était plutôt grande. Ses cheveux étaient blond cendré, et son front pâle et racé était en parfaite harmonie avec ce décor grandiose et décrépit de pierre calcaire et de marbre – le palais de Rome où elle habitait. Le palais en question lui appartenait et, lorsqu'elle en quittait les ombres pour longer le fleuve jusqu'à l'église où elle assistait à la messe du matin, elle semblait ne jamais tout à fait quitter la lumière poudrée. Il aurait été surprenant, mais non inquiétant, de la voir se joindre aux saints et aux anges de pierre sur le toit de Sant' Andrea della Valle. Il n'est pas question ici de la ville des guides touristiques mais de Rome telle qu'elle est aujourd'hui, celle dont le charme ne réside pas dans le Colisée baigné par la lune ou les Marches Espagnoles mouillées par une averse soudaine, mais dans le caractère poignant d'une ville antique et grandiose succombant confusément au changement. Nous vivons dans un monde où les berges des rivières à truites, aussi isolées fussent-elles, sont piétinées par les bottes des pêcheurs, et où la musique s'échappant des murs médiévaux et envahissant le jardin où nous sommes assis consiste en un vieil enregistrement de Vivienne Segal chantant *Bewitched, Bothered and Bewildered* ; et, comme vous et moi, Donna Carla vivait avec un pied dans le passé.

Elle s'appelait Donna Carla Malvolio-Pommodori, duchesse de Vevaqua-Perdere-Guisti, etc. On aurait considéré qu'elle était blonde n'importe où, mais à Rome ses yeux bleus, sa peau pâle et ses cheveux brillants étaient extraordinaires. Elle parlait anglais, français et italien avec la même aisance, mais l'italien était la seule langue qu'elle sût écrire correctement. Elle s'acquittait de sa correspondance dans un anglais approximatif : « Donna Carla vous merci pour les flores », « Donna Carla rekiert l'honneur de votre companie », et ainsi de suite. Le rez-de-chaussée de son palais au bord du Tibre avait été transformé en magasins, et elle habitait le *piano nobile*. Les deux étages supérieurs étaient loués comme appartements. Cela lui laissait quelque chose comme quarante pièces.

La plupart des guides touristiques évoquent l'histoire de cette famille en petits caractères et il est impossible de voyager en Italie sans tomber sur les vestiges de maçonnerie que les Malvolio-Pommodoris ont disséminés çà et là, de Venise à la Calabre. Les Malvolio-Pommodoris ont compté trois papes, un doge et trente-six cardinaux, ainsi que de nombreux nobles cupides, sanguinaires et malhonnêtes. Don Camillo a épousé la princesse Plève ; après qu'elle lui eut donné trois fils, il l'a fait excommunier sur la foi d'une fausse accusation d'adultère et s'est emparé de toutes ses terres. Don Camillo et ses fils ont été massacrés au cours d'un dîner par des assassins à la solde de leur hôte, Marcantonio, l'oncle de Don Camillo. Marcantonio lui-même a été étranglé par les hommes de Cosimo, et Cosimo empoisonné par son neveu Antonio. Autrefois, le palais de Rome était pourvu d'oubliettes – un cachot situé sous une pièce dont le plancher était actionné selon un système de bascule. Si vous vous avanciez au-delà de l'axe – ou que l'on vous y poussait –, vous étiez précipité à tout jamais dans la fosse jonchée d'ossements. Tout cela est bien antérieur au XIXᵉ siècle, l'époque où les étages supérieurs ont été transformés en appartements. Les grands-parents de Carla étaient des nobles tout à fait exemplaires. Ils étaient même pudibonds, et avaient fait retoucher les fresques érotiques de la salle de bal. Leur souvenir était commémoré par une statue de marbre dans le fumoir. La statue en question était grandeur nature et les représentait tels qu'ils devaient être lors de leurs promenades sur le Lungo-Tevere – chapeaux en marbre, gants en marbre, canne en marbre. L'époux avait même un col de fourrure en marbre sur son manteau en marbre. Il aurait été impossible de soudoyer même le plus corrompu et dépourvu de goût des responsables aux espaces verts pour trouver à cette statue une place dans un parc.

Donna Carla était née dans le village dont sa famille était originaire, à Vevaqua, en Toscane, où ses parents avaient vécu de nombreuses années dans une sorte d'exil. Son père avait des goûts simples, il était intrépide, pieux, juste, et avait hérité d'un immense patrimoine. Lors d'une partie de chasse en Angleterre, du temps de sa jeunesse, il avait fait une mauvaise chute ; il s'était cassé les bras et les jambes, fracturé le crâne, et broyé de nombreuses vertèbres. Ses parents avaient accompli ce qui était à l'époque un long voyage entre Rome et l'Angleterre et avaient attendu trois jours que leur brillant fils reprenne conscience. On pensait qu'il ne marcherait plus jamais. Ses capacités de récupération étaient exceptionnelles, mais il s'écoula deux ans avant qu'il puisse faire un pas. Puis, émacié, s'appuyant sur deux cannes et en partie soutenu par une infirmière à la poitrine opulente du nom de Winifred-Mae Bolton, il franchit le seuil de la maison de convalescence et s'avança dans le parc. Il avait la tête haute, un sourire fugitif aux lèvres, et se déplaçait de façon hésitante, comme s'il était freiné par le plaisir que lui inspiraient le parc et la brise, et non par son infirmité. Il s'écoula six mois avant qu'il puisse regagner Rome, et il y rentra en annonçant qu'il allait épouser Winifred-Mae Bolton. Elle lui avait rendu – littéralement – la vie et, en tant que noble digne de ce nom, que pouvait-il faire sinon la lui offrir à son tour ? La consternation qui s'abattit sur Rome, Milan et Paris fut indescriptible. Ses parents sanglotèrent, mais se heurtèrent à l'inébranlable probité qui était apparue dans le caractère de leur fils quand il était enfant. Son père, qui l'aimait plus qu'il n'aimait sa propre vie, déclara que Winifred-Mae ne franchirait pas les portes de Rome tant qu'il serait en vie, et elle ne les franchit pas.

La mère de Donna Carla était une grande femme joviale, dotée d'une couronne de cheveux blond-roux, aux manières très frustes. Le seul italien qu'elle apprît jamais fut «*prego*» et «*grazie*», et elle prononçait «*prygo*» et «*gryzia*». Elle consacra leurs années d'exil à Vevaqua à jardiner. Ses goûts étaient influencés par les parterres des gares d'Angleterre et elle écrivait le nom de son mari – Cosimo – avec des pensées, enchâssées dans un parterre en forme de cœur constitué d'artichauts. Elle aimait préparer du poisson frit et des frites, ce à cause de quoi les paysans pensaient qu'elle était folle. Le seul signe indiquant que le duc regrettait peut-être son mariage était l'expression – charmante – de stupeur qui apparaissait parfois sur son séduisant visage. À l'égard de son épouse, il se montrait toujours aimant, courtois et protecteur. Donna Carla avait douze ans quand ses grands-parents moururent. Après une période de deuil, le duc, Winifred-Mae et l'adolescente entrèrent dans Rome par la porte de Santa Maria del Popolo.

Winifred-Mae avait sans doute, à cette époque, vu suffisamment d'immensités ducales pour ne pas s'extasier devant la taille du palais sur les berges du Tibre. Leur première soirée à Rome détermina ce que serait leur vie en ces lieux.

«Maintenant que nous sommes à nouveau en ville, déclara Winifred-Mae, avec tous ces magasins, si j'allais acheter un peu de poisson frais, mon chou, et que je te le faisais frire comme quand tu étais à l'hôpital ? »

Le sourire d'assentiment du duc exprimait un amour sans

faille. Au marché aux poissons, Winifred-Mae poussa des cris aigus à la vue des calamars et des anguilles, mais elle trouva une belle sole, la rapporta à la maison et la fit frire, accompagnée de pommes de terre, à la cuisine, tandis que les servantes observaient, les larmes aux yeux, le déclin d'une si prestigieuse demeure. Après le dîner, comme elle en avait l'habitude à Vevaqua, Winifred-Mae chanta. Il n'était pas vrai, comme ses ennemis l'affirmaient, qu'elle avait poussé la chansonnette et soulevé ses jupons dans les music-halls d'Angleterre. Elle avait bel et bien chanté dans des music-halls avant de devenir infirmière, mais elle interprétait la *Méditation* de *Thaïs*, et *The Road to Mandalay* [1]. La démonstration de son absence de talent était exhaustive ; elle était remarquable. Winifred-Mae semblait exhiber la médiocrité de ses dons artistiques, la pousser à son maximum. Elle s'aventurait dans les notes trop graves et trop aiguës, martelait bruyamment le piano, mais avec une telle candeur et une telle assurance que le spectacle en était rafraîchissant. Le duc rayonnait de fierté devant la performance de son épouse ; il ne semblait en aucune façon tenté de comparer ce spectacle aux temps de son enfance où, un jour, il s'était tenu avec sa gouvernante au balcon de la salle de bal et avait vu un empereur, deux rois, trois reines, et cent trente-six grands-ducs et grandes-duchesses danser le quadrille. Winifred-Mae chantait pendant une heure, puis ils éteignaient les lumières et allaient se coucher. Durant ces années-là, une chouette nichait dans la tour du palais et ils entendaient, pardessus le murmure des fontaines, le hululement de l'oiseau. Ce chant évoquait l'Angleterre à Winifred-Mae.

Rome avait eu l'intention de ne faire aucun cas de l'existence de Winifred-Mae, mais une ravissante duchessina, par ailleurs milliardaire, était impossible à ignorer, et Donna Carla semblait destinée à être la femme la plus riche d'Europe. Il fallait, pour lui

---

1. Respectivement, opéra de Jules Massenet et chanson de Sinatra sur des paroles de R. Kipling.

présenter des soupirants, tenir compte de Winifred-Mae, et la grande noblesse entreprit de rendre visite. Winifred-Mae continua à cuisiner, à coudre, à chanter et à tricoter ; ils durent la prendre telle qu'elle était. Elle fit scandale. Elle demandait à ses invités nobles de l'accompagner à la cuisine pendant qu'elle enfournait une tourte au steak et aux rognons. Elle cousait des housses en cretonne pour les meubles du *salottino*. Elle se plaignait, avec maints détails explicites, de la vieille plomberie du palais. Elle fit installer une radio. Sur son insistance, le duc engagea comme secrétaire particulier un jeune Anglais dénommé Cecil Smith, qui n'était pas même apprécié des Anglais eux-mêmes. Il était capable, tandis qu'il descendait les Marches Espagnoles dans le soleil matinal, de vous faire songer aux régions industrielles des Midlands. Il dégageait l'odeur propre à Stock-on-Trent. C'était un homme de haute taille aux cheveux bruns et frisés, séparés par une raie et plaqués sur son front comme une tenture. Il portait des vêtements sombres, mal ajustés, qui lui étaient envoyés d'Angleterre, et en conséquence de sa crainte des courants d'air et de sa crainte d'être indécent, il donnait l'impression d'être enseveli sous ses vêtements. Il portait des bonnets de nuit, des maillots de corps, des cache-col et des caoutchoucs, et l'on apercevait les poignets de ses longs sous-vêtements quand il tendait sa tasse pour reprendre une goutte de thé, qu'il buvait en compagnie de Winifred-Mae. Ses manières étaient raffinées. Dans le bureau du duc, il portait des protège-manchettes en papier et une visière, et il faisait cuire des saucisses et des pommes de terre à la poêle sur un réchaud à gaz dans son appartement.

Mais la noblesse indigente dut fermer les yeux sur la couture, le chant, les relents de poisson et de frites, et Cecil Smith. L'idée de ce que la grâce et les milliards de Donna Carla pouvaient apporter à l'aristocratie faisait battre les cœurs. Elle avait treize ou quatorze ans quand des soupirants potentiels commencèrent à se présenter au palais. Elle se montrait agréable avec tous. Elle possédait déjà la grâce intérieure qui la rendrait si persuasive lorsqu'elle serait une jeune femme. Elle n'était pas solennelle à outrance, mais semblait incapable d'hilarité, et une comtesse venue exhiber son fils fit observer par la suite que la jeune fille ressemblait à la princesse du conte de fées – la princesse qui n'avait jamais ri. Cette remarque devait contenir un élément de vérité, parce qu'elle resta dans les esprits ; les gens la répétèrent, et ils faisaient allusion à une ambiance de tristesse ou d'emprisonnement que l'on percevait en dépit de ses traits fins et de son teint diaphane.

C'étaient les années trente – une décennie, en Italie, de manifestations, d'arrestations, d'assassinats, et de pertes de repères familiers. Quand la guerre éclata, Cecil Smith regagna l'Angleterre. Il vint très peu de prétendants au palais à cette époque. Le duc infirme était un fervent antifasciste et il répétait à qui voulait l'entendre qu'*Il Duce* était une abomination, un fléau, mais il ne fut jamais battu ou jeté en prison, au contraire d'autres hommes qui s'exprimaient avec moins de véhémence ; peut-être était-ce à cause de son rang, de son infirmité ou de la popularité dont il jouissait auprès des Romains. Mais quand la guerre commença, la famille se retrouva plongée dans un isolement absolu. On pensait, à tort, qu'ils soutenaient les Alliés, et on ne leur permettait de sortir du palais qu'une fois par jour, pour aller à la messe du matin ou du soir à San Giovanni. La nuit du 10 septembre 1943, ils étaient couchés, endormis, et la chouette hululait quand Luigi, le vieux majordome, les réveilla et leur dit qu'un messager patientait dans le vestibule. Ils s'habillèrent en hâte et descendirent. Le messager était déguisé en fermier, mais le duc reconnut le fils d'un vieil ami. Celui-ci lui apprit que les Allemands approchaient dans la via Cassia et s'apprêtaient à entrer dans la ville. Le général avait mis à prix la tête du duc pour une somme d'un million de lires ; c'était le prix de son intransigeance. La famille devait se rendre immédiatement, à pied, à une certaine adresse située sur le Janicule. Winifred-Mae entendait la chouette hululer dans la tour, et jamais l'Angleterre ne lui avait tant manqué.

« Je ne veux pas y aller, mon chou, déclara-t-elle. S'ils doivent nous tuer, qu'ils nous tuent dans nos lits. »

Le duc lui sourit avec gentillesse et ouvrit la porte sur l'une des nuits romaines les plus agitées de l'histoire.

Des patrouilles allemandes circulaient déjà dans les rues. Le chemin qu'il leur fallait parcourir le long du fleuve était long, et ils ne passaient pas inaperçus – l'Anglaise en pleurs, le duc et sa canne, et leur gracieuse fille. Comme la vie devait paraître mystérieuse, à ce moment-là ! Le duc se déplaçait avec lenteur et devait s'arrêter de temps à autre pour se reposer mais, bien qu'il souffrît, il n'en laissait rien paraître. La tête haute – cette tête mise à prix –, il promenait autour de lui un regard vif, comme s'il avait fait une pause pour observer ou admirer quelque changement dans sa vieille ville. Chacun traversa le fleuve par un pont différent et ils se retrouvèrent dans un salon de coiffure pour hommes, où on les emmena à la cave et où on les déguisa. Leur peau fut colorée et leurs cheveux teints. Ils quittèrent Rome avant l'aube, cachés dans un chargement de meubles, et atteignirent ce soir-là un petit village dans les montagnes, où ils furent cachés dans la cave d'une ferme.

Le village fut bombardé deux fois, mais seuls quelques bâtiments et quelques étables à sa périphérie furent détruits. La ferme fut fouillée une bonne dizaine de fois, par les Allemands et les fascistes, mais le duc en fut toujours averti longtemps à l'avance. Dans le village, ils étaient connus sous le nom de Signor et Signora Giusti, et seule Winifred-Mae s'irritait de cet anonymat. Elle était la duchesse Malvolio-Pommodori, et voulait que cela se sache. Donna Carla, quant à elle, aimait être Carla Giusti. Un jour, elle se rendit au lavoir sous l'identité de Carla Giusti et passa une matinée agréable à faire la lessive et échanger des commérages avec les autres femmes. Quand elle regagna la ferme, Winifred-Mae était furieuse. Elle était Donna Carla, assena-t-elle à sa fille, et ne devait pas l'oublier. Quelques jours plus tard, Winifred-Mae vit qu'une femme, à la fontaine, apprenait à Donna Carla à porter un vase en cuivre sur la tête, et elle ordonna à sa fille de rentrer et la sermonna à nouveau sévèrement quant à son rang. Donna Carla était toujours influençable et obéissante, sans pour autant perdre sa fraîcheur, et elle n'essaya plus jamais de porter une *conca*.

Quand Rome fut libérée, la famille regagna la ville et s'aperçut que les Allemands avaient saccagé le palais. Ils se retirèrent alors dans un domaine situé dans le sud de l'Italie et y attendirent la fin de la guerre. Le duc fut invité à contribuer à la composition d'un gouvernement, mais déclina cette proposition sous le prétexte qu'il était trop âgé ; en réalité, il soutenait, sinon le roi, du moins le principe de la monarchie. On retrouva dans une mine de sel les tableaux et le reste du trésor familial, qui furent restitués au palais. Cecil Smith revint, enfila ses protège-manchettes en papier et s'attela de nouveau à l'administration de la fortune familiale, qui avait survécu à la guerre. Des soupirants commencèrent à rendre visite à Donna Carla.

La deuxième année après la guerre, cent dix-sept soupirants se présentèrent au palais. Certains étaient droits et honnêtes, certains étaient véreux, certains souffraient d'hémophilie, et nombre d'entre eux étaient des cousins. Il revenait à Donna Carla de leur proposer le mariage, et elle les raccompagna tous à la porte sans faire allusion au sujet. Il s'agissait d'une classe d'hommes dont l'endettement était grandiose. Allongés dans leur lit à l'Excelsior Hotel, ils rêvaient à ce que la fortune de Donna Carla permettrait d'accomplir. Le toit du château était réparé. La plomberie était enfin installée. Des fleurs étaient plantées dans les jardins. Les chevaux de selle étaient bien nourris, leur robe luisante. Lorsque Donna Carla les raccompagnait à la porte sans avoir abordé le sujet du mariage, elle les offensait et offensait leurs rêves. Elle les renvoyait à un château dont le toit fuyait, à un jardin en friche : elle les mettait à la porte sous l'orage de leur pauvreté. Beaucoup étaient fâchés, mais ils continuaient à lui rendre visite. Elle refusa tant de soupirants qu'elle finit par être convoquée au Vatican, où le Saint-Père raviva son sens des responsabilités envers sa famille et son nom illustre.

Si l'on considère quel chamboulement aristocratique elle avait provoqué, Winifred-Mae manifestait un intérêt d'une ferveur étonnante pour la lignée des soupirants de Donna Carla, et prenait fait et cause pour ses préférés. C'était un sujet épineux entre la mère et la fille et il y eut – venant de Winifred-Mae – des mots durs. Il se présentait de plus en plus de soupirants et les plus persévérants et nécessiteux revenaient à la charge, mais le sujet du mariage n'était toujours pas évoqué. Le père confesseur de Donna Carla, alors, émit la suggestion qu'elle consulte un psychiatre, ce qu'elle était disposée à faire. Elle se montrait toujours disposée à tout. Il lui prit rendez-vous avec un médecin pieux, âgé, qui exerçait selon les préceptes de la foi catholique. Il était ami avec Croce du vivant de celui-ci, et un portrait du philosophe était accroché à l'un des murs sombres du cabinet, mais il n'est pas certain que Donna Carla l'ait apprécié comme il le méritait. Le psychiatre lui proposa de s'asseoir dans un fauteuil puis, après quelques questions, l'invita à s'allonger sur son divan. C'était un meuble imposant, tapissé de cuir râpé, et datant de l'époque de Freud. Elle se dirigea d'une démarche gracieuse vers le divan, puis se retourna et dit :

« Mais je ne peux pas m'allonger en présence d'un homme. »

Le médecin comprenait son point de vue ; c'était une vraie impasse. Donna Carla semblait considérer le divan avec un sentiment de regret, mais elle ne pouvait changer la façon dont elle avait été éduquée, aussi en restèrent-ils là.

Le duc se faisait vieux. Il lui était de plus en plus difficile de marcher, mais la douleur ne le rendait pas moins séduisant et semblait accroître encore sa vitalité. Quand les gens le voyaient, ils se disaient : « Comme il va être agréable de déguster une côtelette, de se baigner, ou de gravir une montagne ; comme la vie est agréable, après tout ! » Il avait transmis à Donna Carla sa probité et son idéal de vie simple et élégante. Il mangeait une cuisine frugale dans de la belle vaisselle, portait d'élégants vêtements dans des compartiments de troisième classe et, sur le chemin de Vevaqua, déjeunait d'une collation toute simple qu'il tirait d'un panier. Il s'assurait – à grands frais – que ses tableaux soient restaurés et en bon état, mais cela faisait des années que l'on n'avait pas ôté les housses de protection des fauteuils et des chandeliers de la salle de réception. Donna Carla commença à se prendre d'intérêt pour ce dont elle allait hériter et passa du temps à parcourir les livres de comptes dans le bureau de Cecil Smith. Ce qu'il y avait d'inconvenant à ce qu'une belle femme de la noblesse romaine étudie des livres de comptes à un bureau suscita des commérages, et c'est peut-être ainsi qu'arriva un moment où la réputation de Donna Carla fut entachée.

Car ce moment exista bel et bien. La jeune femme ne menait pas une vie particulièrement solitaire, mais elle était dotée d'une grâce empreinte de timidité qui donnait cette impression, et elle s'était fait suffisamment d'ennemis parmi d'anciens soupirants pour être la cible des commérages. On raconta que la probité du duc était de l'avarice et que les goûts simples de la famille relevaient de la démence. On raconta que la famille mangeait des croûtons de pain et des sardines en boîte, et n'avait qu'une seule ampoule électrique dans tout le palais. On raconta qu'ils étaient devenus fous – tous les trois – et qu'ils allaient laisser leurs milliards aux chiens. Quelqu'un affirma que Donna Carla avait été arrêtée pour vol à l'étalage sur la via Nazionale. Quelqu'un d'autre l'avait vue ramasser une pièce de dix lires sur la via del Corso et la mettre dans son sac à main. Le jour où Luigi, le vieux majordome, s'effondra dans la rue et fut emmené à l'hôpital en ambulance, quelqu'un affirma que les médecins s'étaient aperçus qu'il mourait de faim.

Le parti communiste suivit le mouvement et se mit à attaquer Donna Carla en la présentant comme l'archétype du féodalisme agonisant. Un député communiste fit un discours à la Chambre dans lequel il affirmait que les souffrances de l'Italie ne prendraient pas fin avant la mort de la duchessina. Aux élections municipales, le village de Vevaqua vota communiste. Donna Carla s'y rendit après les moissons pour vérifier les comptes ; son père était en trop mauvaise santé et Smith avait à faire. Elle voyagea en troisième classe, comme on le lui avait appris. La vieille calèche et son cocher pauvrement vêtu l'attendaient à la gare. Quand elle s'assit, des nuages de poussière s'élevèrent des coussins en cuir. Alors que la calèche s'enfonçait dans une oliveraie en contrebas des murs du village, quelqu'un leur jeta une pierre. Celle-ci atteignit Donna Carla à l'épaule ; une autre l'atteignit à la cuisse, et une autre à la poitrine. Le chapeau du cocher vola dans les airs et l'homme fouetta le cheval, mais l'animal était trop habitué à tirer une charrue pour changer d'allure. Puis une pierre frappa le cocher au front et le sang gicla. Aveuglé, l'homme lâcha les rênes. Le cheval se dirigea vers le bas-côté de la route et se mit à brouter. Donna Carla descendit de la calèche ; les hommes dans l'oliveraie s'enfuirent. La jeune femme pansa la tête du cocher à l'aide d'un foulard, s'empara des rênes et conduisit la vieille calèche dans le village sur les murs duquel était écrit : « À MORT DONNA CARLA ! À MORT DONNA CARLA ! » Les rues étaient désertes. Les domestiques du château lui étaient loyaux ; ils soignèrent ses coupures et ses bleus, lui apportèrent du thé et pleurèrent. Quand Donna Carla entreprit de vérifier les comptes, le lendemain matin, les métayers se présentèrent les uns après les autres et elle ne fit pas mention de l'incident. Elle étudia les chiffres, avec patience et grâce, face à des hommes en qui elle reconnaissait ses assaillants. Trois jours plus tard, elle traversa à nouveau l'oliveraie et prit le train, en troisième classe, pour Rome.

Mais sa réputation à Rome ne sortit pas grandie de cet incident. Quelqu'un raconta qu'elle avait chassé un enfant affamé frappant à sa porte, qu'elle était d'une avarice pathologique. Elle faisait passer clandestinement ses tableaux en Angleterre et accumulait une fortune dans ce pays. Elle vendait les bijoux de famille. Les propriétaires fonciers de la noblesse romaine ont la réputation d'être corrompus, mais on inventa et on propagea au sujet de Donna Carla des histoires faisant état d'une malhonnêteté sortant de l'ordinaire. On racontait aussi qu'elle perdait sa beauté. Elle vieillissait. Les gens débattaient de son âge. Elle avait vingt-huit ans. Elle en avait trente-deux. Elle en avait trente-six. Elle en avait trente-huit. Et on la voyait toujours sur le Lungo-Tevere, toujours aussi grave et charmante, les cheveux brillants, un demi-sourire aux lèvres. Mais où était la vérité ? Qu'est-ce qu'un prince allemand, un soupirant au palais criblé de fuites, trouverait s'il allait y prendre le thé ?

Le prince Bernstrasser-Falconberg franchit à 5 heures, un dimanche après-midi, la voûte massive menant à un jardin dans lequel se trouvaient des mandariniers et une fontaine. C'était un homme de quarante-cinq ans qui avait trois enfants illégitimes, et une maîtresse attendant son retour au Grand Hôtel. Levant les yeux vers les murs du palais, il ne put s'empêcher de penser à tout ce que la fortune de Donna Carla pourrait lui permettre de faire. Il rembourserait ses dettes, achèterait une baignoire à sa vieille mère, ferait réparer son toit. Un vieux portier vêtu d'une livrée jaune le fit entrer et Luigi ouvrit deux autres portes à double battant permettant d'accéder à un vestibule et un escalier en marbre. Donna Carla attendait là, dans la pénombre.

« Très gentil à vous d'être venu, dit-elle en anglais. C'est affreusement sinistre, n'est-ce pas ? »

La fragile mélodie anglaise de sa voix résonnait légèrement sur les pierres. De fait, le vestibule était sinistre, le prince le voyait, mais ce n'était que la moitié de la vérité, et il devina aussitôt qu'il n'était pas censé remarquer qu'il était également prodigieux.

La jeune femme semblait le prier de comprendre son embarras, le dilemme auquel elle se trouvait confrontée en devant l'accueillir dans un tel cadre, et son désir de prétendre qu'il s'agissait d'un vestibule parfaitement ordinaire où deux amis auraient pu se retrouver un dimanche après-midi. Elle lui tendit la main et lui demanda d'excuser l'absence de ses parents, qui étaient souffrants (ce n'était pas tout à fait vrai ; Winifred-Mae avait bel et bien un rhume, mais le vieux duc était allé au cinéma).

Le prince constata avec plaisir qu'elle était séduisante, qu'elle portait une robe en velours et du parfum. Il se demanda quel âge elle avait et constata que son visage, vu d'aussi près, semblait pâle et crispé.

« Une longue marche nous attend, déclara-t-elle. Et si nous y allions ? Le *salottino*, la seule pièce où il est possible de s'asseoir, se trouve à l'autre bout du palais, mais on ne peut pas y accéder par la porte de service, parce que alors on fait une *brutta figura*... »

Quittant le vestibule, ils pénétrèrent dans l'immense galerie. La pièce était peu éclairée, et les centaines de fauteuils étaient recouverts de peau de chamois. Le prince se demanda s'il devait commenter les tableaux et tenta de le deviner d'après l'attitude de la duchesse. Elle semblait attendre quelque chose, mais attendait-elle qu'il lui emboîte le pas ou qu'il lui fasse la démonstration de sa sensibilité ? Il s'en remit au hasard, s'immobilisa devant un Bronzino et en fit l'éloge.

« Il a meilleure allure depuis qu'il a été restauré », dit-elle.

Le prince se détourna du Bronzino et se dirigea vers un Tintoretto.

« Et si, déclara-t-elle, nous allions dans un endroit plus confortable ? »

Dans la galerie suivante étaient exposées des tapisseries, et l'unique concession de la jeune femme se résuma à murmurer :

« Espagnoles. Abominablement difficiles à entretenir. Les mites et ainsi de suite. »

Quand il fit halte pour admirer le contenu d'une vitrine, elle le rejoignit, lui expliqua ce dont il s'agissait et le prince perçut, pour la première fois, une note d'ambivalence dans le désir apparent de Donna Carla d'être considérée comme une femme simple habitant un banal appartement.

«Du lapis-lazuli sculpté, déclara-t-elle. Le vase au centre est censé être la plus grande pièce de lapis-lazuli au monde.»

Puis, comme si elle percevait ce fléchissement et le regrettait, elle demanda, au moment où ils entraient dans la pièce suivante :

«Avez-vous déjà vu un bric-à-brac pareil ?»

Il s'agissait de berceaux de papes, de chaises à porteurs en velours cramoisi de cardinaux, de cadeaux de remerciements d'empereurs, de rois et de grands-ducs, empilés jusqu'au plafond, et l'embarras de la jeune femme plongea le prince dans un abîme de perplexité. Quelle tactique devait-il adopter ? Le comportement de Donna Carla n'était pas celui auquel on aurait pu s'attendre de la part d'une jeune héritière, mais était-il, après tout, si curieux, si déraisonnable ? Quelle attitude étrange ne se serait-on pas vu forcé d'adopter, encombré de presque deux kilomètres de galerie, écrasé par les vestiges volumineux de quatre siècles de richesse et de pouvoir ? Peut-être, à l'époque où elle était enfant et jouait dans ces pièces glacées, s'était-elle découvert une réticence considérable à l'idée de vivre dans un monument. Quoi qu'il en soit, il avait dû lui être nécessaire de faire un choix, car prendre ce trésor au sérieux signifiait vivre à chaque instant avec le passé, comme nous autres vivons avec nos faims et nos soifs, et qui pourrait avoir envie d'une telle chose ?

Leur destination était un petit salon obscur. Le prince regarda la jeune femme se baisser jusqu'à une plinthe et brancher une lampe de faible puissance.

«Je débranche toujours les lampes, parce que les domestiques oublient parfois d'éteindre et que l'électricité coûte affreusement cher à Rome. Enfin, nous y voilà !» s'exclama-t-elle, se redressant et l'invitant d'un geste accueillant à s'asseoir sur un canapé dont pendaient des lambeaux de velours usé.

Au-dessus de ce canapé se trouvait un portrait exécuté par Titien du premier pape Malvolio-Pommodori.

« Je prépare le thé sur une lampe à alcool, reprit Donna Carla, parce que le temps que le domestique me l'apporte de la cuisine, l'eau refroidit... »

Ils restèrent assis là, attendant que la bouilloire chauffe. Elle lui tendit sa tasse de thé et lui sourit ; il en fut touché, sans savoir pourquoi. Mais cette femme charmante, comme tant de ce qu'il admirait à Rome, semblait menacée par l'obsolescence. Son teint diaphane s'était un peu terni. Son nez était un peu trop pointu. Sa grâce, son accent étaient presque excessifs. Elle n'en était pas à tenir sa main gauche en suspens dans les airs, le petit doigt tendu, comme les gens vulgaires sont censés tenir une tasse de thé ; ses airs et ses manières n'étaient pas encore outrés et, et par-delà ces derniers, le prince pensa sentir battre un cœur sain et honnête. Mais il avait également l'intuition que les journées de la jeune femme s'achevaient inexorablement dans les draps humides d'un lit solitaire, et que mener encore quelque temps cette existence ferait d'elle l'une des vierges émaciées dont la voix musicale inspire aux hommes un découragement sexuel absolu.

« Ma mère regrette de n'avoir pu venir à Rome, déclara-t-il, mais elle m'a demandé de vous exprimer son espoir que vous nous rendrez un jour visite dans notre pays.

— Comme c'est gentil, répondit Donna Carla. Veuillez remercier votre mère, je vous prie. Je ne crois pas que nous nous soyons jamais rencontrées, mais je me souviens d'avoir vu vos cousins, Otto et Friedrich, quand ils étaient étudiants ici. Transmettez-leur mon bon souvenir, je vous prie, à votre retour.

— Vous devriez visiter mon pays, Donna Carla.

— Oh, j'aimerais énormément, mais je ne peux pas quitter Rome dans l'état actuel des choses. Il y a tant à faire – les vingt boutiques au rez-de-chaussée, les appartements au-dessus. Les canalisations ne cessent d'éclater, et les pigeons nichent sous les tuiles. Je dois aller en Toscane pour les moissons. Je n'ai pas un moment de libre.

— Nous avons beaucoup de choses en commun, Donna Carla.

— Ah oui ?

— La peinture. J'adore la peinture. C'est ma passion.

— Vraiment ?

— J'aimerais tant habiter, comme vous, dans une splendide demeure où l'on trouve – comment puis-je l'exprimer ? – la véritable luminosité de l'art.

— Cela vous plairait ? Moi-même, je ne peux dire que j'apprécie beaucoup cela. Oh, je vois bien ce que peut avoir d'agréable un joli tableau représentant un vase de fleurs, mais il n'y a rien de la sorte ici. Où que je pose les yeux, je vois des crucifixions sanglantes, des nus, de la cruauté. » Elle se drapa plus étroitement dans son châle. « Je n'aime vraiment pas cela.

— Vous savez pourquoi je suis ici, Donna Carla ?

— En effet.

— Je viens d'une bonne famille. Je ne suis pas jeune, mais je suis fort. Je…

— En effet, dit-elle. Encore un peu de thé ?

— Oui, merci. »

Le sourire qu'eut Donna Carla en lui tendant sa tasse était une invitation sans détour à garder la conversation sur un terrain neutre, et il songea à sa vieille mère, la princesse, prenant son bain dans un baquet. Mais le sourire de Donna Carla était empreint d'une force de persuasion, d'une intelligence triomphante, qui lui firent aussi éprouver, avec honte, la bêtise et la grossièreté de sa requête. Pourquoi Donna Carla aurait-elle eu envie d'acheter une baignoire à sa mère ? Pourquoi aurait-elle eu envie de réparer son toit ? Pourquoi lui avait-on dit tant de choses au sujet de la duchesse, et avait-on omis de préciser qu'il s'agissait d'une femme douée de bon sens ? Il comprenait son point de vue. De fait, il comprenait plus encore. Il comprenait combien les rumeurs étaient oiseuses ; cette « canaille », cette « avare », cette « voleuse à l'étalage », n'était autre qu'une femme agréable qui se servait de sa tête. Il savait quel genre de soupirants l'avait précédé – la plupart d'entre eux avaient une maîtresse qui les attendait à l'hôtel –, et comment n'auraient-ils pas éveillé sa méfiance ? Il connaissait le grand monde à l'écart duquel elle s'était tenue ; il connaissait ses sinistres soirées de cartes, ses dîners élégants pimentés de médisances, son ennui que n'égayaient nullement des majordomes en livrée et des jardins éclairés de torches. Comme elle avait eu raison de rester à la maison. C'était une femme raisonnable – beaucoup trop raisonnable pour s'intéresser à lui –, et au cœur du mystère palpitait son intelligence. Personne ne se serait attendu à trouver, épanouie au cœur de la vieille ville de Rome, cette fleur de bon sens.

Il discuta avec elle pendant vingt minutes. Puis elle sonna Luigi et lui demanda de raccompagner le prince à la porte.

Cela arriva tel un coup de tonnerre, la mort du vieux duc. Il était en train de lire Joseph Conrad dans le *salottino,* un soir, quand il se leva pour aller chercher un cendrier et s'effondra raide mort. Sa cigarette se consuma sur le tapis bien après que son cœur eut cessé de battre. Ce fut Luigi qui le découvrit. Winifred-Mae était folle de douleur. Un cardinal et ses acolytes se précipitèrent au château, mais il était trop tard. Le duc fut porté en terre dans le grand tombeau datant de la Renaissance entouré de jardins en friche, sur la via Appia Antica, et la moitié de l'aristocratie d'Europe porta le deuil. Winifred-Mae était anéantie. Elle avait prévu de retourner en Angleterre mais, après avoir fait ses bagages, elle s'aperçut qu'elle était trop malade pour voyager. Elle but du gin pour soigner son indigestion. Elle se répandait en injures contre les servantes, elle se répandait en injures contre Donna Maria, lui reprochant de ne pas s'être mariée et, après trois mois de veuvage, elle mourut.

Après la mort de sa mère, chaque jour pendant un mois, Donna Carla quitta le palais de bon matin pour se rendre à la messe, puis se recueillir sur le caveau familial. Parfois, elle prenait la voiture. Parfois, elle s'y rendait en bus. Sa voilette de deuil était si épaisse qu'on distinguait à peine ses traits. Qu'il pleuve ou qu'il fasse beau, elle allait réciter ses prières, et on la vit errer dans les jardins sous l'orage. On éprouvait de la tristesse à la voir sur le Lungo-Tevere ; il semblait y avoir une telle irrévocabilité dans ses vêtements noirs... Tout le monde en éprouvait de la tristesse – les mendiants et les femmes qui vendaient des marrons. Elle avait trop aimé ses parents. Cela avait mal tourné. À présent, elle allait passer le reste de sa vie – comme c'était facile à imaginer – entre le palais et le caveau. Mais à la fin des trente jours, Donna Carla alla trouver son père confesseur et demanda à s'entretenir avec Sa Sainteté. Quelques jours plus tard, elle se rendit au Vatican. Elle n'arriva pas pied au plancher sur la place Saint-Pierre dans une limousine de location, essuyant son rouge à lèvres à l'aide d'un kleenex. Elle gara sa petite voiture blanche de poussière près des fontaines et franchit les portes à pied. Elle embrassa l'anneau de Sa Sainteté, fit une gracieuse et profonde révérence, et déclara :

« Je souhaite épouser Cecil Smith. »

De la fumée de bois d'olivier, des confettis, et l'odeur de la neige et du fumier tourbillonnaient dans le vent lors du jour capricieux où ils se marièrent, à Vevaqua. Quand elle entra dans l'église, elle était Donna Carla Malvolio-Pommodori, duchesse de Vevaqua-Perdere-Giusti, etc., et Mrs Cecil Smith quand elle en sortit. Elle était rayonnante. Ils rentrèrent à Rome et elle s'installa dans un bureau voisin de celui de son mari. Ensemble, ils s'occupèrent de l'administration du domaine et de la distribution de ses revenus aux couvents, aux hôpitaux et aux pauvres. Leur premier fils – Cecil Smith, Jr – naquit un an après leur mariage, et un an après cela ils eurent une fille, Jocelyn. On maudissait Donna Carla dans tous les châteaux d'Europe aux toits criblés de fuites, mais il ne fait aucun doute qu'au paradis, des chœurs d'anges chanteront les louanges de Mrs Cecil Smith.

L'âge d'or

Notre vision des châteaux, qui remonte à l'enfance, est indéfectible, alors à quoi bon tenter de la corriger ? Pourquoi souligner que, dans un vrai château, des chardons poussent en plein milieu de la cour et que le seuil de la salle du trône en ruine est gardé par un nid de vipères péliades ? Voici le donjon, le pont-levis, les remparts et les tours conquis avec nos soldats de plomb à l'époque où nous avons eu la varicelle. Le premier château était anglais, celui-ci fut construit par le roi d'Espagne durant l'occupation de la Toscane, mais le sentiment de suprématie, même imaginaire – ce mystère exacerbé de la noblesse –, demeure. Ici, rien ne relève du hasard. Il est grisant de boire des Martini sur les remparts, il est grisant de se baigner dans la fontaine, il est même grisant de descendre après le dîner les marches menant au village pour aller acheter une boîte d'allumettes. Le pont-levis est abaissé, les portes à doubles battants sont ouvertes, et un matin de bonne heure, l'on découvre une famille qui franchit les douves avec tout l'attirail nécessaire à un pique-nique.

Ils sont américains. Ils ne pourront jamais gommer le ridicule touchant, la maladresse du voyageur. Le père est un jeune homme de grande taille, un peu voûté, avec des cheveux bouclés et de belles dents blanches. Sa femme est jolie, et ils ont deux fils. Les garçons portent chacun une mitraillette en plastique que leurs grands-parents leur ont récemment envoyées par la poste. C'est dimanche, les clochent sonnent, et qui a apporté les cloches en

Italie ? Non pas les *vaca* de Florence, mais les cloches de campagne discordantes qui sonnent à tout va au-dessus des bosquets d'oliviers et des allées de cyprès en produisant une cacophonie tellement étrangère qu'elles auraient pu arriver dans les chariots d'Attila le Hun. Ces sons métalliques et pressants s'élèvent au-dessus du dernier vrai village de pêcheurs – l'un des tout derniers. Les marches du palais aboutissent à un lieu charmant et isolé. Aucun bus ni train n'y accède, il n'y a pas de *pensioni* ni d'hôtels, pas d'écoles d'art, pas de touristes ni de souvenirs ; il n'y a même pas une carte postale à acheter. Les gens du coin portent des costumes pittoresques, chantonnent en travaillant et remontent des vases grecs dans leurs filets. C'est l'un des derniers endroits au monde où l'on entend le pipeau des bergers, où passent de belles jeunes filles vêtues de corsages entrouverts, un panier de poissons sur la tête, sans qu'on les photographie, où l'on chante la sérénade après la tombée de la nuit. Les Américains descendent les marches et entrent dans le village.

Sur le chemin de l'église, les femmes vêtues de noir inclinent la tête et leur souhaitent le bonjour. « *Il poeta* », chuchotent-elles. Salutations au poète, à la femme du poète et aux fils du poète. Leur courtoisie semble embarrasser l'étranger. « Pourquoi est-ce qu'elles t'appellent le poète ? » demande l'aîné des garçons, mais Père ne répond pas. Sur la piazza, on découvre que le village n'est pas parfait. Ce que ses mauvaises routes ont tenu à l'écart a été apporté par le vent. Les garçons du village, perchés sur la margelle de la fontaine, ont un chapeau de paille incliné sur le front, des allumettes entre les dents, et lorsqu'ils se déplacent, c'est en plastronnant comme s'ils étaient nés à cheval, alors qu'il n'y a pas une seule monture dans les environs. Le halo lumineux gris bleuté du poste de télévision dans le café a commencé à les transformer de marin en cow-boy, de pêcheur en gangster, de berger en délinquant juvénile ou en présentateur, la vessie pleine de Coca-Cola, ce que les Américains déplorent. *E colpa mia*, songe Seton, le soi-disant poète, tandis qu'il conduit sa famille à travers la piazza jusqu'aux quais où est amarrée leur barque.

Le port est aussi rond qu'une assiette à soupe, on le quitte entre deux falaises et, sur la plus éloignée, la falaise côté mer, trône le château aux tours rondes que les Seton ont loué pour l'été. Contemplant cette scène presque parfaite, Seton lève les bras au ciel et s'exclame :

« Mon Dieu, quel magnifique endroit ! » Il ouvre une ombrelle à la poupe de la barque pour sa femme et gronde les enfants à propos de l'endroit où ils vont s'asseoir. « Tu t'assieds où je te le dis, Tommy ! crie-t-il. Et je ne veux plus t'entendre ! » Les garçons maugréent, et on perçoit une salve de mitraillette.

Ils prennent la mer dans un tumulte certain mais dénué de colère. À présent, les cloches se sont tues, et ils écoutent le souffle rauque d'un vieil orgue d'église aux poumons rongés par le brouillard marin. Près des quais, l'eau est tiède et extraordinairement sale, mais passé la digue, elle devient si claire, ses couleurs si délicates qu'il semble s'agir d'un élément plus léger qu'il ne l'est, et lorsque Seton distingue l'ombre de leur coque sur le sable et les rochers à vingt mètres de fond, il a le sentiment d'être en suspension dans l'air bleu.

Les tolets sont équipés de courroies, et Seton rame en se tenant au milieu du bateau et en s'arc-boutant de tout son poids. Il se croit habile – presque autant qu'un autochtone –, pourtant on ne le prendrait jamais, même de très loin, pour un Italien. En réalité, le pauvre dégage une impression presque coupable, honteuse. L'impression de lévitation, le charme de cette journée – les tours crénelées se découpent contre le bleu d'un ciel qui semble être un pan de notre esprit – ne suffisent pas à faire taire ses soucis, à peine à les tenir à distance. C'est un tricheur, un imposteur, un criminel esthétique, et, devinant ses pensées, sa femme lui dit gentiment : « Ne t'en fais pas, mon chéri, personne ne le saura, et même s'ils le savaient, peu leur importerait. » Il est inquiet parce qu'il n'est pas poète et que ce jour parfait est, en un sens, celui de son propre jugement dernier. Il n'est pas du tout poète, et il espérait juste être mieux compris en Italie s'il se présentait en tant que tel. Cette imposture est dénuée de gravité – en fait, ce n'est qu'une aspiration. Il est en Italie parce qu'il veut mener une vie plus glorieuse, tout du moins gagner en capacité de réflexion. Il songe même à écrire un poème – un texte sur le bien et le mal.

Il y a de nombreux bateaux le long de la falaise. Tous les gens oisifs et les garçons qu'on voit traîner sur la plage sont là, ils se cognent plat-bord contre plat-bord, pincent leur petite amie et entonnent bruyamment des extraits de *canzone*. Ils saluent tous *il poeta*. De l'autre côté de la falaise, la paroi est escarpée, taillée en terrasses pour la culture des vignes et couverte de romarin sauvage, et la mer a creusé une succession de criques sablonneuses. Seton met le cap sur la plus grande plage, et ses fils plongent du bateau dès qu'elle est à proximité. Il accoste, décharge l'ombrelle et le reste de leurs affaires.

Tout le monde leur parle, tout le monde leur fait signe de la main, et toute la population du village, à l'exception des quelques croyants, se trouve sur la plage. Les Seton sont les seuls étrangers. Le sable est couleur d'or sombre, et la mer scintille telle la courbe d'un arc-en-ciel – émeraude, malachite, saphir et indigo. L'absence frappante de vulgarité et de censure qui règne en ces lieux provoque en Seton une émotion si vive que sa poitrine semble s'emplir d'un fluide de gratitude. «Voici la simplicité, songe-t-il, la beauté, la grâce à l'état brut de la nature humaine!» Il nage dans l'eau fraîche, puis s'étend au soleil. Mais il semble tout à coup agité, comme s'il était de nouveau troublé par le fait de ne pas être poète. Et s'il n'est pas poète, alors, qu'est-il?

Il écrit pour la télévision. Sur le sable de la crique, au pied du château, est étendue la silhouette d'un scénariste de télévision. Son crime est d'avoir écrit une abominable sitcom intitulée «La meilleure des familles». Quand il a compris qu'en côtoyant la médiocrité, il n'avait pas affaire à des êtres de chair et de sang mais des royaumes et des empires d'injustices, il a quitté son travail et s'est réfugié en Italie. Mais il se trouve que « La meilleure des familles » a été achetée par la télévision italienne – elle s'appelle ici « La Famiglia Tosta » – et les inepties qu'il a écrites vont s'élever jusqu'aux tours de Sienne, résonner dans les vieilles rues de Florence, s'échapper du hall du Gritti Palace pour se perdre dans le Grand Canal. La première diffusion a lieu ce dimanche et ses fils, qui sont fiers de lui, ont répandu la rumeur dans le village. *Poeta!*

Ses fils se sont lancés dans une escarmouche avec leurs mitraillettes. C'est un vestige pénible de son passé. La souillure de la télévision pèse sur leurs épaules innocentes. Tandis que les enfants du village chantent, dansent et cueillent des fleurs sauvages, ses fils sautent d'un rocher à l'autre en faisant mine de tuer. C'est un malentendu, et un malentendu dénué d'importance, mais il en est irrité, même s'il ne peut se résoudre à les appeler pour leur expliquer que leur adresse à simuler les plaintes et les attitudes d'un homme qui meurt risquent d'entériner un malentendu international. Malentendu il y a en effet, et il voit les femmes hocher la tête à l'idée d'un pays si barbare que même les enfants ont des fusils en guise de jouets. *Mamma mia!* On sait tout cela grâce aux films. On n'oserait pas se promener dans les rues de New York à cause de la guerre des gangs, et à peine sort-on de la ville qu'on se retrouve dans une contrée pleine de sauvages nus.

Le combat cesse, ils repartent nager et Seton, qui a apporté son harpon, explore pendant une heure un récif à l'extrémité de la crique. Il plonge à travers un banc de poissons transparents et, plus en profondeur, là où l'eau est sombre et froide, il aperçoit une pieuvre qui le considère d'un œil hostile, rassemble ses tentacules, puis disparaît dans une grotte tapissée de fleurs blanches. À l'entrée de la grotte, il découvre un vase grec – une amphore. Il s'en approche, palpe l'argile brute sous ses doigts et remonte à la surface pour respirer. Il plonge plusieurs fois, et enfin remonte triomphalement le vase à la lumière. Celui-ci est rebondi avec un col étroit et deux petites poignées. Le col est ceint par une bande d'argile plus sombre. Il est presque fendu en deux. On trouve souvent des vases comme celui-là, ainsi que d'autres, beaucoup plus beaux, le long de la côte et, lorsqu'ils sont dénués de valeur, ils trônent sur les étagères du café, de la boulangerie, ou du barbier, mais, pour Seton, la valeur de celui-ci est inestimable – comme si le fait qu'un scénariste de télévision soit capable de plonger dans la mer Méditerranée et d'en remonter un vase grec était un augure culturellement prometteur, et attestait de sa propre valeur. Il célèbre sa trouvaille en buvant du vin, et arrive l'heure de manger. Il termine la bouteille pendant le déjeuner, puis, comme tout le monde sur la plage, s'allonge à l'ombre et s'endort.

Juste après s'être réveillé et rafraîchi par une baignade, Seton vit les étrangers surgir en bateau à la pointe de la crique – une famille de Rome, devina-t-il, venue passer le week-end à Tarlonia. Il y avait là un père, une mère et un fils. Le père maniait les rames avec maladresse. La blancheur de leur peau et leur attitude les distinguaient des habitants du village. On aurait dit qu'ils abordaient la crique en provenance d'un autre continent. Comme ils approchaient, on put entendre la femme demander à son mari d'accoster sur la plage.

Le père répondit d'une voix forte et colérique. Sa patience était à bout. Il n'était pas facile de manœuvrer un bateau à rames. Pas aussi facile que cela en avait l'air. Et il n'était pas facile d'accoster dans des criques que l'on ne connaissait pas et où, si le vent se levait, l'embarcation risquait d'être mise en pièces. Il faudrait alors racheter un canot neuf au propriétaire. Les canots coûtaient cher. Cette tirade semblait gêner la mère, et fatiguer le garçon. Ils étaient tous deux en maillot de bain, non le père et, avec sa chemise blanche, il détonnait d'autant plus dans cette scène paradisiaque. La mer mauve et les nageurs gracieux ne faisaient qu'intensifier son exaspération et, le visage empourpré d'inquiétude et d'embarras, il assaillit de questions les gens sur la plage (quelle était la profondeur de l'eau ; la crique était-elle sûre ?) pour finalement accoster sans encombre. Pendant cette bruyante démonstration, le garçon souriait d'un air entendu à sa mère, et sa mère lui retournait un sourire avec le même air entendu. Ils enduraient ça depuis tant d'années ! Cela finirait-il jamais ? Fulminant et grommelant, le père jeta l'ancre dans soixante centimètres d'eau, et le fils se laissa glisser par-dessus le plat-bord puis s'éloigna à la nage.

Seton observa le père, qui sortit un exemplaire d'*Il Tempo* de sa poche et se mit à lire, mais la lumière était trop vive. Puis l'homme tâtonna avec inquiétude dans ses poches pour s'assurer que les clefs de la maison et de la voiture ne s'étaient pas volatilisées, qu'elles n'avaient pas été emportées par les flots. Après cela, il entreprit d'écoper un peu d'eau avec une boîte de conserve. Puis il examina les courroies usées des rames, regarda sa montre, éprouva la solidité de l'ancrage, regarda à nouveau sa montre et observa le ciel – où flottait un unique nuage –, à la recherche d'un signe de tempête éventuelle. Enfin, il s'assit et alluma une cigarette, et l'on vit alors ses soucis surgir sur son front depuis tous les points cardinaux. Ils avaient laissé le chauffe-eau allumé à Rome ! Son appartement et tous ses biens étaient peut-être, à cet instant même, détruits par une explosion. Le pneu avant gauche de la voiture était usé et sans doute à plat, si tant est que la voiture elle-même n'avait pas été volée par les bandits si nombreux dans les villages isolés de pêcheurs. Le nuage à l'ouest était petit, certes, mais c'était l'un de ces nuages qui annoncent le mauvais temps, et ils seraient impitoyablement secoués par les hautes vagues au retour, arriveraient à la *pensione* (où ils avaient déjà payé le dîner) après que les meilleures côtelettes eurent été mangées, et tout le vin bu. Pour autant qu'il le sache, le président avait peut-être été assassiné en son absence, et la lire dévaluée. Le gouvernement avait peut-être été renversé. Il se releva brusquement et se mit à appeler sa femme et son fils à grands cris. C'était l'heure de rentrer, c'était l'heure de rentrer! La nuit tombait. L'orage approchait. Ils allaient être en retard pour le dîner. Ils allaient être bloqués dans les bouchons près de Fregene. Ils allaient manquer les meilleures émissions à la télévision…

Sa femme et son fils regagnèrent le bateau à la nage, mais sans se presser. Il n'était pas tard, ils le savaient. La nuit ne tombait pas, et il n'y avait aucun signe d'orage. Ils ne manqueraient pas le dîner à la *pensione*. Ils savaient d'expérience qu'ils arriveraient bien avant que les tables soient dressées, mais ils n'avaient pas le choix. Ils remontèrent à bord pendant que le père hissait l'ancre, criait un avertissement aux nageurs et demandait conseil aux gens sur la plage. Il parvint enfin à diriger le bateau vers la baie, et entreprit de contourner la pointe de la crique.

Ils venaient de disparaître lorsqu'un garçon grimpa sur le rocher le plus élevé et agita une chemise rouge dans les airs en criant : «*Pesce cane! Pesce cane!*» Tous les nageurs firent demi-tour en hurlant d'excitation et en agitant les pieds, ce qui provoqua des tourbillons d'écume. Au-delà de la barre rocheuse où ils se trouvaient un instant plus tôt, on aperçut l'aileron d'un requin. L'alerte avait été donnée à temps, et le requin semblait déçu tandis qu'il fendait les eaux malachite. Les baigneurs alignés sur la plage se montraient la menace du doigt, et dans l'eau peu profonde, un petit enfant criait : «*Brutto! Brutto! Brutto!*» Puis tout le monde poussa des acclamations quand, sur le sentier, apparut Mario, le meilleur nageur du village, armé d'un long fusil à harpon. Mario était tailleur de pierres et, pour une quelconque raison – peut-être son ardeur au travail –, il n'avait jamais été accepté au village. Ses jambes étaient trop longues ou trop écartées, ses épaules trop rondes ou trop carrées, ses cheveux trop fins, et la chair luxuriante qui dotait si généreusement les autres mâles faisait défaut à ce pauvre Mario. Sa nudité semblait pitoyable et touchante, comme celle d'un inconnu surpris dans son intimité. Il fut applaudi et complimenté tandis qu'il traversait la foule, il fut même incapable d'esquisser un sourire nerveux et, serrant ses lèvres minces, il s'avança dans l'eau et nagea jusqu'à la barre rocheuse. Mais le requin avait disparu, ainsi que presque tous les rayons du soleil. Le désenchantement d'une plage assombrie poussa les baigneurs à rassembler leurs affaires et à rentrer chez eux. Personne n'attendit Mario ; personne ne semblait se soucier de lui. Il se tenait dans l'eau sombre avec son harpon, prêt à prendre en charge le salut et la protection de la communauté, mais tous lui tournèrent le dos et gravirent la falaise en chantant.

Au diable la « Famiglia Tosta », songea Seton. Elle pouvait aller au diable. C'était l'heure la plus agréable de la journée. Des plaisirs variés – nourriture, boisson et amour – l'attendaient, et la pénombre grandissante semblait le libérer peu à peu de sa responsabilité envers la télévision, du devoir de donner un sens à sa vie. À présent, tout reposait dans le vaste giron obscur de la nuit, tout raisonnement était en suspens.

L'escalier longeait les remparts qu'ils avaient loués, des remparts ornés de fleurs, et c'est entre cet endroit et le pont-levis situé près de la grille que s'exprimait avec le plus d'intensité le triomphe du roi, de l'architecte et des tailleurs de pierres, car on y prenait conscience d'un même regard de l'invincibilité militaire, de la splendeur princière, de la beauté. Il n'était aucun lieu, aucune courbe, aucune tour, aucun créneau, où ces forces se montraient désunies. Tous les remparts étaient surmontés de créneaux ciselés, et à tout endroit où l'ennemi aurait pu attaquer, les armoiries de huit tonnes du roi chrétien d'Espagne proclamaient le sang, la foi, et le talent du défenseur. Au-dessus de la grille, le blason s'était détaché de son splendide cadre de dieux marins armés de tridents et était tombé dans les douves, mais il était tombé les armoiries tournées vers le ciel, et l'on pouvait distinguer dans l'eau l'écartelure, la croix et les draperies en marbre.

Puis, sur le mur, parmi d'autres inscriptions, Seton vit ces mots : «*Americani, go home, go home.*» Ils étaient à peine visibles ; peut-être dataient-ils de la guerre, peut-être étaient-ils presque illisibles car ils avaient été écrits à la hâte. Ni sa femme ni ses enfants ne les virent, et il s'écarta tandis qu'ils franchissaient le pont-levis menant à la cour du château, puis revint sur ses pas pour effacer les mots en les frottant avec les doigts. Qui avait bien pu écrire cela ? Il était perplexe, désemparé. On l'avait invité à venir dans ce pays étranger. Des invitations véhémentes. Les agences de voyages, les compagnies maritimes, aériennes, jusqu'au gouvernement italien, l'avaient imploré de renoncer à sa vie confortable pour partir à l'étranger. Il avait accepté l'invitation, il s'en était remis à leur hospitalité, et à présent il s'entendait dire, sur ce très vieux mur, qu'il était indésirable.

Jamais encore il ne s'était senti indésirable. Jamais on ne le lui avait exprimé. Il avait été désiré comme bébé, comme jeune homme, comme amant, comme père et mari, comme scénariste, comme conteur et compagnon. Peut-être même avait-il été trop désiré, et sa seule crainte avait été de dispenser ses charmes tant disputés avec parcimonie et discrétion afin de les utiliser à bon escient. Il avait été sollicité au golf, au tennis, au bridge, pour des charades, des cocktails, des conseils d'administration – et pourtant, ce vieux mur grossier s'adressait à lui comme s'il était un paria, un mendiant anonyme, un exclu. Il se sentit blessé au plus profond de lui-même.

Ils conservaient de la glace dans le donjon et Seton y apporta son shaker, le remplit, prépara des Martini et les emporta jusqu'aux remparts de la plus haute tour, où sa femme le rejoignit pour voir le jour décliner. L'obscurité se glissait dans les cavités des falaises de Tarlonia et, même si les collines qui bordaient le rivage ne ressemblaient que très vaguement à des seins de femme, elles apaisèrent Seton et éveillèrent en lui une tendresse du même ordre, et aussi profonde.

« Je vais peut-être descendre au café après le dîner, annonça sa femme, pour voir comment ils s'en sont tirés avec le doublage. »

Elle ne comprenait pas l'intensité des sentiments qu'il éprouvait à l'idée d'écrire pour la télévision ; elle ne les avait jamais compris. Il garda le silence. Sans doute, supposait-il, vu de loin, juché sur ses remparts, pouvait-on le prendre pour ce qu'il n'était pas : un poète, un grand voyageur, un ami d'Elsa Maxwell[1], un prince ou un duc – mais le monde qui l'environnait en cet instant n'avait pas réellement le pouvoir de le grandir ou de le changer. C'était lui, et lui seul – l'auteur de « La meilleure des familles » –, qu'il avait emmené au prix de tant de désagréments et de frais par-delà les frontières et l'océan. Le majestueux décor fleuri ne changeait rien au fait qu'il était rougi de coups de soleil, amoureux, affamé et voûté, et que la pierre sur laquelle il était assis, placée là par le grand roi d'Espagne, lui cisaillait le postérieur.

Au dîner, Clementina, la cuisinière, demanda la permission de descendre au village voir « La Famiglia Tosta ». Les garçons, bien sûr, accompagneraient leur mère. Après le repas, Seton remonta dans sa tour. La flottille de pêche se dirigeait vers la digue, toutes lampes allumées. La lune se leva et brilla d'un éclat si vif sur la mer que l'eau sembla tourner, tourbillonner sous la lumière. Il entendait au village le *bel canto* des mères appelant leurs filles et, de temps à autre, un éclat de voix provenant du téléviseur. Tout serait fini dans vingt minutes, mais il éprouvait au plus profond de lui-même le sentiment de commettre un méfait *in absentia*. Oh, comment pouvait-on endiguer l'avancée de la barbarie, de la vulgarité et de la censure ? Quand il vit les torches que portait sa famille apparaître dans l'escalier, il

---

1. Elsa Maxwell, née en 1883 dans l'Iowa et morte à New York en 1963, était une chroniqueuse américaine, écrivain et organisatrice de soirées mondaines.

descendit à leur rencontre jusqu'aux douves. Ils n'étaient pas seuls. Qui les accompagnait ? Qui étaient ces silhouettes gravissant les marches ? Le médecin ? Le maire ? Et une petite fille portant des glaïeuls. C'était une délégation – et une délégation amicale, il pouvait en juger à la légèreté de leurs voix. Ils étaient venus faire son éloge.

« C'était si beau, si drôle, si vrai ! » s'exclama le médecin.

La petite fille lui donna les fleurs, et le maire le serra légèrement dans ses bras.

« Et nous qui pensions, *signore*, que vous n'étiez qu'un poète ! »

Un garçon à Rome

Il pleut à Rome (écrivait l'adolescent) où les glycines sont en fleur et où nous habitons un palais au plafond doré, mais à Rome, on n'entend pas la pluie. Fut un temps, nous passions l'été à Nantucket et l'hiver à Rome. À Nantucket, on entend la pluie et j'aime être couché la nuit et l'écouter courir dans l'herbe comme du feu parce que alors on voit en imagination, comme on dit, toutes les plantes différentes qui poussent dans les prés du bord de mer, par exemple la bruyère, le trèfle et les fougères. Nous arrivions à New York à l'automne et nous entreprenions la traversée vers l'Europe en octobre. Rien ne rend mieux compte de ces voyages que les clichés que le photographe du paquebot prenait et affichait à la bibliothèque après chaque bringue : je veux parler des hommes portant des chapeaux de femme, des personnes âgées jouant aux chaises musicales, le tout éclairé au flash, de sorte qu'on aurait cru voir un orage se déchaînant au-dessus d'une forêt. Je jouais au ping-pong avec les personnes âgées et je gagnais toujours le tournoi organisé durant la traversée vers l'est. J'ai gagné un portefeuille en peau de porc sur la Compagnie Italienne, un jeu de crayons et stylos sur l'American Export et trois mouchoirs sur les Home Lines, et, une fois, nous avons voyagé sur un paquebot grec où j'ai gagné un briquet. Je l'ai donné à mon père parce qu'à cette époque je ne fumais pas, pas plus que je ne buvais, jurais, ni ne parlais italien.

Mon père était gentil avec moi ; quand j'étais petit, il m'emmenait au zoo, me laissait faire un tour de cheval et m'achetait invariablement un gâteau et une orangeade à un café et, pendant que je buvais mon orangeade, il consommait un vermouth avec une double mesure de gin, ou plus tard, quand il y eut beaucoup d'Américains à Rome, un Martini, mais je ne suis pas en train d'écrire l'histoire d'un garçon qui voit son père boire en catimini. À cette époque, je ne parlais italien que quand mon père et moi allions donner des cacahouètes au corbeau dans les jardins de la Villa Borghèse. Lorsque le corbeau nous apercevait, il s'exclamait *buon giorno* et je répondais *buon giorno*, puis, quand je lui donnais les cacahouètes, il disait *grazie* et quand nous nous éloignions, il lançait *ciao*. Mon père est mort il y a trois ans et a été enterré au cimetière protestant de Rome. Il y avait foule et, à la fin de la cérémonie, ma mère m'a pris par les épaules et m'a dit : « Nous ne le laisserons *jamais* tout seul ici, n'est-ce pas, Pietro ? Nous ne le laisserons jamais, *jamais* tout seul ici, n'est-ce pas, mon chéri ? » Ainsi, certains Américains vivent à Rome à cause du fisc, d'autres parce qu'ils sont divorcés ou très portés sur le sexe ou poètes dans l'âme ou parce qu'ils ont d'autres motifs de craindre d'avoir des ennuis aux États-Unis, certains Américains vivent à Rome parce qu'ils y travaillent, mais nous y habitons parce que les os de mon père reposent dans le cimetière protestant.

 Mon grand-père était un important homme d'affaires et c'est pour cette raison, je crois, que mon père aimait vivre à Rome. Mon grand-père ne possédait absolument rien à ses débuts dans l'existence, mais il s'était enrichi et attendait de chacun qu'il fasse de même, bien que ce soit impossible. Je ne voyais mon grand-père qu'à l'occasion des visites que nous lui rendions dans sa résidence secondaire du Colorado. Je me souviens surtout des dîners du dimanche soir qu'il préparait quand les domestiques et la cuisinière étaient en congé. Il faisait invariablement griller un steak et, avant même qu'il ait allumé le barbecue, nous étions tous si nerveux que nous en avions l'appétit coupé. Il avait toujours énormément de mal à faire démarrer le feu et tout le monde était assis, les yeux rivés sur lui, mais personne n'osait dire un mot. L'alcool était banni car il était contre la boisson, mais mes parents vidaient quantité de verres dans la salle de bains. Quoi qu'il en soit, après avoir mis une demi-heure à allumer le barbecue, papy mettait le steak sur le grill et nous continuions à rester assis là. Ce qui nous rendait nerveux, c'est que nous savions que nous allions être jugés. Si nous avions fait quoi que ce soit durant la semaine que papy n'avait pas apprécié, eh bien, nous allions le savoir. Le simple fait de griller un steak lui faisait pratiquement piquer une crise. Quand les projections de graisse s'enflammaient, il s'empourprait et se mettait à sauter sur place et à courir dans tous les sens. Une fois le steak cuit, nous prenions chacun une assiette et nous faisions la queue ; c'était l'heure du jugement. Si papy vous aimait bien, il vous donnait un beau morceau de steak mais, s'il avait le sentiment ou s'il soupçonnait que vous aviez fait quelque chose de mal, il ne vous donnait qu'un tout petit morceau de nerfs. Eh bien, vous seriez surpris de constater à quel point il est gênant de se retrouver en train de tenir une grande assiette contenant juste un morceau de nerfs. On se sent terriblement mal.

Une semaine, j'ai essayé de tout faire correctement afin de ne pas me retrouver avec un morceau de nerfs. J'ai lavé le break, j'ai aidé mamie à jardiner, j'ai porté des bûches au salon pour le feu de cheminée, mais tout ce que j'ai reçu le dimanche, c'est un petit morceau de nerfs. Alors j'ai dit : *Papy*, j'ai dit : *je ne comprends pas pourquoi tu nous fais un steak tous les dimanches si ça t'ennuie autant. Maman sait cuisiner, elle pourrait au moins nous faire des œufs brouillés et je sais préparer des sandwiches. Si tu avais envie de nous faire la cuisine, ce serait gentil, mais j'ai l'impression que tu n'en as pas envie et je pense que ce serait mieux si, au lieu de subir cette torture, on mangeait tous des œufs brouillés à la cuisine. Je ne comprends pas pourquoi ça t'énerve autant d'inviter des gens à dîner.*

Eh bien, il a posé son couteau et sa fourchette et j'avais déjà vu son visage devenir écarlate quand les projections de graisse s'enflammaient, mais jamais comme ce soir-là. *Espèce de foutu parasite de saligaud sans cervelle*, a-t-il hurlé, puis il est rentré et il est monté dans sa chambre à l'étage en claquant toutes les portes sur son passage. Ma mère m'a emmené à l'autre bout du jardin et m'a dit que j'avais fait une grosse erreur, mais je ne voyais pas en quoi. Cependant, un peu plus tard j'ai entendu mon père et mon grand-père échanger des cris et des jurons, et le lendemain matin nous sommes partis et nous n'y sommes jamais retournés ; et quand mon grand-père est mort, il m'a légué un dollar.

L'année suivante, mon père est mort. Il me manquait. C'est contraire à tout ce en quoi je crois, et ce n'est même pas le genre de sujet qui m'intéresse, mais je me disais qu'il allait revenir du royaume des morts pour m'apporter son aide. J'ai le cerveau et les épaules nécessaires pour accomplir un travail d'homme, mais parfois ma maturité me déçoit et cette déception est à son comble lorsque je descends d'un train à la fin d'une journée dans une ville qui n'est pas la mienne – Florence, par exemple – où souffle la *tramontana* et que, à cause de ce vent implacable, il n'y a sur la piazza personne qui ne soit obligé d'y être. Alors j'ai l'impression de n'être pas moi-même ni la somme de ce que j'ai appris mais d'être dépouillé de mes réserves d'émotion par la *tramontana*, le moment de la journée et l'étrangeté du lieu, et je ne sais de quel côté me tourner si ce n'est, bien sûr, du côté opposé au vent. C'était ainsi le jour où j'ai pris seul le train en direction de Florence ; la *tramontana* soufflait et la piazza était déserte. Je me sentais seul et, à cet instant, quelqu'un m'a tapé sur l'épaule et j'ai pensé que c'était mon père, revenu du royaume des morts, et que nous allions être à nouveau heureux ensemble et nous entraider. L'homme qui m'avait tapé sur l'épaule était un vieillard en haillons qui essayait de me vendre des porte-clefs souvenirs et quand j'ai vu les plaies sur son visage, je me suis senti plus mal que jamais ; il m'a semblé qu'il y avait une grande béance dans ma vie et que je ne recevrais jamais tout l'amour dont j'avais besoin. Cet automne-là, un soir, à Rome, alors que j'étais resté tard au lycée et que je rentrais à la maison en tram – il était plus de 7 heures et tous les magasins et les bureaux étaient en train de fermer, tout le monde se dépêchait de rentrer chez soi – quelqu'un m'a tapé sur l'épaule et j'ai pensé que mon père était revenu du royaume des morts. Je ne me suis même pas retourné, cette fois-ci, car il aurait pu s'agir de n'importe qui – un prêtre, une prostituée ou un vieillard ayant perdu l'équilibre – mais j'ai éprouvé à nouveau le sentiment que nous allions être à nouveau heureux ensemble, puis j'ai su que je ne recevrais jamais tout l'amour dont j'avais besoin, non, jamais.

Après le décès de mon père, nous avons renoncé aux voyages à Nantucket et nous avons vécu toute l'année dans le Palazzo Orvieta. C'est un bâtiment splendide et sombre doté d'un escalier célèbre, bien que l'escalier en question ne soit éclairé qu'avec des ampoules de dix watts et qu'il soit baigné d'ombres en fin d'après-midi. Il n'y a jamais suffisamment d'eau chaude et les courants d'air sont fréquents, car Rome est parfois froide et pluvieuse l'hiver, en dépit de toutes les statues dénudées. On peut s'irriter d'entendre dans les rues sombres les hommes chanter d'une voix mélodieuse les louanges des roses du printemps éternel et des ciels ensoleillés de la Méditerranée ; il serait possible, j'imagine, de composer une chanson évoquant les *trattorie* froides, les églises froides, les cavistes froids, les bars froids, les canalisations crevées, les toilettes qui refoulent et la façon dont la ville gît sous la neige comme un vieil homme victime d'une attaque, lorsque tout le monde tousse dans la ville – même les archiducs et les cardinaux –, mais ce ne serait pas une bien belle chanson. Je fréquente le Lycée international pour catholiques Sant'Angelo di Padova bien que je ne sois pas catholique et je communie à St Paul, à l'intérieur des Portes, tous les dimanches matin. En hiver, nous ne sommes généralement que deux dans l'église, outre le prêtre et le chanoine, et l'autre fidèle est un homme auprès de qui je n'aime pas m'asseoir parce qu'il sent l'encens des temples chinois. Cela dit, il m'a traversé l'esprit que, quand je n'ai pas pris de bain depuis trois ou quatre jours à cause de la pénurie d'eau chaude dans le palais, il est possible qu'il n'ait pas non plus envie de s'asseoir à côté de moi.

Au début, la plupart des amis de ma mère étaient originaires des États-Unis et elle organisait une grande fête américaine pour Noël chaque année. Il y avait du champagne, un gâteau, et Tibi, l'ami de ma mère, jouait du piano. Tout le monde se rassemblait autour de l'instrument et chantait *Silent Night*, *We Three Kings of Orient Are* et *Hark, the Herald Angels Sing* ainsi que d'autres chants de Noël. Je n'ai jamais aimé ces soirées parce que toutes les *divorcées** y pleuraient. Des centaines de *divorcées** américaines habitaient Rome, toutes étaient des amies de ma mère et, après le second vers de *Silent Night,* elles se mettaient à sangloter ; mais un soir de Noël où j'étais dans la rue et où je passais devant notre palais dont les fenêtres étaient ouvertes parce qu'il y faisait chaud ou peut-être pour laisser la fumée s'échapper par les hautes fenêtres, j'ai entendu tous ces gens chanter *Silent Night* dans cette ville étrangère, avec ses ruines et ses fontaines, et cela m'a donné la chair de poule. Ma mère a cessé d'organiser ces fêtes après avoir rencontré tous ces Italiens titrés. Elle aime les nobles et peu lui importe à quoi ils ressemblent. Parfois la vieille princesse Tavola-Calda vient prendre le thé chez nous. Soit c'est une naine, soit elle s'est ratatinée avec l'âge. Ses vêtements sont trop légers et reprisés en de multiples endroits et elle explique à qui veut l'entendre que ses plus beaux habits, les robes qu'elle portait à la cour et ainsi de suite, se trouvent à l'intérieur d'un coffre mais qu'elle en a perdu la clef. Elle a du poil au menton, et un bâtard du nom de Zimba qu'elle tient en laisse avec un bout de corde à linge. Elle vient chez nous pour se gaver de petits pains briochés, mais ma mère ne s'en soucie pas parce que c'est une vraie princesse et que le sang des César coule dans ses veines.

Le meilleur ami de ma mère est un écrivain américain du nom de Tibi qui habite Rome. Ils sont nombreux dans ce cas, mais je doute qu'ils écrivent beaucoup. Tibi est généralement très fatigué.

Il veut aller à l'opéra de Naples, mais il est trop fatigué pour entreprendre le voyage. Il veut aller à la campagne finir son roman, mais tout ce qu'on peut manger à la campagne, c'est de l'agneau rôti, et manger de l'agneau rôti fatigue Tibi. Il n'a jamais vu le château Sant'Angelo parce que la simple idée de traverser le pont à pied le fatigue. Tibi est toujours sur le point d'aller ici ou là, mais il ne va jamais nulle part parce qu'il est épuisé. Au début, vous pourriez penser qu'il faudrait lui donner une douche froide ou allumer un pétard sous sa chaise, puis vous vous apercevez que Tibi est réellement fatigué, ou que cette fatigue lui procure ce qu'il attend de la vie, l'affection de ma mère, par exemple, et qu'il traîne dans notre palais dans un but précis, exactement comme j'espère obtenir ce que j'attends de la vie en arpentant les rues comme si j'avais gagné un combat de boxe professionnel ou un match de tennis.

Cet automne-là, nous avions prévu de descendre en voiture à Naples avec Tibi afin de dire au revoir à des amis qui s'apprêtaient à prendre le bateau pour les États-Unis, mais, le matin du départ, Tibi est venu au palais et a déclaré qu'il était trop *fatigué* pour entreprendre le trajet. Ma mère n'aime pas aller où que ce soit sans Tibi et dans un premier temps elle s'est montrée douce et a dit que nous irions tous ensemble en train, mais Tibi était trop fatigué même pour cela. Alors ils se sont isolés dans une autre pièce et j'ai entendu ma mère hausser la voix, et quand elle est revenue j'ai vu qu'elle avait les yeux rouges. Nous sommes allés tous les deux à Naples en train, elle et moi. Il était prévu que nous passions deux nuits chez une vieille *marquesa*, que nous assistions au départ du bateau et que nous allions à l'opéra à San Carlo. Le départ du bateau avait lieu le lendemain de notre arrivée ; nous avons fait nos adieux à nos amis et nous avons regardé les cordages tomber dans l'eau tandis que le paquebot s'éloignait du quai.

Le port de Naples doit être rempli de larmes aujourd'hui, tant il en est versé chaque fois qu'un bateau prend la mer avec son chargement d'émigrés. Je me suis demandé ce que j'éprouverais à m'en aller de nouveau, car les amis de ma mère évoquent si souvent leur amour de l'Italie qu'on pourrait croire que la péninsule a la forme d'une femme nue et non d'une botte. Est-ce que l'Italie me manquerait, me demandais-je, ou disparaîtrait-elle comme un château de cartes, s'évanouirait-elle de ma mémoire ? Près de moi sur le quai, une vieille Italienne habillée en noir ne cessait de crier « Béni sois-tu, béni sois-tu, tu vas voir le Nouveau Monde », mais l'homme à qui elle s'adressait et qui était très vieux pleurait comme un bébé.

Après le déjeuner, nous n'avions rien prévu, aussi ai-je acheté un billet pour aller faire une excursion sur le Vésuve. Dans le bus se trouvaient des Allemands et des Suisses ainsi que deux jeunes Américaines dont la première avait teint ses cheveux d'une drôle de couleur orange dans le lavabo d'un quelconque hôtel et portait une étole en vison en dépit de la chaleur, et une autre qui n'avait pas teint ses cheveux et à la vue de laquelle mon cœur, comme une grosse chouette, un oiseau de nuit en tout cas, déploya ses ailes et s'envola. Elle était belle. Le simple fait de regarder les différentes parties de son corps, son nez, son cou et ainsi de suite, la faisait paraître plus belle encore. Elle ne cessait d'enfoncer les doigts dans ses cheveux noirs – elle les lissait et y enfonçait les doigts – et rien que de la regarder faire m'emplissait de joie. Je faisais des bonds. Je faisais des bonds, je faisais littéralement des bonds de joie simplement en la regardant se recoiffer. J'étais conscient d'être en train de me ridiculiser, aussi j'ai regardé par la fenêtre du car les cheminées fumantes au sud de Naples, ainsi que l'*Autostrada*, et j'ai pensé que quand je regarderais de nouveau la jeune femme, elle serait moins belle. J'ai donc attendu que nous arrivions à la fin de l'Autostrada, puis je l'ai regardée de nouveau – elle était plus belle que jamais.

Elles voyageaient ensemble et il m'a été impossible de m'immiscer entre elles pendant que nous faisions la queue pour le télésiège mais, une fois arrivés au sommet de la montagne, il s'est avéré que la rousse ne pouvait pas se promener parce qu'elle portait des sandales et que les braises du volcan lui brûlaient les pieds, aussi ai-je proposé à son amie de lui montrer ce qu'il y avait à voir, Sorrento et Capri au loin, le cratère, et ainsi de suite. Elle s'appelait Eva, elle était américaine et voyageait en Europe. Quand je l'ai interrogée au sujet de son amie, elle m'a dit que la rousse n'était pas une amie, qu'elles venaient de se rencontrer dans le car et qu'elles s'étaient assises côte à côte parce qu'elles parlaient anglais toutes les deux, mais rien de plus. Elle m'a dit qu'elle était actrice, qu'elle avait vingt-deux ans et qu'elle jouait dans des publicités pour la télévision, principalement des rasoirs pour femmes, mais seulement les voix, car c'était une autre jeune femme qui se rasait les jambes ; elle avait gagné suffisamment d'argent ainsi pour venir en Europe.

Je me suis assis à côté d'Eva pendant le trajet de retour jusqu'à Naples et nous avons bavardé sans interruption. Elle m'a dit qu'elle aimait la cuisine italienne, que son père ne voulait pas qu'elle aille seule en Europe et qu'ils s'étaient disputés. Je lui ai raconté tout ce qui me traversait l'esprit, même le fait que mon père était enterré dans le cimetière protestant. Je me disais que j'allais l'inviter à dîner à Santa Lucia et ainsi de suite, mais quelque part près de la gare Garibaldi le bus est entré en collision avec une petite Fiat comme il y en a là-bas et il s'est passé ce qui se passe toujours en Italie lorsqu'il se produit un accident. Le chauffeur est sorti faire un discours et tous les passagers sont descendus l'écouter. Quand nous sommes remontés dans le bus, Eva avait disparu. Il était tard, la gare était proche et les rues pleines de monde, mais j'avais vu suffisamment de films dans lesquels des hommes cherchent leur bien-aimée dans la foule d'une gare pour être sûr que l'épisode allait connaître une fin heureuse. Je l'ai cherchée pendant une heure dans les rues, mais je ne l'ai jamais revue. J'ai regagné le bâtiment où nous logions mais il n'y avait personne, Dieu merci, et je suis monté dans ma chambre. Je me suis allongé sur mon lit, j'ai enfoui mon visage au creux de mes bras et j'ai pensé à nouveau que je ne recevrais jamais tout l'amour dont j'avais besoin, jamais, jamais.

Plus tard, ma mère est entrée dans la chambre et m'a dit que j'allais froisser mes vêtements à me prélasser ainsi sur le lit. Puis elle s'est assise dans un fauteuil près de la fenêtre et m'a demandé si je ne trouvais pas la vue *divine*, mais je savais qu'elle ne pouvait distinguer qu'une lagune, des collines et quelques pêcheurs sur un quai. J'étais fâché contre ma mère, et non sans raison, d'ailleurs, parce qu'elle m'avait toujours appris à respecter ce qui est invisible et que je m'étais montré bon élève ; mais je voyais bien, ce soir-là, que rien d'invisible n'allait changer quoi que ce soit à mes sentiments. Elle m'avait toujours enseigné que les forces morales les plus puissantes de l'existence sont invisibles, et j'avais adopté sa conviction selon laquelle la lumière des étoiles et la pluie empêchent le monde de voler en éclats. Je l'avais adopté jusqu'à cet instant, où il m'a été révélé que tout son enseignement était erroné – il était timoré et écœurant comme l'odeur de l'encens de temple chinois qui se dégageait de l'homme à l'église. Quel rapport existait-il entre la lumière des étoiles et ce dont j'avais besoin ? J'avais souvent admiré ma mère, en particulier durant ses moments de sérénité, et elle est censée être très belle, mais, ce soir-là, j'ai eu le sentiment qu'elle se fourvoyait complètement. Assis au bord du lit, je l'ai regardée et je me suis dit qu'elle était profondément ignorante. Puis j'ai été saisi d'une impulsion terrible ; j'ai eu envie de lui flanquer un coup de pied, un rapide coup de savate, et j'ai imaginé – je me suis laissé aller à imaginer toute la scène odieuse : l'expression de son visage, la façon dont elle tirerait sur sa jupe et gémirait que j'étais un fils ingrat ; que je n'avais jamais apprécié les privilèges dont je jouissais : Noël à Kitzbühel, etc. Elle a ajouté quelque chose à propos de la vue divine et des charmants pêcheurs, et je me suis approché de la fenêtre pour voir ce dont elle parlait.

Qu'y avait-il de si charmant chez ces pêcheurs ? Ils étaient sales, sans aucun doute, malhonnêtes et bêtes, et l'un d'eux était probablement ivre puisqu'il ne cessait de porter une bouteille de vin à ses lèvres. Pendant qu'ils perdaient leur temps sur le port, leurs femmes et leurs enfants attendaient sans doute qu'ils rapportent un peu d'argent à la maison. Qu'y avait-il de charmant à cela ? Le ciel était doré mais ce n'était qu'une illusion provoquée par une combinaison de gaz et de feu, l'eau était bleue mais les égouts se déversaient dans ce port, et les nombreuses lumières parsemant la colline émanaient de fenêtres de maisons froides et laides dans les pièces desquelles devaient flotter des odeurs de croûtes de *parmigiano* et de lessive. La lumière était dorée, puis soudain elle se mua en une autre couleur, plus profonde et rosée ; je me suis demandé où il m'était arrivé de voir cette couleur et j'ai pensé que c'était sur les pétales extérieurs des roses qui fleurissent tardivement dans les montagnes après les gelées. Puis la lumière a pâli, elle est devenue si pâle qu'on voyait la fumée de la ville s'élever dans les airs, et à travers la fumée est apparue l'étoile du berger, aussi brillante qu'un réverbère, et je me suis mis à compter les autres étoiles au fur et à mesure qu'elles apparaissaient, mais bientôt elles ont été innombrables. Puis soudain ma mère s'est mise à pleurer ; je savais qu'elle pleurait parce qu'elle se sentait seule au monde et j'ai regretté amèrement d'avoir voulu lui donner un coup de pied. Puis elle a dit : Pourquoi ne pas aller à San Carlo prendre le train de nuit pour Rome, ce que nous avons fait, et elle a été heureuse de voir Tibi étendu sur le canapé à notre arrivée.

Cette nuit-là, alors que j'étais couché, pensant à Eva et à tout le reste, dans cette ville où l'on n'entend pas la pluie, je me suis dit que j'allais rentrer chez moi. Personne en Italie ne me comprenait réellement. Si j'avais dit bonjour au portier, il n'aurait pas compris ce que je disais. Si j'étais sorti sur le balcon et que j'avais crié *À l'aide* ou *Au feu* ou quelque chose dans le genre, personne ne m'aurait compris. J'ai pensé que j'avais envie de retourner à

Nantucket où l'on me comprendrait et où il y aurait, se promenant sur la plage, de nombreuses jeunes femmes pareilles à Eva. En outre, il me semblait qu'un homme devait vivre dans son pays d'origine et que les gens qui choisissaient de vivre dans un autre pays que le leur étaient toujours un peu bizarres ou louches. Certes, ma mère avait de nombreuses amies américaines qui parlaient couramment l'italien et portaient des vêtements de marque italienne – tout ce qu'elles possédaient était italien, jusqu'à leur mari parfois –, mais je n'arrivais jamais à me défaire du sentiment qu'il y avait en elles quelque chose de bizarre, comme si leurs bas étaient de travers ou qu'on distinguait leurs sous-vêtements et, à mon avis, c'est toujours le cas des gens qui choisissent de vivre à l'étranger. Le lendemain, j'en ai discuté avec ma mère et elle m'a dit qu'il n'en était pas question, que je ne pouvais pas y aller seul et qu'elle ne connaissait plus personne là-bas. Alors je lui ai demandé si je pouvais y passer l'été et elle m'a répondu qu'elle ne pouvait pas se le permettre, qu'elle avait l'intention de louer une villa à Santa Marinella, sur quoi je lui ai demandé si je pouvais y aller du moment que j'arrivais à rassembler l'argent moi-même, et elle m'a dit bien sûr.

J'ai entrepris de chercher du travail à temps partiel : il n'y en avait pas beaucoup sur le marché, mais j'en ai parlé à Tibi et il m'est venu en aide. Il ne vaut pas grand-chose, mais il est toujours d'une grande gentillesse. Il m'a promis qu'il penserait à moi s'il entendait parler de quelque chose et un jour, quand je suis arrivé à la maison, il m'a demandé si j'aimerais être guide pour l'agence de tourisme Roncari, le samedi et le dimanche. Cela me convenait parfaitement, et le samedi suivant ils m'ont pris à l'essai dans le car à destination de la villa d'Hadrien et de Tivoli. J'ai plu aux Américains parce que je leur rappelais leur pays, j'imagine, et je suis retourné travailler le lendemain. Le salaire était honnête et les horaires cadraient avec mes heures de cours ; en outre, j'espérais que ce travail me donnerait l'occasion de rencontrer un riche industriel américain qui souhaiterait m'emmener aux États-Unis et m'enseigner tout ce qu'il faut savoir sur l'industrie sidérurgique, mais cela ne s'est jamais produit. En revanche, j'ai croisé beaucoup de vagabonds américains et je me suis aperçu, dans le cadre de mon métier, quel désir intense certains Américains qui possèdent de belles et confortables maisons ont de voyager à travers le monde et d'en découvrir les paysages. Parfois, le samedi et le dimanche, quand je les voyais s'entasser dans le car, j'avais le sentiment que nous étions une espèce vagabonde, à l'image des nomades. Nous nous rendions tout d'abord à la Villa où ils disposaient d'une demi-heure pour explorer les lieux et prendre des photos, puis je les comptais et nous gravissions la grande colline menant à Tivoli et à la villa d'Este. Ils prenaient d'autres photos et je leur indiquais où acheter les cartes postales les moins chères, puis nous repartions en empruntant la Tiburtina, longeant toutes les usines nouvellement construites, jusqu'à Rome. L'hiver, il faisait nuit quand nous arrivions à destination et le car faisait le tour des hôtels où logeaient les touristes, ou les déposait non loin. Durant le voyage du retour, ils étaient toujours très silencieux et je pense que c'est parce que, dans ce car de tourisme, ils sentaient l'étrangeté de Rome tourbillonner autour d'eux avec ses lumières, sa précipitation et ses relents de cuisine, cette ville où ils n'avaient ni ami ni parent, où ils n'avaient rien à faire, en réalité, sinon visiter des ruines. Le dernier arrêt se trouvait à proximité de la porte Pincian, c'était un endroit souvent venteux en hiver et je me demandais si la vie possédait une substance quelconque ou si tout était ainsi, en réalité – à l'image de ces voyageurs affamés, dont certains avaient mal aux pieds, cherchant les lumières ténues de leurs hôtels dans une ville qui n'était pas censée subir l'hiver mais le subissait fortement, et où tout le monde parlait une autre langue.

J'ai ouvert un compte en banque dans le Santo Spirito et, pendant les vacances de Pâques, j'ai travaillé à plein temps sur le circuit Rome-Florence.

Dans ce secteur d'activité, il existe des arrêts chemises, des arrêts vessie et des arrêts cheveux. Un arrêt chemise dure deux journées, ce qui permet d'envoyer une chemise au pressing, et un arrêt cheveux dure trois journées, ce qui permet aux dames d'aller chez le coiffeur. Je prenais les passagers en charge le lundi matin et, assis à l'avant du car aux côtés du chauffeur, je leur récitais le nom des châteaux, des routes, des rivières et des villages que nous longions. Nous faisions une halte à Avezzano et une autre à Assise. Pérouse était un arrêt vessie et nous arrivions à Florence vers 7 heures du soir. Le lendemain matin, je prenais en charge un autre groupe arrivant de Venise. Venise était un arrêt cheveux.

À la fin des vacances, je suis retourné au lycée mais une semaine plus tard, Roncari m'a téléphoné pour m'annoncer qu'un guide était malade et me demander si je pouvais me charger du bus de Tivoli. Alors j'ai fait quelque chose de terrible, j'ai pris la pire décision qu'il me soit jamais arrivé de prendre. Personne ne m'entendait et j'ai répondu d'accord. Je pensais à Nantucket, je pensais à rentrer chez moi, dans un pays où l'on me comprendrait. Le lendemain, j'ai séché les cours et quand je suis rentré, personne ne s'est rendu compte de rien. Je pensais que je me sentirais coupable, mais je n'éprouvais rien de tel. Je me sentais simplement seul. Puis Roncari m'a téléphoné de nouveau et j'ai séché une autre journée de cours ; ensuite, ils m'ont proposé une place fixe et je ne suis jamais retourné au lycée. Je gagnais de l'argent mais je me sentais seul en permanence. J'avais perdu tous mes amis et ma place ici-bas, et il me semblait que ma vie n'était qu'un mensonge. Puis l'un des guides italiens s'est plaint parce que je n'avais pas de carte professionnelle. Roncari était très strict à ce sujet et ils ont dû me licencier, et de ce jour je n'ai plus eu nulle part où aller. Je ne pouvais pas retourner au lycée et je ne pouvais pas rester toute la journée au palais. Je me levais le matin, je prenais mes livres de cours – j'emportais toujours mes livres de cours – et je traînais dans les rues ou dans le Forum, je déjeunais de sandwiches et parfois j'allais au cinéma l'après-midi. Puis, à l'heure où le lycée et l'entraînement de football étaient censés se terminer, je rentrais à la maison où, en général, Tibi tenait compagnie à ma mère.

Il savait que je séchais les cours, sans doute ses amis de Roncari lui en avaient-ils parlé, mais il m'avait promis de ne rien dire à ma mère. Un soir, nous avons eu une longue discussion pendant qu'elle s'habillait pour sortir. Tout d'abord, il m'a dit qu'il lui semblait curieux que je veuille retourner aux États-Unis et que, pour sa part, il n'en avait aucune envie. Sa situation familiale était délicate ; il ne s'entendait pas avec son père, un homme d'affaires, et avait une belle-mère prénommée Verna qu'il détestait. Il comptait bien ne jamais rentrer aux États-Unis. Mais alors, il m'a demandé combien j'avais économisé et j'ai répondu que j'avais suffisamment d'argent pour le voyage d'aller mais non pour vivre sur place, pas plus que pour le retour. Il a déclaré qu'il pensait pouvoir faire quelque chose pour m'aider et je lui ai fait confiance parce que, après tout, il m'avait trouvé l'emploi chez Roncari.

Le lendemain était un samedi, et ma mère m'a dit de ne rien prévoir car nous allions rendre visite à la vieille princesse Tavola-Calda. J'ai rétorqué que je n'avais pas très envie d'y aller mais elle a dit que je devais l'accompagner, point final. Nous sommes partis aux alentours de 16 heures, après la sieste. Le palais de la princesse se trouve dans un vieux quartier de Rome où les rues s'enroulent sur elles-mêmes, un quartier délabré où, comme dans tous les quartiers de ce genre, on vend des matelas d'occasion, de vieux vêtements, de la poudre contre les puces et les punaises, des remèdes pour les démangeaisons et autres épines plantées dans la chair des pauvres. Nous avons pu deviner lequel des palais était celui de la vieille princesse parce que celle-ci était penchée à l'une des fenêtres et se querellait avec une femme corpulente occupée à balayer les marches. Nous nous sommes arrêtés au coin de la rue parce que ma mère était d'avis que la princesse n'aurait pas envie que nous la voyions en train de se disputer. La princesse voulait emprunter le balai, et la grosse femme répliquait que si elle voulait un balai, elle n'avait qu'à s'en acheter un. Elle – la grosse femme – avait travaillé pour la princesse pendant quarante-huit ans et avait été payée si chichement que, chaque soir, son mari et elle dînaient d'air et d'eau fraîche. La princesse a riposté vivement en dépit de son âge et de sa fragilité et a affirmé que le gouvernement l'avait volée et que son propre estomac n'était rempli que d'air, et qu'elle avait besoin du balai pour nettoyer le *salone*. Alors la grosse femme a répliqué que si elle lui donnait le balai, elle le lui ficherait dans le minou. La princesse a adopté un ton sarcastique et appelé la grosse femme *cara, cara*, lui a rappelé qu'elle s'était occupée d'elle comme d'un bébé pendant quarante-huit ans, lui apportant des citrons quand elle était malade, et qu'en dépit de cela elle n'avait pas la gentillesse de lui prêter son balai un moment. Alors la grosse femme a levé les yeux vers la princesse, a pincé ses lèvres entre le pouce et l'index de la main droite et a émis la pétarade la plus bruyante que j'ai jamais entendue. Alors la princesse a lancé : *Cara, cara, merci beaucoup, ma chère, ma vieille et douce amie*, elle a disparu de la fenêtre et est revenue avec un pot à eau qu'elle avait l'intention de renverser sur la grosse femme, mais elle l'a manquée et n'a mouillé que les marches. Alors la grosse femme a dit : *Merci beaucoup, votre Altesse royale, merci, Princesse*, et a continué à balayer, et la princesse a claqué la fenêtre et a disparu.

Pendant tout l'incident, des hommes avaient fait des allées et venues entre le palais et la rue, portant des vieux pneus de voiture qu'ils chargeaient dans un camion ; j'ai découvert plus tard que l'intégralité du palais, à l'exception des pièces qu'habitait la princesse, était loué comme entrepôt. À la droite de la grande porte se trouvait la loge d'un gardien, qui nous a interceptés et nous a demandé ce que nous cherchions. Ma mère a répondu que nous voulions prendre le thé avec la princesse et il a déclaré que nous perdions notre temps. La princesse était folle – *matta* – et, si nous nous imaginions qu'elle allait nous donner quoi que ce soit, nous nous trompions car tout ce qu'elle possédait lui appartenait, à lui et à son épouse, qui avaient travaillé pour elle pendant quarante-huit ans sans recevoir de salaire. Puis il a ajouté qu'il n'aimait pas les Américains parce que nous avions bombardé Frascati et Tivoli et le reste. Pour finir, je l'ai repoussé et nous sommes montés au deuxième étage, où la princesse disposait de quelques pièces. Quand nous avons sonné, Zimba a aboyé et la princesse a entrouvert la porte, puis nous a laissés entrer.

J'imagine que tout le monde sait à quoi ressemble la vieille Rome aujourd'hui mais la princesse avait bien besoin de ce balai. Elle a commencé par s'excuser pour ses vêtements en haillons mais a ajouté que tous ses beaux habits, les robes qu'elle portait à la cour et ainsi de suite, étaient enfermés dans un coffre dont elle avait perdu la clef. Elle s'exprimait de manière chichiteuse, de sorte que l'on sache bien qu'elle était princesse ou du moins qu'elle appartenait à la noblesse en dépit de ses haillons. Elle avait la réputation d'être sacrément grippe-sou et je pense que c'était vrai car, bien qu'elle donnât parfois l'impression d'être folle, on ne perdait jamais l'impression qu'elle était rusée et cupide. Elle nous a remerciés d'être venus, mais a ajouté qu'elle ne pouvait pas nous offrir de thé ni de gâteau, ni de vin, parce que sa vie n'était qu'une succession de misères. Le plan de redistribution des terres mis en place après la guerre avait entraîné le départ de tous les bons paysans de ses fermes, et elle n'arrivait pas à trouver qui que ce soit pour exploiter ses terres. Le gouvernement la soumettait à des impôts si drastiques qu'elle ne pouvait se permettre d'acheter une pincée de thé ; il ne lui restait que ses tableaux et, bien qu'ils vaillent des millions, le gouvernement affirmait qu'ils lui appartenaient et lui interdisait de les vendre. Puis elle a ajouté qu'elle souhaitait m'offrir quelque chose, un coquillage que l'empereur d'Allemagne lui avait offert lorsqu'il était venu à Rome en 1912 et qu'il avait rendu visite à son cher père, le prince. Elle est sortie de la pièce et elle est restée longtemps absente, et quand elle est revenue elle m'a dit que, hélas, elle ne pouvait pas m'offrir le coquillage parce qu'il était enfermé avec ses belles robes dans le coffre dont la clef s'était perdue. Nous avons pris congé et nous sommes partis, mais le gardien nous attendait pour s'assurer que la princesse ne nous avait rien donné et nous sommes rentrés chez nous avec la circulation infernale et par les rues sombres.

Tibi était là quand nous sommes arrivés à la maison, et il a dîné avec nous. Ce soir-là, très tard, alors que j'étais en train de lire, on a frappé à la porte de ma chambre : c'était lui. Il donnait l'impression d'être sorti parce qu'il portait son manteau jeté sur les épaules comme une cape, à la manière des Romains. Il avait également son pantalon serré, son chapeau et ses souliers chics, ornés de boucles dorées – il avait l'air d'un messager. Je pense qu'il avait le sentiment d'en être un parce qu'il était très excité et qu'il s'est adressé à moi dans un murmure. Il m'a dit que tout était réglé : la vieille princesse possédait un tableau qu'elle désirait vendre aux États-Unis et il l'avait convaincue que je pouvais le faire passer en fraude. C'était un tableau de petite taille, un Pinturicchio[1], pas plus grand qu'une chemise. Il me suffisait d'avoir l'air d'un étudiant et personne ne fouillerait mes bagages. Il avait donné tout l'argent en sa possession à la vieille femme en guise de garantie et il a ajouté que d'autres personnes s'étaient impliquées ; je me suis demandé s'il faisait allusion à ma mère, mais cela me semblait impossible. Quand je livrerais le tableau à New York, je serais payé cinq cents dollars. Tibi me conduirait à Naples dans la matinée du samedi. Un petit avion transportait des passagers et des marchandises entre Naples et Madrid et je pouvais le prendre, puis changer pour un avion à destination de New York à Madrid et toucher mes cinq cents dollars lundi matin. Puis Tibi a quitté ma chambre. Il était plus de minuit, mais je me suis levé et j'ai fait mes bagages. Je n'allais partir qu'une semaine plus tard mais j'étais déjà en route.

Je me souviens du matin où je suis parti, c'est-à-dire le samedi.

---

1. Peintre italien de la Renaissance (1454-1513).

Je me suis levé vers 7 heures, j'ai bu un café et j'ai à nouveau inspecté ma valise. Plus tard, j'ai entendu la domestique apporter son petit déjeuner à ma mère dans sa chambre. Je n'avais rien à faire si ce n'est attendre Tibi, et je suis sorti sur le balcon pour le voir arriver. Je savais qu'il allait devoir garer la voiture dans le *piazzale* et traverser la rue devant le palais. À Rome, le samedi est un jour comme les autres et les rues étaient encombrées de voitures, les trottoirs fourmillaient de monde – des habitants de la ville, des pèlerins, des membres d'ordres religieux et des touristes munis de leurs appareils photos. C'était une magnifique journée et, bien que je sois mal placé pour affirmer que Rome est la plus belle ville du monde, j'ai souvent pensé qu'elle l'était, avec ses pins à la cime aplatie, ses bâtisses de toutes les teintes de la vieillesse disséminés dans les collines comme de l'os et du papier, ces grands nuages ronds qui, à Nantucket, laisseraient présager qu'un orage va éclater avant l'heure du dîner mais qui, à Rome, ne signifient rien, si ce n'est que le ciel va virer au pourpre et s'emplir d'étoiles, et tous ces gens joyeux qui en font une ville animée ; et au moins un millier de voyageurs avant moi, au moins un millier, a dû faire remarquer que la lumière et l'air sont pareils au vin, les vins jaunes du *castelli* que l'on boit à l'automne. Puis j'ai remarqué dans la foule un homme vêtu de l'habit marron du lycée de Sant' Angelo et je me suis aperçu qu'il s'agissait de mon professeur principal, le père Antonini. Il était en train de chercher le numéro de notre immeuble. La sonnette a retenti, la domestique est allée ouvrir et j'ai entendu le prêtre demander à voir ma mère. La bonne s'est rendue dans la chambre de ma mère, puis j'ai entendu celle-ci passer dans le vestibule et s'exclamer :

« Oh, père Antonini, quel plaisir de vous voir !

— Peter est malade ? a-t-il demandé.

— Qu'est-ce qui vous fait penser ça ?

— Il n'est pas venu au lycée depuis six semaines.

— En effet », a-t-elle dit, mais de toute évidence, elle mentait sans conviction. Il était très troublant d'entendre ma mère mentir ainsi ; troublant parce que je voyais bien qu'elle ne se souciait pas de moi ni du fait que je reçoive ou non une éducation, que tout ce qu'elle souhaitait, c'était que je fasse passer la frontière au vieux tableau afin que Tibi reçoive de l'argent. «Oui. Il est très malade.

— Pourrais-je le voir ?

— Oh, non. Je l'ai envoyé aux États-Unis.»

J'ai quitté le balcon, alors, j'ai traversé le *salone* jusqu'au vestibule, puis du vestibule je suis allé dans ma chambre et je l'y ai attendue.

«Tu ferais mieux de descendre attendre Tibi, m'a-t-elle dit. Embrasse-moi et va-t'en. Vite. *Vite.* Je *déteste* les scènes.»

Si elle détestait tant les scènes, j'aurais aimé savoir pourquoi elle en provoquait toujours de si pénibles, mais c'est de cette façon que nous nous étions quittés du plus loin que je m'en souvinsse, aussi j'ai pris ma valise et je suis allé attendre Tibi dans la cour.

Il était plus de 9 heures et demie quand il est arrivé et, avant même qu'il ait ouvert la bouche, j'ai su ce qu'il allait dire. Il était trop *fatigué* pour me conduire à Naples. Il avait enveloppé le Pinturicchio dans du papier brun et l'avait attaché avec de la ficelle. J'ai ouvert ma valise avant de le glisser parmi mes chemises. Je n'ai pas dit au revoir à Tibi – j'étais bien décidé à ne plus jamais lui adresser la parole – et je me suis mis en route pour la gare.

J'étais souvent allé à Naples, mais ce jour-là j'éprouvais un drôle de sentiment. Tout d'abord, quand je suis entré dans la gare, j'ai eu l'impression d'être suivi par le gardien du Palazzo Tavola-Calda. Je me suis retourné deux fois, mais l'inconnu a enfoui son visage dans un journal et je n'ai pas pu savoir avec certitude ce qu'il en était, mais quoi qu'il en soit, je me sentais si bizarre que j'aurais sans doute pu l'imaginer. Puis, alors que je faisais la queue devant le guichet, quelqu'un m'a tapé sur l'épaule et j'ai eu l'impression terrible que mon père était revenu m'apporter son aide. Ce n'était qu'un vieil homme qui avait besoin d'une allumette et je lui ai allumé sa cigarette, mais je sentais encore la chaleur de sa main sur mon épaule et l'impression que nous allions être à nouveau heureux ensemble et nous entraider, puis, juste après, le sentiment que je ne recevrais jamais tout l'amour dont j'avais besoin, non, jamais.

Je suis monté dans le train et j'ai regardé les autres passagers se hâter sur le quai, et cette fois-ci j'ai vu le gardien. Il n'y avait pas d'erreur possible. Je ne l'avais croisé qu'une fois, mais je me souvenais de son visage et j'ai deviné qu'il me cherchait. Il n'a pas semblé me voir et il a poursuivi son chemin jusqu'au wagon de troisième classe ; je me suis demandé, alors, si c'était la Vie, si elle était vraiment ainsi – des femmes gâchant leur existence pour des imbéciles comme Tibi, des tableaux volés et des poursuivants. Je ne me souciais pas au sujet du gardien, mais je m'inquiétais à l'idée que l'existence soit un tel combat.

(Mais je ne suis pas un adolescent à Rome, je suis un homme adulte dans la vieille prison et la ville fluviale d'Ossining où, en cet après-midi d'automne, j'écrase des guêpes avec un journal roulé sur lui-même. Par la fenêtre, je vois l'Hudson. Un rat mort flotte vers l'aval et deux hommes installés dans un canot à rames qui prend l'eau remontent le courant. L'un des hommes rame désespérément à l'aide d'un des bancs de l'embarcation et je me demande s'ils viennent de s'échapper de la prison ou s'ils sont simplement allés à la pêche à la perche ; et pourquoi me faut-il substituer à cette scène les rues sombres entourant le Panthéon ? Pourquoi, n'ayant reçu de mes parents qu'affection et compréhension, me faut-il inventer un vieillard grotesque, une tombe en pays étranger et une mère sans cervelle ? Quelle solitude incurable m'incite à me faire passer pour un enfant sans père fouetté par le vent froid, et l'imposture ne donnerait-elle pas une meilleure histoire que celle de Tibi et du Pinturicchio ? Mais mon père m'a appris, tandis que nous binions les haricots, qu'il faut achever ce qu'on a commencé, pour le meilleur et pour le pire, et nous retournons donc à la scène où mon personnage quitte le train à Naples.)

À Naples, je suis descendu du train à la Mergellina dans l'espoir d'éviter le gardien. Seule une poignée de passagers y étaient descendus et je ne crois pas qu'il se soit trouvé parmi eux, même s'il m'est impossible d'en être sûr. Dans une petite rue non loin de la gare se trouvait un hôtel modeste où je suis descendu. J'ai pris une chambre et j'ai laissé ma valise contenant le tableau sous le lit, avant de fermer la porte à clef. Puis je suis parti en quête des bureaux de la compagnie aérienne où il me serait possible d'acheter mon billet, laquelle se trouvait à l'autre bout de Naples. La compagnie aérienne était petite, le bureau était minuscule, et l'homme qui m'a vendu mon billet était probablement aussi le pilote. L'avion décollait à 11 heures du soir, aussi suis-je retourné à l'hôtel à pied. Dès que je suis entré dans le hall, la réceptionniste m'a annoncé qu'un ami m'attendait, et en effet le gardien était là, accompagné de deux *carabinieri*. Il s'est mis à crier et à vociférer – toujours les mêmes accusations. J'avais bombardé Frascati et Tivoli, j'avais inventé la bombe à hydrogène et à présent j'étais en train de voler un tableau faisant partie de l'héritage inestimable du peuple italien. Les *carabinieri* se sont montrés très courtois, même si je n'aime pas discuter avec des hommes armés de sabres et, quand je leur ai demandé si je pouvais appeler le Consulat, ils m'ont répondu que oui. Il était environ 16 heures et le Consulat m'a dit qu'il allait m'envoyer un représentant, et bientôt est arrivé un grand Américain sympathique, qui n'arrêtait pas de dire «ouaip». Je lui ai raconté que je transportais un paquet pour un ami et que je ne savais pas ce qu'il contenait, et il a répliqué : «Ouaip, ouaip.» Il portait un costume croisé et semblait avoir des problèmes avec sa ceinture ou ses sous-vêtements car de temps à autre il portait les mains à sa taille et tirait un grand coup dessus. Puis tout le monde s'est accordé à dire que, avant d'ouvrir mon paquet, il fallait trouver un juge. Je suis allé chercher ma valise, nous sommes tous montés dans la voiture du représentant du Consulat et nous sommes allés dans l'un de ces *questura* ou tribunaux où nous avons dû attendre une demi-heure que le juge enfile son écharpe à frange dorée. Puis j'ai ouvert ma valise et le juge a tendu le paquet à un assistant qui a défait les nœuds de la ficelle. Le juge a déballé le paquet – il n'y avait rien dedans, sinon un morceau de carton. Quand le gardien a vu cela, il a poussé un tel rugissement de colère et de déception que je ne pense pas qu'il ait pu être complice ; sans doute la vieille femme avait-elle eu cette idée toute seule. Ils ne récupéreraient jamais l'argent qu'ils lui avaient donné, aucun d'eux, et j'imaginais la vieille femme se pourléchant les babines comme Patterousse le Renard[1]. J'ai même eu de la peine pour Tibi.

Le lendemain matin, j'ai voulu me faire rembourser mon billet d'avion mais le bureau était fermé, aussi suis-je retourné à pied à la Mergellina afin de prendre le train du matin pour Rome. Un bateau était amarré dans le port. Vingt-cinq ou trente touristes attendaient sur le quai ; ils étaient fatigués et excités, cela se voyait, et ils désignaient la machine à expresso en demandant s'ils pouvaient avoir une grande tasse de café avec de la crème, mais, ce matin-là, ils ne m'ont pas semblé comiques – ils m'ont paru sympathiques et admirables, et j'ai eu l'impression qu'une profonde gravité se dissimulait au fond de leurs errances. Moi-même, je n'étais pas aussi déçu qu'il m'est arrivé de l'être à propos d'enjeux moins importants et j'étais même d'humeur un peu enjouée car je savais que je retournerais à Nantucket un jour ou l'autre et, sinon à Nantucket, du moins dans un lieu où l'on me comprendrait. Puis je me suis souvenu de la vieille femme à Naples, il y avait si longtemps, qui criait au-dessus des flots :

---

1. Personnage d'un livre pour la jeunesse de Thornton Burgess, auteur américain.

« Béni sois-tu, béni sois-tu, tu vas voir l'Amérique, tu vas voir le Nouveau Monde », et j'ai compris qu'elle ne parlait pas des grosses voitures, des surgelés et de l'eau chaude. « Béni sois-tu, béni sois-tu », criait-elle inlassablement au-dessus des flots et j'ai compris qu'elle parlait d'un lieu sans policiers armés de sabres, sans aristocrates cupides, sans malhonnêteté, sans corruption et sans retards, sans peur du froid, de la faim et de la guerre, et si tout ce qu'elle s'imaginait n'était pas exact, c'était une idée empreinte de noblesse, et c'était le principal.

Méli-mélo de personnages qui n'apparaîtront pas...

1. La jolie fille au match de rugby Princeton-Dartmouth. Elle flânait derrière la foule de spectateurs qui se pressaient le long de la ligne de jeu ; elle semblait n'être accompagnée d'aucun homme, de personne, en fait, mais être connue de tous. Chacun l'appelait par son nom (Florrie), chacun semblait content de la voir ; comme elle s'arrêtait pour bavarder avec des amis, un homme posa la main au creux de ses reins et, à ce contact (en dépit du beau temps et de la pelouse verte du terrain), son visage fut envahi par une expression sombre et pensive, comme s'il était en proie à des désirs immortels. Elle avait des cheveux d'un bel or sombre dont elle rabattait une mèche sur ses yeux afin de glisser un regard au travers. Son nez était un peu trop court, mais il en paraissait sensuel et aristocratique : ses bras et ses jambes étaient ronds et beaux sans être féminins, et elle plissait ses yeux violets. C'était la première mi-temps, aucun point n'avait été marqué et l'équipe de Dartmouth envoya le ballon hors du terrain. C'était un lancer raté, et le ballon atterrit dans les bras de la jeune femme. Elle l'attrapa avec grâce ; elle semblait avoir été choisie pour le recevoir et elle resta un instant là, en souriant et en s'inclinant, sous les regards, avant de renvoyer le ballon sur le terrain avec une maladresse charmante. Des applaudissements retentirent. Puis l'attention des spectateurs se détourna et se porta à nouveau sur le terrain et, un bref instant plus tard la jeune femme se laissa tomber à genoux et se couvrit le visage de ses mains, se dérobant à l'exaltation qu'avait suscitée l'incident. Elle paraissait très timide. Quelqu'un ouvrit une cannette de bière et la lui tendit, et elle se releva et s'éloigna le long de la ligne de jeu, et hors des pages de mon roman, car je ne l'ai jamais revue.

2. Tous les rôles écrits à l'intention de Marlon Brando.

3. Toutes les descriptions méprisantes de paysages américains avec vieux immeubles délabrés, casses de voitures, rivières polluées, maisons style ranch en carton-pâte, minigolfs abandonnés, déserts de cendres, laids panneaux d'affichage, derricks disgracieux, ormes malades, terres cultivées érodées, stations d'essence clinquantes et fantaisistes, motels sales, salons de thé éclairés aux bougies, cours d'eau dont le fond est tapissé de cannettes de bière, car il ne s'agit pas, comme on pourrait l'imaginer, des ruines de notre civilisation mais des cantonnements et des avant-postes provisoires de celle que nous – vous et moi – allons bâtir.

4. Toutes les scènes semblables à celle-ci : « Clarissa entra dans la pièce et _____
_____. »

Exit tout cela, ainsi que les autres descriptions explicites de relations sexuelles, car comment est-il possible de décrire l'expérience la plus exaltante de notre corps comme si – cric, clef à molette, enjoliveurs et écrous – nous décrivions comment changer un pneu crevé ?

5. Tous les poivrots. Par exemple : Le rideau se lève sur le bureau de rédaction d'une agence de publicité située dans Madison Avenue où X, notre personnage principal, est en train d'élaborer le projet d'exploitation d'une nouvelle marque de whisky. Sur une table de dessin, à la droite de son bureau, se trouve une pile de feuilles de suggestions provenant du département artistique. Pour l'étiquette, il lui est proposé des armoiries et des écussons monarchiques et baronniaux. Pour la publicité, une scène de la vie quotidienne dans une plantation : l'aristocratie du coton, depuis longtemps disparue, sirote du whisky sur une splendide véranda. X n'en est pas satisfait, et passe à une

aquarelle représentant l'Amérique au temps des pionniers. Comme le ruisseau qui s'écoule dans la forêt est pur, froid et musical ! Sa voix s'élève dans le silence mélancolique d'une sauvagerie perdue, et que voit-on dans un coin de ciel bleu – un vol de pigeons voyageurs. Sur un rocher au premier plan, un jeune homme au corps sec et nerveux, portant des vêtements en cuir grossier et un bonnet en peau de raton laveur, boit du whisky au goulot d'un pichet de pierre. Cette perspective semble attrister X, qui passe à la proposition suivante, selon laquelle le whisky est source de festivités : il permet de recevoir chez soi une célébrité littéraire déchue, une actrice au chômage, la grand-nièce d'un président des États-Unis, un raseur, et un critique littéraire maussade et retors. Ils sont regroupés autour d'une gigantesque bouteille de whisky. Cette illustration emplit X de répugnance et il passe à la dernière, où un jeune et beau couple en tenue de soirée se tient au crépuscule sur un rempart médiéval (est-ce que ce ne sont pas les lumières et les tours de Sienne que l'on aperçoit au loin ?), trinquant au pouvoir de séduction intense et prolongé de ce whisky bon marché.

X n'est pas satisfait. Il se détourne de la table à dessin et se dirige vers son bureau. C'est un homme mince à qui il est difficile de donner un âge, bien que le temps semble s'être attaqué à l'orbite de ses yeux et à la peau de son cou, laquelle est aussi striée et ravinée que quelque étude géodésique fantaisiste. Une entaille aussi profonde que la cicatrice d'une blessure infligée par un sabre traverse son cou en diagonale, de gauche à droite, pourvue d'affluents et de ramifications si profonds et nombreux qu'ils en sont décourageants. Mais c'est dans ses yeux que la fuite du temps est la plus apparente. Nous y voyons, de même que, sur une pointe sablonneuse, nous voyons deux marées à l'œuvre, comment son exaltation et son désespoir, ses désirs et ses aspirations, ont imprimé un entrelacs de rides sur sa peau sombre et boursouflée. Peut-être s'est-il fatigué les yeux à contempler Véga à travers un télescope ou à lire Keats dans une faible lumière, mais son regard semble abattu et impur. Ces détails pourraient nous amener à conclure qu'il s'agit d'un homme d'un certain âge, mais tout à coup il baisse son épaule gauche avec beaucoup de grâce et retrousse la manche de sa chemise en soie comme s'il avait dix-huit ans – dix-neuf tout au plus. Il consulte sa montre italienne. Il est 10 heures du matin. Son bureau est insonorisé et il y règne un calme surnaturel ; la voix de la ville s'élève faiblement jusqu'à sa fenêtre. Il jette un regard à son porte-documents, noirci par les pluies d'Angleterre, de France, d'Italie et d'Espagne. Il est en proie à une mélancolie accablante, et les murs de son bureau (peints en jaune et bleu pâle) lui semblent être des leurres de papier destinés à dissimuler les volcans et les inondations qui sont l'expression de son désespoir. Il semble approcher de l'instant de sa mort, de l'instant de sa conception, de quelque phase temporelle critique. Sa tête, ses épaules et ses mains se mettent à trembler. Il ouvre son porte-documents, en sort une bouteille de whisky, se met à genoux, et vide la bouteille à grands traits.

Il est sur une mauvaise pente, bien sûr, et nous allons nous contenter d'une dernière scène. Après avoir été renvoyé des bureaux où nous avons fait sa connaissance, il s'est vu offrir une place à Cleveland, où sa réputation semble n'être pas encore connue. Il s'y est rendu afin de signer son contrat et de louer un pavillon pour sa famille, laquelle l'attend à la gare dans l'espoir qu'il revienne avec de bonnes nouvelles. Sa ravissante femme, ses trois enfants, et les deux chiens, tous sont venus accueillir papa. C'est le crépuscule dans la banlieue où ils habitent. Cette famille a reçu plus que son lot de déceptions mais, ayant été récemment privée des promesses et des privilèges propres à son mode de vie – nouvelle voiture, nouveau vélo... –, elle a découvert une qualité d'affection mélancolique mais sûre, sans rapport aucun avec l'acquisition de biens matériels. Elle a perçu, dans l'amour inquiet qu'elle éprouve pour le père, l'émotion d'un destin. L'omnibus apparaît bruyamment, une gerbe d'étincelles dorées jaillit des patins de freins au moment où le train ralentit et s'immobilise. L'intensité de leur attente est telle qu'ils ont tous l'impression d'en être presque éthérés. Sept hommes et deux femmes descendent des wagons, mais où est papa ? Il faut deux chefs de train pour l'aider à descendre les marches. Il a perdu son chapeau, sa cravate et son pardessus, et quelqu'un lui a poché l'œil droit. Il tient encore son porte-documents sous le bras. Personne ne prononce un mot, personne ne fond en larmes tandis qu'ils le font monter dans la voiture et l'emmènent hors de notre vue et de nos préoccupations. Exit tous les poivrots, hommes et femmes : ils éclairent d'une trop faible lumière les vies que nous menons.

6. Et pendant que nous y sommes, exit les homosexuels qui ont acquis récemment une telle position de supériorité en littérature. Est-ce qu'il n'est pas temps d'accepter l'indiscrétion et l'inconstance de la chair, et de passer à autre chose ? La scène, cette fois, se déroule à Hewitt's Beach, l'après-midi du 4 Juillet. Mrs Ditmar, l'épouse du gouverneur, et son fils Randall ont emporté leur panier de pique-nique jusqu'à une crique déserte, bien qu'on puisse voir le drapeau américain du club-house flotter au-delà des dunes. L'adolescent a seize ans, il est bien formé, sa peau possède le bel or de la jeunesse et sa mère solitaire le trouve si beau qu'elle l'admire avec ferveur. Depuis dix ans, son mari, le gouverneur, la néglige pour une secrétaire de direction jolie et intelligente. Mrs Ditmar, avec l'extraordinaire plasticité de la nature humaine, a encaissé des blessures presque quotidiennes. Elle aime son fils, bien sûr. Dans le physique de l'adolescent, elle ne retrouve rien de son mari. Il a hérité des plus beaux traits de la famille du côté maternel, et elle est suffisamment âgée pour se convaincre que des détails tels qu'un pied fin et de beaux cheveux sont les signes d'une bonne lignée, et peut-être est-ce le cas, en effet. Il a les épaules carrées et un corps trapu. Quand il lance une pierre dans la mer, ce n'est pas la force avec laquelle il la lance qui captive sa mère, mais la grâce extrême avec laquelle son bras achève le mouvement circulaire une fois que la pierre a

quitté sa main – comme si tous ses gestes étaient liés les uns aux autres. Comme toute femme amoureuse, elle ignore la modération et voudrait que l'après-midi ne s'achève pas. Elle n'ose souhaiter l'éternité, mais elle désirerait que la journée compte plus d'heures que cela n'est possible. De ses mains usées, elle joue avec ses perles et admire leur lumière marine, et se demande comment elles rendraient sur la peau dorée de son fils.

Celui-ci s'ennuie vaguement. Il préférerait être avec des hommes et des filles de son âge mais sa mère l'a soutenu et défendu, de sorte que sa présence lui inspire un sentiment de sécurité. C'est une fervente et redoutable protectrice. Elle est capable d'intimider – et l'a fait – le principal et la plupart des enseignants de son lycée. Au large, il aperçoit les voiles de la flottille et regrette brièvement de n'être pas avec eux, mais il a refusé de faire partie de l'équipage et n'a pas suffisamment confiance en lui pour être capitaine, aussi, en un sens, a-t-il choisi d'être seul sur la plage avec sa mère. Il est peureux à l'égard des sports de compétition, à l'égard de l'apparence de toute société organisée, comme si elle dissimulait une force susceptible de le mettre en pièces ; mais pourquoi donc ? Est-il un lâche, et une telle chose existe-t-elle ? Naît-on lâche, comme on naît brun ou blond ? La surveillance de sa mère est-elle excessive ; l'a-t-elle protégé avec une telle ferveur qu'il en est devenu vulnérable et maladif ? Mais vu la connaissance intime qu'il a de la profondeur de son désespoir, comment peut-il la quitter tant qu'elle ne s'est pas trouvé de nouveaux amis ?

Il pense à son père avec un sentiment de chagrin. Il s'est efforcé d'apprendre à le connaître et à l'aimer, mais aucun de leurs projets n'aboutit jamais. La partie de pêche a été annulée par l'arrivée imprévue du gouverneur du Massachusetts. Au stade de base-ball, un messager lui a porté un mot annonçant que son père serait dans l'impossibilité de venir. Quand Randy est tombé du poirier et qu'il s'est cassé le bras, son père lui aurait sans aucun doute rendu visite à l'hôpital s'il ne s'était trouvé à Washington.

L'adolescent a appris le lancer à la mouche avec le sentiment que, lancer après lancer, il pourrait gagner l'affection et l'estime de son père, mais ce dernier n'a jamais trouvé le temps d'aller l'admirer. Il est conscient de l'ampleur de sa propre déception. Cette émotion l'entoure comme un flux d'énergie, mais une énergie qui n'a pas de roues à faire tourner, pas de pierres à déplacer. Ces tristes pensées se devinent dans sa posture. Ses épaules se sont affaissées, il a l'air enfantin et malheureux, et sa mère l'appelle afin qu'il la rejoigne.

Il s'assied dans le sable à ses pieds, et elle fait courir ses doigts dans ses cheveux blonds. Puis elle a un geste abominable. On aimerait détourner les yeux, mais il est impossible de ne pas la regarder détacher son collier de perles et l'attacher au cou doré de l'adolescent. « Regarde comme elles brillent », s'exclame-t-elle, enclenchant le fermoir aussi irrévocablement qu'une menotte est soudée à la cheville d'un prisonnier.

Exit ces deux-là car, comme Clarissa et les poivrots, ils diffusent trop peu de lumière.

7. En conclusion – en conclusion, du moins, pour cet après-midi (je dois aller chez le dentiste, puis me faire couper les cheveux), j'aimerais évoquer la carrière de mon vieil ami laconique, Royden Blake. Nous pouvons, pour des raisons de commodité, diviser son œuvre en quatre périodes. Tout d'abord, les anecdotes moralisatrices amères – il a dû en écrire une centaine – prouvant que la plupart de nos actes sont immoraux. Ces anecdotes ont été suivies, vous vous en souvenez peut-être, par presque une décennie de snobisme durant laquelle il n'a jamais mis en scène un personnage gagnant moins de soixante-cinq mille dollars par an. Il a mémorisé le nom des enseignants de l'université de Groton et des barmans du *21*. Tous ses protagonistes étaient servis par des domestiques dévoués mais, quand vous alliez dîner chez lui, vous trouviez les chaises rafistolées avec de la cordelette, vous mangiez des œufs au plat dans une assiette fêlée, les poignées de porte vous restaient dans la main et, si vous vouliez tirer la chasse,

vous deviez soulever le couvercle du réservoir, retrousser l'une de vos manches et plonger la main au fond de l'eau froide et rouillée pour actionner les valves. Quand il en a eu fini avec le snobisme, il a commis l'erreur que j'ai mentionnée dans le paragraphe 4, puis il a enchaîné avec sa période romantique, durant laquelle il a écrit « Le collier de Malvio d'Alfi » (avec cette mémorable scène d'accouchement dans un col de montagne), « Le naufrage du *Lorelei* », « Le roi des Troyens », et « La gaine perdue de Vénus », pour n'en citer que quelques-uns. Il était très malade à l'époque, et sa médiocrité semblait empirer. Son œuvre était caractérisée par tout ce que j'ai mentionné plus haut. Ses pages étaient peuplées d'alcooliques, de descriptions éreintant les paysages américains, et de premiers rôles destinés à Marlon Brando. Il semblait avoir perdu le don d'évoquer les fragrances de la vie : l'eau de mer, la fumée du bois de sapin, les seins des femmes. Il avait endommagé, semblait-il, la cavité interne de son oreille, celle qui permet d'entendre le bruit sourd de la queue du dragon frappant les feuilles mortes. Je n'ai jamais apprécié cet homme, mais c'était un collègue et un compagnon de boisson et, quand j'ai entendu dire qu'il était mourant alors que j'habitais Kitzbühel, je me suis rendu en voiture à Innsbruck et j'ai pris l'express à destination de Venise, où il habitait. C'était la fin de l'automne. Froid et lumineux. Les palais aux fenêtres condamnées du Grand Canal – lugubres, vulgairement ornés, et surmontés de couronnes – évoquaient les visages hagards de la noblesse qui assiste aux mariages royaux à Hesse. Royden Blake habitait une *pensione* dans un petit canal. La marée était particulièrement haute, le vestibule était inondé, et j'ai atteint l'escalier grâce à des caillebotis disposés bout à bout. J'avais apporté une bouteille de gin de Turin et un paquet de cigarettes autrichiennes, mais son état était bien trop grave, je m'en suis aperçu quand je me suis assis dans un fauteuil peint (cassé) près de son lit.

« Je travaille, s'est-il exclamé. Je travaille. Tout m'apparaît clairement. Écoute-moi !

— Oui, ai-je dit.

— Cela commence ainsi », a-t-il repris, et il a changé l'intonation de sa voix pour l'adapter, j'imagine, à la gravité du récit. « Le Transalpini s'arrête à Kirchback à minuit, a-t-il énoncé m'adressant un regard pour s'assurer que j'avais pleinement perçu la force de cette donnée poétique.

— Oui, ai-je répété.

— Ici, les passagers pour Vienne continuent leur route, a-t-il déclamé d'une voix sonore, tandis que ceux à destination de Padoue doivent patienter pendant une heure. La gare reste ouverte et chauffée à leur intention, et il est possible de consommer du café et du vin dans un bar. Par une nuit neigeuse de mars, trois inconnus engagèrent la conversation dans ce bar. Le premier était un homme de grande taille, chauve, vêtu d'un manteau bordé de zibeline qui lui tombait jusqu'aux chevilles. La deuxième personne était une splendide Américaine qui se rendait à Isvia pour assister aux funérailles de son fils unique, lequel avait été tué dans une chute d'escalade. La troisième était une Italienne corpulente aux cheveux blancs, drapée dans un châle noir, que le serveur traitait avec grand respect. Il s'inclina en lui versant un verre de mauvais vin et s'adressa à elle en l'appelant "Votre Majesté". Plus tôt dans la journée, on avait annoncé des risques d'avalanche... »

Puis il reposa sa tête sur l'oreiller et mourut – de fait, ce furent ses derniers mots, et les derniers mots, m'a-t-il semblé alors, de générations de conteurs, car comment ce col de montagne enneigé et forgé de toutes pièces et son trio de voyageurs pouvaient-ils espérer célébrer un monde qui se déploie autour de nous comme un rêve déconcertant et prodigieux ?

Mené Mené Téqel ou-Parsîn [1]

Je suis rentré d'Europe, cet année-là, à bord d'un vieux DC-7 dont l'un des réacteurs a pris feu au milieu de l'Atlantique. La majeure partie des passagers paraissaient endormis ou drogués et, à l'avant de l'appareil, personne ne vit les flammes à l'exception d'une fillette, d'un vieillard et de moi-même. Quand l'incendie s'éteignit, l'avion vira violemment de bord, à la suite de quoi la porte des quartiers réservés à l'équipage s'ouvrit à la volée. J'aperçus l'équipage et les deux hôtesses, portant des gilets de sauvetage déjà gonflés. L'une des hôtesses referma la porte, mais le commandant de bord apparut quelques minutes plus tard et nous expliqua, dans un murmure paternel, que nous avions perdu un moteur et que nous nous dirigions soit vers l'Islande, soit vers Shannon. Un peu plus tard, il revint nous dire que nous allions atterrir à Londres dans la demi-heure. Deux heures plus tard, nous atterrîmes à Orly, à la stupéfaction de tous les passagers qui avaient dormi durant l'incident. Nous embarquâmes à bord d'un autre DC-7 et nous recommençâmes la traversée de l'Atlantique; quand nous atterrîmes enfin à Idlewild, nous voyagions dans des conditions inconfortables depuis environ vingt-sept heures.

Je pris un bus pour New York, puis un taxi jusqu'à Grand Central Station. C'était une heure creuse – 7 heures et demie ou

---

1. Daniel, 5:25, mots araméens signifiant «Compté, compté, pesé et divisé», apparus au cours du festin de Belshassar sur les murs du palais royal (la Bible, traduction œcuménique).

8 heures du soir. Les kiosques à journaux étaient fermés, et les quelques passants étaient seuls et semblaient souffrir de l'être. Le premier train à destination de la ville où je me rendais ne partait pas avant une bonne heure, aussi allai-je dans un restaurant proche de la gare où je commandai le *plat du jour**. Le dilemme d'un Américain expatrié dînant pour la première fois dans un restaurant de son pays natal a été trop souvent évoqué pour être répété ici. Après avoir payé l'addition, je descendis un escalier à la recherche des toilettes. La pièce où j'entrai était pourvue de cloisons en marbre – une tentative, j'imagine, d'ennoblir les lieux. Le marbre était brun clair, il aurait pu s'agir d'un *giallo antico*, mais j'observai sous son vernis des fossiles de l'ère paléozoïque et en conclus que c'était un madrépore. La surface extérieure du vernis était couverte d'inscriptions. La calligraphie était lisible, bien qu'elle n'ait ni caractère ni symétrie. Ce qui était inhabituel, c'était l'ampleur du texte et le fait que celui-ci soit disposé en colonnes, comme les pages d'un livre. Jamais je n'avais rien vu de tel. Mon instinct me soufflait impérieusement d'ignorer les inscriptions et d'observer les fossiles, mais les écrits d'un homme ne sont-ils plus durables et extraordinaires qu'un corail paléozoïque ? Je lus :

> La journée avait été triomphale à Capua. Lentulus, s'en revenant avec les aigles victorieux, avait diverti la population grâce aux jeux de l'amphithéâtre avec un succès jamais encore atteint, même dans cette luxueuse cité. Les acclamations des festivités moururent : les rugissements du lion avaient cessé ; le dernier flâneur quitta le banquet, et les lumières s'éteignirent dans le palais du vainqueur. La lune, transperçant les floconneux nuages, argentait les gouttes de rosée sur le corselet de la sentinelle romaine et saupoudrait les eaux sombres de Vulturnus d'une lumière ondulante et frémissante. C'était une nuit d'un calme suprême, l'une de celles où le zéphyr fait osciller les jeunes feuilles printa-

nières et fredonne sa musique rêveuse parmi les roseaux creux. On n'entendait pas un son, si ce n'est le dernier sanglot de quelque vague lasse, contant son histoire aux galets lisses de la plage ; puis tout fut aussi silencieux que la poitrine lorsque l'âme l'a quittée...

Je n'allai pas plus loin, bien que le texte se poursuivît. J'étais fatigué et, en un sens, désarmé par ma longue absence. Il m'était impossible d'imaginer l'enchaînement de faits susceptible d'inciter un homme à recopier ce charabia sur une cloison de marbre. Était-ce le signe de quelque altération du climat social, la conséquence d'une nouvelle force de répression ? Était-ce, simplement, l'indication de la passion irrésistible que l'homme éprouve pour toute prose fleurie ? Les sonorités de ce texte s'imprimaient dans la mémoire comme de la mauvaise musique, et il était difficile de les oublier. S'était-il produit, en mon absence, un changement profond dans le psychisme de mes concitoyens ? Y avait-il eu une rupture des voies traditionnelles de communication, une émergence d'un amour immodéré pour le romantisme du passé ?

Je passai une semaine ou dix jours à voyager à travers le Middle West. Un après-midi, j'attendis un train à destination de New York à l'Union Station d'Indianapolis. Le train avait du retard. La gare – qui est dotée des proportions d'une cathédrale, et reçoit la lumière du jour à travers une rosace – est un exemple spectaculaire et lugubre de l'architecture censée exprimer l'essence mystérieuse et dramatique du voyage et de la séparation. Les teintes de la rosace, aussi limpides que celles d'un kaléidoscope, coloraient les murs de marbre et les passagers attendant leur train. Une femme portant un cabas se tenait dans un panneau mauve. Un vieillard dormait dans une flaque de lumière jaune. Puis je vis un panneau indiquant la direction des toilettes pour hommes, et je me demandai s'il était possible que j'y trouve un autre exemple de l'étrange littérature que j'avais découverte dans les heures suivant mon retour. Je descendis un escalier menant à un immense sous-sol, où un cireur de chaussures était assoupi dans un fauteuil. Les murs, là aussi, étaient en marbre. Celui-ci était une pierre à chaux commune – un silicate de calcium et de magnésium, veiné de minerai métallifère gris. Mon intuition ne m'avait pas trompé. La pierre était couverte d'inscriptions, vision d'une justesse saisissante puisqu'elle rappelait que les premiers écrits, les premières prophéties de l'homme, sont apparus sur des murs. La calligraphie était claire et symétrique, l'œuvre d'un homme doué d'un esprit méthodique et d'une main sûre. Essayez, je vous prie, d'imaginer la lumière morbide, l'air vicié, et le bruit du ruissellement de l'eau régnant dans l'endroit où je lus :

> Le grand manoir de Wallowyck trônait au sommet d'une colline surplombant la ville enfumée de X—burgh, et ses innombrables fenêtres à meneaux semblaient scruter d'un œil sévère les ruelles étroites et sombres des quartiers pauvres s'étendant des grilles du parc aux filatures fumantes construites sur les berges du fleuve. C'est à la bordure de ce parc boisé que, à l'insu de Mr Wallow, j'ai passé les heures les plus joyeuses de mon enfance, y vagabondant avec un lance-pierre et une besace destinée à contenir mes échantillons géologiques. La colline et son ornement d'allure sévère étaient situés entre l'école que je fréquentais et le taudis où j'habitais avec ma mère souffrante et mon père alcoolique. Tous mes amis empruntaient le chemin qui faisait le tour de la colline, et j'étais le seul à escalader les murs de Wallow Park et à passer mes après-midi dans ce domaine défendu.
>
> Jusqu'à ce jour, les pelouses, les grands arbres, le chant des fontaines et l'atmosphère solennelle d'une dynastie restent

chers à mon cœur. Les Wallow n'avaient pas d'armoiries, bien sûr, mais les sculpteurs qu'ils employaient avaient improvisé des centaines d'écussons qui, vus de loin, semblaient incarner une quelconque baronnie mais qui, après examen, se réduisaient modestement à des formes géométriques. Les fenêtres, les grilles, les tours, les bancs du parc étaient frappés de ces armoiries. Les sculpteurs avaient également eu pour tâche de représenter la fille unique de Mr Wallow, Emily. Il existait une Emily en bronze, une Emily en marbre, une Emily représentée comme les Quatre Saisons, les Quatre Vents, les Quatre Moments du jour et les Quatre Principales Vertus. Emily, en un sens, était mon unique compagne. Je me promenais dans le parc en automne, regardant les riches couleurs se détacher des arbres et se poser sur les pelouses. Je m'y promenais dans la neige glacée. Je m'y promenais aux premiers signes du printemps, humant l'agréable senteur de fumée qui s'élevait des nombreuses cheminées frappées d'armoiries de la grande demeure. Un jour que je déambulais là, au printemps, j'entendis la voix d'une fillette appeler à l'aide. Je me laissai guider par la voix jusqu'aux rives d'un ruisseau, où j'aperçus Emily. Ses pieds ravissants étaient nus et, enroulée autour de l'un d'eux tel un fer diabolique, se tordait une vipère.

J'arrachai la vipère du pied d'Emily, j'entaillai la plaie avec mon canif et j'aspirai le venin de son sang. Puis j'ôtai ma modeste chemise, que ma mère m'avait cousue à l'aide de linges bleus trouvés au cours de sa fouille quotidienne dans la poubelle d'un architecte. Une fois la plaie nettoyée et pansée, je pris Emily dans mes bras et m'élançai sur la pelouse menant aux grandes portes de Wallowyck, qui s'ouvrirent dans un grondement à mon coup de sonnette. Apparut un majordome, qui pâlit à notre vue.

« Qu'avez-vous fait à notre Emily ? s'écria-t-il.

— Il n'a fait que me sauver la vie », répliqua la fillette.

Alors, de la pénombre du vestibule, apparut le barbu, l'impitoyable Mr Wallow.

« Merci d'avoir sauvé ma fille », déclara-t-il d'un ton bourru. Puis il me regarda plus attentivement, et je vis des larmes dans ses yeux. « Un jour, vous en serez récompensé, ajouta-t-il. Ce jour viendra. »

Ma chemise en lambeaux m'obligea à raconter ma mésaventure à mes parents ce soir-là. Mon père était ivre, comme à son habitude.

« Tu ne recevras aucune récompense de cette brute ! rugit-il. Pas plus ici-bas qu'au paradis ou en enfer !

— Je t'en prie, Ernest », soupira ma mère, et je m'approchai d'elle et lui pris les mains, qui étaient brûlantes de fièvre.

Tout ivre qu'il était, mon père semblait détenir la vérité car, au cours des années qui suivirent, aucun signe de gratitude, aucune courtoisie, aucune marque de générosité, aucune allusion à une quelconque dette morale ne provint du manoir sur la colline.

Durant l'âpre hiver de 19 —, Mr Wallow ferma les filatures en mesure de représailles suite à mes efforts pour créer un syndicat. Le calme des filatures – ces cheminées dont ne s'échappait aucune fumée – porta un coup au cœur de X—burgh. Ma mère agonisait dans son lit. Assis à la cuisine, mon père buvait du Sterno[1]. Dans chaque taudis régnaient la maladie, la faim, le froid et la fièvre. La neige recouvrant les rues, non souillée par la fumée des filatures, était d'une blancheur accusatrice. La veille de Noël, je conduisis la délégation du syndicat, des hommes dont la plupart étaient à peine capables de marcher, jusqu'aux grandes

---

1. Combustible à base de méthanol, autrefois utilisé comme boisson alcoolisée par les populations les plus pauvres.

portes de Wallowyck, puis j'appuyai sur la sonnette. Quand les portes s'ouvrirent, Emily se tenait sur le seuil.

« Vous ! cria-t-elle. Vous qui m'avez sauvé la vie, pourquoi êtes-vous en train de tuer mon père ? »

Puis les portes se refermèrent dans un grondement sourd.

Ce soir-là, je réussis à trouver un peu de céréales et préparai du porridge à ma mère. J'étais en train de le verser à la cuillère entre ses lèvres décharnées quand la porte s'ouvrit et qu'entra Jeffrey Ashmead, l'avocat de Mr Wallow.

« Si vous êtes venu me tourmenter au sujet de mon irruption de cet après-midi à Wallowyck, vous êtes venu pour rien, dis-je. Il n'existe aucune douleur au monde plus grande que celle que j'éprouve en cet instant, alors que je regarde ma mère mourir.

— C'est une autre affaire qui m'amène, répliqua-t-il. Mr Wallow est mort.

— Longue vie à Mr Wallow ! cria mon père à la cuisine.

— Suivez-moi, je vous prie, dit Mr Ashmead.

— Et pour quelle raison, monsieur ?

— Vous êtes l'héritier de Wallowyck – ses mines, ses filatures, sa fortune.

— Je ne comprends pas. »

Ma mère eut un sanglot déchirant, saisit mes mains dans les siennes et s'exclama :

« La vérité du passé n'est pas plus cruelle que celle de nos misérables vies ! Durant toutes ces années, j'ai voulu te protéger de ce secret – mais tu es le fils unique de Mr Wallow. À l'époque où j'étais jeune fille, j'ai servi à la table du maître ; il a abusé de moi par une nuit d'été. Cela a contribué à la déchéance de ton père.

— Je vais vous accompagner, maître, dis-je à Mr Ashmead. Miss Emily est-elle informée de cela ?

— Miss Emily, répliqua-t-il, s'est enfuie. »

Je retournai au manoir le soir même, et ce fut en qualité

de maître des lieux que je franchis les grandes portes de Wallowyck. Mais Miss Emily n'était pas là. Avant le début de l'année nouvelle, j'avais enterré mes parents, réouvert les filatures en intéressant les salariés aux bénéfices, et apporté la prospérité à X—burgh. Mais, habitant seul à Wallowyck, j'éprouvais une solitude que je n'avais jamais connue...

J'étais consterné, bien sûr ; j'étais rempli de dégoût. À cause de la trivialité des lieux, le caractère puéril du conte était nauséabond. Je me hâtai de regagner la noble salle d'attente et ses pans limpides de lumière colorée, et je m'assis près d'un présentoir de livres de poche. Leurs couvertures vulgaires, et ce qu'ils laissaient miroiter de descriptions détaillées de scènes de sexe, semblaient être en rapport avec ce que je venais de lire. Voici ce qui s'était produit, imaginais-je ; au fur et à mesure que la pornographie entrait dans le domaine public, ces murs de marbre, dépositaires immémoriaux de ce loisir, s'étaient vus contraints, par mesure d'autodéfense, à s'atteler à la tâche plus noble de la littérature. L'idée me parut révolutionnaire et déconcertante, et je me demandai si, dans l'espace d'un ou deux ans, il me serait possible de lire la poésie de Sara Teasdale[1] dans des toilettes publiques, tandis que le roi de Suède honorerait quelque brute vicieuse. Puis mon train arriva et je fus heureux de quitter Indianapolis et de laisser, du moins je l'espérais, ma découverte dans le Middle West.

J'allai au wagon-restaurant et je bus un verre. Nous nous dirigions à toute vapeur vers l'est à travers l'Indiana, affolant les vaches et les poulets, les chevaux et les cochons. Les gens agitaient la main au passage du train – une petite fille tenant une poupée la tête en bas, un vieil homme en fauteuil roulant, une femme plantée au seuil de sa cuisine, des bigoudis dans les cheveux, un jeune homme assis à l'arrière d'un camion de marchandises.

---

1. Célèbre poétesse américaine (1833-1933).

Le train se ruait en avant sur les lignes droites, son sifflet retentissait, les sonneries des passages à niveau se déchaînaient comme autant d'infarctus du myocarde, les jointures des rails martelaient une basse de jazz multiple, grisante et rapide, telle une éblouissante improvisation sur les battements d'un cœur, et le vent dans les caissons de freins évoquait les tout derniers enregistrements, rauques et enroués, de la pauvre Billie Holiday. Je bus encore deux verres. Quand j'ouvris la porte des toilettes dans le wagon-lit le plus proche et que je m'aperçus que les murs étaient couverts d'inscriptions, cela me sembla être très mauvais signe.

Je n'avais pas envie d'en lire davantage – pas à ce moment-là. Wallowyck m'avait largement suffi pour une journée. J'avais seulement envie de retourner au wagon-restaurant, de boire encore un verre et de revendiquer ma saine indifférence aux fantasmes d'inconnus. Mais le texte était là, et il était impossible d'y résister – il semblait faire partie intégrante de mon destin – et, bien qu'avec une profonde réticence, je lus l'intégralité du premier paragraphe. Cette calligraphie-là était la plus impérieuse des trois.

> Pourquoi tous les gens qui peuvent se le permettre n'ont-il pas un géranium à leur fenêtre ? C'est très peu cher. Le prix en est insignifiant si vous le faites pousser à partir de graines ou d'une bouture. C'est une splendeur, et il vous tiendra compagnie. Un géranium parfume l'air, enchante l'œil, relie à la nature et l'innocence, et est un objet d'affection. Et s'il ne peut vous retourner votre amour, il ne peut vous détester, il ne peut prononcer une parole haineuse, quand bien même vous le négligez, car bien qu'il ne soit que beauté, il n'a nulle vanité, et ceci étant, et puisqu'il existe uniquement pour votre bien et votre plaisir, comment pourriez-vous le négliger ? Mais je vous en prie, si vous choisissez un géranium…

Dans le wagon-restaurant, il commençait à faire sombre. J'étais troublé par la tendresse du texte que je venais de déchiffrer et abattu par la morosité générale qui règne dans la campagne à cette heure du soir. Ce que j'avais lu était-il l'expression de quelque amour irrépressible du pittoresque et de l'innocence ? Quoi qu'il en soit, je me sentis, alors, investi de la responsabilité de rendre public ce que je venais de découvrir. Ce que nous savons de nous-mêmes et d'autrui, à une époque historique de changement, relève de l'exploration. Il serait périlleux de colorer d'indifférence nos observations, notre curiosité et nos réflexions. Ce sur quoi j'étais tombé à trois reprises apportait la preuve que ce genre de littérature était répandu et, si ces lubies étaient notées et analysées, elles éclaireraient peut-être notre psychisme et nous permettraient de nous rapprocher du monde secret de la vérité. Ma quête, par certains aspects, n'était pas conventionnelle, mais il serait méprisable de manquer de perspicacité, de courage et d'honnêteté envers nous-mêmes. Six de mes amis travaillaient pour des fondations et je décidai d'attirer leur attention sur le phénomène des écrits dans les toilettes publiques. Ils avaient, je le savais, financé de la poésie, des recherches zoologiques, une étude sur l'histoire du verre teinté et la signification sociale des talons hauts et, à ce moment-là, les écrits dans les toilettes publiques me semblaient représenter un chemin de vérité qui demandait à être exploré.

Quand je regagnai New York, j'invitai mes amis à déjeuner dans un restaurant situé vers la Soixantième Rue et où se trouvait une salle à manger privée. À la fin du repas, je pris la parole. Mon meilleur ami fut le premier à me répondre.

« Tu es parti trop longtemps, déclara-t-il. Tu n'es plus dans le coup. On ne s'intéresse pas à ce genre de choses, ici. Je ne peux parler que pour moi, bien sûr, mais je trouve cette idée répugnante. »

Je baissai les yeux et m'aperçus que je portais une veste croisée en brocart et des souliers jaunes pointus, et je suppose que je m'étais exprimé avec l'accent monocorde et affecté de la plupart des expatriés. Son accusation – mon raisonnement était étrange, bizarre et indécent – semblait inébranlable. J'eus le sentiment à ce moment-là, comme je l'ai encore aujourd'hui, que ce n'était pas l'inconvenance de ma découverte, mais son caractère explosif, qui déconcertait mon ami ; il semblait, en mon absence, avoir rejoint les rangs de ces nouveaux hommes estimant que la vérité n'est plus d'aucune utilité dans la résolution de nos dilemmes. Il me dit au revoir et, un par un, les autres l'imitèrent, tous sur la même note – j'étais parti trop longtemps ; je ne savais plus ce qu'étaient la décence et le sens commun.

Je regagnai l'Europe quelques jours plus tard. L'avion à destination d'Orly avait du retard et je tuai le temps au bar, puis je m'en fus à la recherche des toilettes pour hommes. Le message était, cette fois, écrit sur du carrelage mural. « Brillante étoile ! lus-je, que n'ai-je ta constance – suspendu dans une splendeur solitaire en haut de la nuit[1]... » C'était tout. Mon avion fut annoncé, et je m'envolai jusqu'à la ville de lumière à travers les avant-toits du paradis.

1. Poème de John Keats (1795-1821).

Le monde des pommes

Asa Bascomb, le vieux poète éminent, errait dans son atelier ou son bureau – il n'avait jamais su comment appeler l'endroit où l'on écrit de la poésie –, écrasant des frelons avec un exemplaire de *La Stampa*, en se demandant pourquoi il n'avait jamais obtenu le prix Nobel. On lui avait décerné la plupart des autres titres de gloire. À l'intérieur d'un coffre, dans un coin de la pièce, se trouvaient des médailles, des citations, des couronnes, des gerbes, des rubans et des insignes. Le poêle qui chauffait son bureau lui avait été offert par le P.E.N. Club d'Oslo, sa table de travail était un cadeau de l'Association des Écrivains de Kiev, et la bâtisse elle-même avait été financée par l'association internationale de ses admirateurs. Les présidents italien et américain lui avaient tous deux télégraphié leurs félicitations le jour où il s'était vu remettre la clef des lieux. Alors pourquoi pas le Nobel ? Paf, paf. Son bureau était une bâtisse à chevrons dotée d'une vaste fenêtre située au nord donnant sur les Abruzzes. Il aurait préféré un lieu beaucoup plus étroit avec des fenêtres plus étroites également, mais il n'avait pas été consulté. Il semblait exister une incompatibilité entre l'altitude des montagnes et la discipline des vers. À l'époque dont je parle, il avait quatre-vingt-deux ans et habitait une maison en contrebas de Monte Carbone, une ville juchée sur une colline au sud de Rome.

Il avait des cheveux blancs, épais et drus qui dessinaient une boucle sur son front. Au sommet de son crâne se dressaient au moins deux épis. Pour les réceptions officielles, il les plaquait sur son crâne avec du savon, mais ils ne restaient jamais à l'horizontale plus d'une heure ou deux et, en général, se libéraient au moment où l'on servait le champagne. Ce détail comptait pour beaucoup dans l'impression qu'il donnait. On se souvient chez quelqu'un d'un nez trop long, d'un sourire, d'une tache de naissance ou d'une cicatrice ; chez Bascomb, on se rappelait ses mèches indisciplinées. On le surnommait plus ou moins le Cézanne des poètes. La précision géométrique de son œuvre pouvait éventuellement le rapprocher de Cézanne, en revanche, la vision qui sous-tend les tableaux de Cézanne n'avait aucun point commun avec la sienne. Cette comparaison erronée provenait peut-être du titre de son plus célèbre recueil : *Le monde des pommes*, où ses admirateurs retrouvaient l'acidité, la diversité, la couleur et la nostalgie des pommes du nord de la Nouvelle-Angleterre, que le poète n'avait pas revue depuis quarante ans.

Pourquoi avait-il, lui, un provincial connu pour sa simplicité, décidé de quitter le Vermont pour l'Italie ? Était-ce un choix de sa chère Amelia, morte depuis dix ans ? Elle avait pris la plupart des décisions les concernant. Était-il, lui, fils de fermier, naïf au point de croire que vivre à l'étranger égayerait ses rudes débuts ? Ou était-ce pur pragmatisme, un moyen de fuir la renommée qui, dans son pays, aurait constitué un désagrément ? Des admirateurs venaient presque chaque jour le trouver à Monte Carbone, mais en petit nombre. Une ou deux fois par an, il était photographié pour *Match* ou *Epoca* – en général à l'occasion de son anniversaire –, néanmoins il y menait une vie plus paisible qu'aux États-Unis. Lors de son dernier séjour, il descendait la Cinquième Avenue quand des inconnus lui avaient demandé un autographe sur un bout de papier. Dans les rues de Rome, personne ne le connaissait ni ne se souciait de lui, ce qui lui convenait parfaitement.

Monte Carbone était une ville sarrasine bâtie sur une colline en forme de miche de pain, constituée d'un granit austère. Du sommet de la colline jaillissaient trois abondantes sources d'eau pure qui s'écoulaient en cascade vers des bassins ou des conduits à flanc de montagne. Sa maison se trouvait en contrebas de la ville, et il y avait dans son jardin de nombreuses fontaines alimentées par les sources. Dans sa chute, l'eau produisait un bruit disharmonieux – un claquement ou un cliquetis. Elle était d'un froid mordant, même en plein été, et le poète conservait son gin, son vin et son vermouth dans un bassin du jardin. Il travaillait dans son bureau le matin, faisait la sieste après le déjeuner, puis gravissait l'escalier menant au village.

Le tuf calcaire, le saucisson poivré et les couleurs éteintes du lichen qui s'enracinait dans les murs et sur les toits ne sont pas ancrés dans la conscience d'un Américain, même s'il a vécu de nombreuses années, comme Bascomb, environné de cette austérité. L'ascension des marches le mettait hors d'haleine ; il s'arrêtait à de nombreuses reprises pour reprendre son souffle. Tout le monde lui adressait la parole. *Salve, maestro, salve!* Quand il apercevait le transept muré de l'église du XIIe siècle, il marmonnait toujours sa date de construction, comme s'il expliquait les beautés du lieu à quelque compagnon. Ces beautés étaient variées et moroses. Bascomb resterait à jamais un étranger en ces lieux, mais il voyait dans cette étrangeté même une métaphore du temps, comme si, en gravissant cet escalier étranger le long de ces murs tout aussi étrangers il gravissait des heures, des mois, des années, des décennies. Sur la piazza, il buvait un verre de vin et récupérait son courrier. Chaque jour, il recevait plus de courrier que la population du village réunie. Il y avait là des lettres d'admirateurs, des propositions de conférences, de lectures ou des invitations à se montrer, tout simplement. Il semblait figurer sur la liste d'invités de toutes les sociétés honorifiques occidentales, à l'exception, bien sûr, de celle des lauréats du Nobel. Son courrier était placé dans un sac et, lorsque ce dernier était trop lourd, Antonio, le fils du *postin*, le raccompagnait jusqu'à sa villa. Il examinait ses missives jusqu'à 5 ou 6 heures du soir. Deux ou trois fois par semaine, des pèlerins trouvaient le chemin de la villa et, si leur tête lui plaisait, il leur offrait un verre en signant des exemplaires du *Monde des pommes*. Ils n'achetaient presque jamais ses autres livres, bien qu'il en ait publié une douzaine. Deux ou trois soirs par semaine, il jouait au backgammon avec Carbone, le *padrone* du coin. Tous deux étaient convaincus que l'autre trichait, et ni l'un ni l'autre ne quittait la table au cours d'une partie, quand bien même leur vessie les faisait atrocement souffrir. Il dormait d'un sommeil de plomb.

Des quatre poètes que l'on associait souvent à Bascomb, le premier s'était tué par arme à feu, le deuxième noyé, le troisième pendu, et le quatrième était mort de delirium tremens. Bascomb les avait tous connus, presque tous aimés, il en avait soigné deux durant leur maladie, pourtant, il refusait avec vigueur l'idée courante selon laquelle choisir d'écrire de la poésie revient à choisir l'autodestruction. Il connaissait les tentations du suicide aussi bien que tout autre péché, et il prenait garde de n'avoir à la villa ni arme à feu, ni corde de longueur adéquate, ni poison, ni somnifère. Il avait décelé en Z – celui des quatre poètes dont il avait été le plus proche – un lien inaliénable entre une imagination prodigieuse et un don tout aussi prodigieux pour l'autodestruction, mais Bascomb, à sa manière bornée et rustique, avait décidé de briser ce lien ou bien de l'ignorer – de vaincre Marsyas et Orphée. La poésie était une gloire éternelle et, à son sens, le dernier instant d'un poète ne devait pas se dérouler – comme pour Z – dans une chambre sale en compagnie de vingt-trois bouteilles de gin vides. Il ne pouvait nier le lien entre génie et tragédie, mais il semblait déterminé à le mettre à mal.

Bascomb croyait, comme l'avait dit Cocteau, qu'écrire de la poésie s'apparente à exploiter un substrat de souvenirs imparfaitement compris. Son travail s'assimilait à un acte de souvenance. Lorsqu'il écrivait, il ne confiait pas de tâche précise à sa mémoire, néanmoins il la sollicitait – la mémoire des sensations, des paysages, des visages, et l'immense vocabulaire de sa langue. Il passait parfois un mois, voire davantage sur un court poème, mais la discipline et le zèle ne définissaient en rien son activité. Il ne semblait pas choisir ses mots, mais plutôt se souvenir des milliards de sons entendus depuis le jour où la parole lui était devenue compréhensible. Il dépendait tant de sa mémoire pour donner un sens à sa vie qu'il craignait parfois qu'elle ne lui fasse défaut. Quand il discutait avec des amis et des admirateurs, il prenait grand soin de ne pas se répéter et lorsqu'il s'éveillait à 2 ou 3 heures du matin au son disharmonieux des fontaines, il se soumettait pendant une heure à un feu ininterrompu de questions concernant des noms et des dates. Qui avait été l'adversaire de Lord Cardigan à Balaklava ? Il fallait une minute au nom de Lord Lucan pour se frayer un chemin dans l'obscurité, mais il finissait par apparaître. Bascomb conjuguait le verbe *esse* au passé, comptait jusqu'à cinquante en russe, se récitait des poèmes de Donne, d'Eliot, de Thomas et de Wordsworth, se remémorait les événements du Risorgimento depuis les émeutes de 1812 à Milan jusqu'au couronnement de Vittorio Emanuele, dressait la liste des différentes époques de la préhistoire, du nombre de kilomètres contenus dans un mile, des planètes du système solaire et de la vitesse de la lumière. Il avait un retard de réaction certain, mais il se maintenait à flot. Son seul souci était l'angoisse. Il avait vu le temps détruire tant de choses qu'il se demandait comment la mémoire d'un vieil homme pouvait être plus forte et plus solide qu'un chêne ; or, le chêne des marais qu'il avait planté dans son jardin trente ans plus tôt se mourait, tandis que lui-même se souvenait parfaitement de la coupe et de la couleur de la robe que sa chère Amelia portait le jour de leur rencontre. Il testait sa mémoire pour retrouver mentalement son chemin à travers certaines villes. Il s'imaginait aller à pied de la gare à la fontaine commémorative d'Indianapolis, de l'hôtel Europe au Palais d'Hiver de Leningrad, de l'Eden-Roma à San Pietro en passant par le Trastevere de Montori. Il était fragile, doutait de ses facultés, et le caractère solitaire de ses recherches en faisait une lutte.

Apparemment, une nuit, ou au petit matin, sa mémoire le réveilla pour lui demander le prénom de Lord Byron. Il fut incapable de le trouver. Il résolut de se détacher un instant de sa mémoire pour la surprendre en possession dudit prénom, mais quand il y revint avec méfiance, elle était toujours vide. Sidney ? Percy ? James ? Il sortit du lit – il faisait froid –, mit des chaussures et un pardessus et s'empara de *Manfred*, mais l'auteur y figurait uniquement sous le nom de Lord Byron. C'était également le cas de *Childe Harold*. Il découvrit enfin dans l'encyclopédie que sa seigneurie se prénommait George. Il s'accorda une excuse partielle pour cette défaillance de sa mémoire et regagna la chaleur de son lit. Comme la plupart des vieillards, il avait entrepris de dresser une liste secrète des mets qui semblaient lui rendre de la vigueur. La truite fraîche. Les olives noires. L'agneau rôti au thym. Les champignons sauvages, de l'ours, du gibier et du lapin. Sur la page opposée du registre, se trouvaient les plats surgelés, les légumes verts, les pâtes trop cuites et la soupe en boîte.

Au printemps, un admirateur scandinave lui écrivit en demandant s'il pourrait avoir l'honneur d'emmener Bascomb en excursion une journée dans les villes des collines. Le poète, qui n'avait pas de voiture à l'époque, accepta avec grand plaisir. Le Scandinave était un jeune homme sympathique, et ils prirent joyeusement la route de Monte Felici. Aux XIVe et XVe siècles, les sources qui alimentaient la ville s'étaient taries et la population avait trouvé refuge à flanc de montagne. Le seul vestige de la ville abandonnée consistait en deux églises, ou cathédrales, d'une splendeur rare. Bascomb les adorait. Elles se dressaient dans des champs d'herbes folles et de fleurs, les peintures de leurs murs étaient encore vives, leurs façades décorées de griffons, de cygnes et de lions dont le visage ou certaines parties du corps étaient ceux d'hommes ou de femmes, de dragons embrochés, de serpents ailés et autres merveilles des métamorphoses. Ces vastes et fantaisistes maisons de Dieu lui rappelaient l'infini de l'imagination humaine, et il se sentait léger et enthousiaste. Ils poursuivirent leur route jusqu'à San Giorgio, où se trouvaient des tombeaux peints et un petit théâtre romain. Ils firent halte dans un bosquet en contrebas pour pique-niquer. Bascomb alla se soulager dans les bois et tomba sur un couple en train de faire l'amour. Ils n'avaient pas pris la peine de se déshabiller et la seule chair visible était le postérieur velu de l'inconnu. *Tanti scusi,* marmonna Bascomb, qui battit en retraite un peu plus loin entre les arbres. Mais lorsqu'il rejoignit le Scandinave, il était mal à l'aise. Les ébats du couple paraissaient avoir pris le dessus sur son souvenir des cathédrales. Quand il regagna la villa, des religieuses d'un couvent de Rome l'attendaient pour qu'il signe leurs exemplaires du *Monde des pommes*. Il s'exécuta et demanda à Maria, sa gouvernante, de leur servir du vin. Elles lui prodiguèrent les compliments habituels – il avait créé un univers qui semblait inviter la présence de l'homme ; il avait discerné la voix de la beauté spirituelle dans un vent pluvieux – mais il ne pensait qu'au postérieur de l'inconnu. Le postérieur en question lui semblait doué de davantage d'ardeur et de sens que sa célèbre quête de la vérité. Il semblait surpasser tout ce qu'il avait vu ce jour-là – les châteaux, les nuages, les cathédrales, les montagnes et les champs de fleurs. Quand les religieuses s'en furent, Bascomb leva les yeux vers les montagnes, cherchant du réconfort, mais elles lui semblèrent, en cet instant, pareilles aux seins d'une femme. Son esprit était devenu impur. Il s'efforça de se dissocier de ces pensées récalcitrantes, de façon à voir quel chemin elles emprunteraient. Au loin, il entendit un train siffler ; quel effet cela allait-il produire sur son esprit volage ? L'exaltation du voyage, le menu à *prix fixe** du wagon-restaurant, le vin que l'on vous sert dans les trains ? Tout cela semblait bien innocent, jusqu'au moment où il se surprit à s'éclipser du wagon-restaurant pour gagner les cabines lascives du wagon-lit, et de là plonger dans une grossière débauche. Il crut savoir ce dont il avait besoin et parla à Maria après le dîner. Elle le satisfaisait toujours volontiers, même s'il insistait pour qu'elle prenne d'abord un bain. Cela, plus la vaisselle, causa du retard, néanmoins quand elle partit, il se sentait assurément mieux, mais il n'était assurément pas guéri.

Cette nuit-là, il fit des rêves obscènes et s'éveilla plusieurs fois en essayant de chasser cette nausée ou cette torpeur lubriques. La lumière du jour n'arrangea rien. L'obscénité – une obscénité vulgaire – semblait être le seul élément de l'existence à posséder couleur et joie. Après le petit déjeuner, il monta dans son bureau et s'assit à sa table de travail. L'univers accueillant et le vent pluvieux du *Monde des pommes* s'étaient volatilisés. La souillure était son destin, ce à quoi il pouvait aspirer de mieux, et il commença avec jubilation une longue ballade intitulée « Le pet qui sauva Athènes ». Il l'acheva le matin même puis la brûla dans le poêle que le P.E.N. d'Oslo lui avait offert. La ballade était, en tout cas jusqu'à ce qu'il la brûle, un exercice de scatologie tout aussi exhaustif que répugnant et, tandis qu'il descendait l'escalier menant chez lui, il se sentit pris de remords. Il passa l'après-midi à écrire une infâme confession intitulée « La favorite de Tibère ». Deux admirateurs – un couple de jeunes mariés – se présentèrent à 17 heures pour chanter ses louanges. Ils s'étaient rencontrés dans un train, chacun d'eux avec un exemplaire des *Pommes*. Ils étaient tombés amoureux, de l'amour pur et ardent que décrivait le poète. Songeant à sa journée de travail, Bascomb baissa la tête.

Le lendemain, il écrivit « Les confessions d'un directeur d'école ». Il brûla le manuscrit à midi. Alors qu'il descendait tristement l'escalier, il aperçut quatorze étudiants de l'université de Rome qui, dès qu'il apparut, se mirent à réciter « Les orchidées du paradis » – le premier sonnet du *Monde des pommes*. Il frissonna. Ses yeux s'emplirent de larmes. Il demanda à Maria de leur apporter du vin pendant qu'il signait leurs exemplaires. Ils se mirent en file indienne pour serrer sa main impure, puis regagnèrent le champ où était garé le bus qui les avait amenés de Rome. Bascomb jeta un regard aux montagnes qui ne le réconfortaient nullement – leva les yeux vers le ciel bleu dépourvu de sens. Où était la force de la pudeur ? Existait-elle vraiment ? La bestialité qui l'obsédait était-elle une vérité souveraine ? L'aspect le plus déchirant de l'obscénité, il allait le découvrir avant la fin de la semaine, était sa grossièreté. Il s'attelait avec ardeur à des projets indécents, mais les achevait dans l'ennui et la honte. Le parcours d'un pornographe semble tout tracé et il en vint à reproduire les œuvres ennuyeuses que les esprits obsédés et immatures font circuler sous le manteau. Il rédigea « Les confessions de la domestique d'une dame », « La lune de miel du joueur de base-ball », et « Une nuit au parc ». Dix jours plus tard, il avait touché le fond ; il écrivait des limericks [1]. Il en fit une soixantaine, puis les brûla. Le lendemain matin, il prit un car pour Rome.

Il loua une chambre au Minerva, où il descendait toujours, et téléphona à une longue liste d'amis, mais il savait qu'arriver sans prévenir dans une grande ville revient à ne pas avoir d'amis, et personne n'était chez soi. Il erra sans but dans les rues et pénétra dans des toilettes publiques, où il se retrouva nez à nez avec un prostitué qui exhibait sa marchandise. Il le fixa avec la naïveté ou la lenteur d'esprit d'un très vieil homme. Le visage de l'autre était idiot – bête, drogué et laid – et pourtant, dans sa requête malsaine, il lui parut angélique, armé d'une épée enflammée capable de vaincre la banalité et de briser le carcan de l'habitude. Bascomb s'en fut en hâte. La nuit tombait, et l'éruption infernale du bruit de la circulation qui se répercute sur les murs de Rome au crépuscule atteignait son apogée. Il se réfugia dans une galerie d'art sur la via Sistina où le peintre ou photographe – l'artiste était l'un et l'autre – semblait souffrir de la même maladie que Bascomb, mais dans une forme plus aiguë. De retour dans la rue, il se demanda si l'ombre lubrique qui avait pris possession de son esprit était universelle. Le monde avait-il, tout comme lui, perdu la tête ? Il passa devant une salle de concert qui proposait un spectacle de chansons et, dans l'espoir que la

---

[1]. Poème en cinq lignes de caractère souvent grivois.

musique purifie son cœur, il acheta un billet et entra. Le public était clairsemé. Quand la pianiste apparut, un tiers seulement des sièges était occupé. Puis la soprano se produisit – une splendide femme aux cheveux blond cendré vêtue d'une robe pourpre – et tandis qu'elle chantait *Die Liebhaber der Brücken*, le vieux Bascomb succomba à la déplorable et répugnante habitude consistant à imaginer qu'il la dévêtait. Des agrafes ? Une fermeture à glissière ? Alors qu'elle chantait *Die Feldspar* et enchaînait avec *Le temps des lilas* et *Le temps des roses ne reviendra plus*, il opta pour une fermeture à glissière et s'imagina la descendre dans son dos, puis soulever doucement la robe de ses épaules. Il fit passer sa combinaison par-dessus sa tête au moment où elle chantait *L'Amore Nascondere* et dégrafa son soutien-gorge pendant *Les rêves de Pierrot*. Sa rêverie fut interrompue quand elle partit en coulisses se gargariser, mais dès qu'elle réapparut près du piano, il entreprit de s'attaquer à son porte-jarretelles et à ce qu'il contenait. Quand elle salua à l'entracte, il applaudit à tout rompre, mais il ne saluait pas sa maîtrise de la musique ou son talent vocal. Tout à coup, la honte, aussi claire et impitoyable que toute passion, l'envahit, et il quitta la salle de concert pour regagner le Minerva, mais la crise n'était pas terminée. Il s'installa au bureau de sa chambre d'hôtel et rédigea un sonnet en l'honneur de la légendaire papesse Jeanne. D'un point de vue technique, c'était un progrès comparativement aux limericks qu'il écrivait jusque-là mais, sur le plan moral, il n'y avait aucune amélioration. Au matin, il reprit le bus pour Monte Carbone et reçut dans son jardin des admirateurs emplis de gratitude. Le lendemain, il gagna son bureau, écrivit quelques limericks, puis prit des ouvrages de Pétrone et de Juvenal dans sa bibliothèque pour vérifier ce qui avait été accompli dans ce domaine avant qu'il ne s'y intéresse.

Il découvrit des récits d'exaltation sexuelle innocents et dépourvus d'ambiguïté. Il n'y avait là nulle trace du sentiment d'infamie qu'il éprouvait en brûlant chaque après-midi ses écrits dans le poêle. Était-ce simplement parce que le monde où il vivait était beaucoup plus vieux, ses responsabilités sociales beaucoup plus éreintantes, et cette lubricité était-elle la seule réponse possible à une angoisse croissante ? Qu'avait-il donc perdu ? Sa fierté, une auréole de clarté et de bravoure, une sorte de couronne. Il soumit cette couronne à un examen attentif, et que vit-il ? S'agissait-il simplement d'une crainte ancienne de la lanière en cuir du rasoir de papa et des sourcils froncés de maman, d'une servilité enfantine face à un monde de brimades ? Il savait combien ses instincts étaient turbulents, excessifs et indiscrets ; avait-il laissé le monde et ses discours lui imposer un édifice de valeurs invisibles au seul profit d'une économie conservatrice, d'une Église d'État, d'une armée et d'une marine belliqueuses ? Il éleva la couronne à la lumière ; elle semblait elle-même faite de lumière et paraissait symboliser le goût authentique et tonifiant de l'exaltation et de la souffrance. Les limericks qu'il venait d'achever étaient innocents, factuels et joyeux. Ils étaient également obscènes, mais depuis quand les faits de l'existence étaient-ils obscènes, et quelle était la réalité de cette vertu dont il se dépouillait si douloureusement chaque matin ? Il semblait s'agir de la réalité de l'angoisse et de l'amour : Amelia dans un rayon de lumière oblique, la nuit orageuse où son fils était venu au monde, le jour où sa fille s'était mariée. On aurait pu les juger dénués d'intérêt, mais c'étaient les meilleurs moments de sa vie – l'angoisse et l'amour –, à des années-lumière du limerick sur son bureau, qui commençait ainsi : « Il était une fois un jeune consul nommé César/qui avait un beau trou du cul. » Il brûla le poème dans le poêle et descendit l'escalier.

Le jour suivant fut le pire de tous. Il se contenta d'écrire B----R, inlassablement, jusqu'à couvrir six ou sept pages. Il les jeta dans le poêle à midi. Au déjeuner, Maria se brûla le doigt, jura profusément, puis s'amenda : « Je devrais aller voir l'ange sacré de Monte Giordano. — Quel ange sacré ? demanda-t-il. — Celui qui peut purifier les pensées du cœur humain, répondit Maria.

Il se trouve dans la vieille église de Monte Giordano. Il est en bois d'olivier du mont des Oliviers, et il a été sculpté par l'un des saints lui-même. Si vous faites un pèlerinage, il purifie vos pensées. » L'unique chose que Bascomb savait des pèlerinages, c'est qu'il fallait se déplacer à pied et emporter, pour une raison quelconque, un coquillage. Quand Maria monta faire la sieste, il fouilla parmi les reliques d'Amelia et y trouva un coquillage. L'ange s'attendrait aussi à ce qu'il lui fasse une offrande, supposa-t-il, et dans le coffre de son bureau, il prit la médaille en or que le gouvernement soviétique lui avait offerte à l'occasion du jubilé de Lermontov. Il ne réveilla pas Maria, et ne lui laissa pas de mot. Cela semblait être une preuve évidente de sénilité. Il n'avait jamais, comme le font souvent les vieillards, disparu malicieusement, il aurait dû dire à Maria où il allait, mais il s'en abstint. Il partit à travers les vignes en direction de la grand-route au creux de la vallée.

Alors qu'il approchait de la rivière, une petite Fiat quitta la chaussée et fit halte entre les arbres. Un homme, sa femme et leurs trois filles vêtues avec soin descendirent de voiture. Bascomb s'arrêta pour les observer quand il vit que l'homme portait un fusil de chasse. Qu'allait-il faire ? Commettre un meurtre ? Un suicide ? Bascomb allait-il assister à un sacrifice humain ? Il s'assit, dissimulé dans les herbes hautes, pour observer la scène. La mère et les trois filles étaient très excitées. Le père semblait jouir d'un pouvoir absolu. Ils s'exprimaient en dialecte, si bien que Bascomb les comprenait à peine. L'homme sortit le fusil de chasse de son étui et glissa une seule cartouche dans la chambre. Puis il fit mettre sa femme et ses trois filles côte à côte, les mains sur les oreilles. Elles poussaient des cris aigus. Une fois cela fait, il leur tourna le dos, pointa le fusil vers le ciel et tira. Les trois fillettes applaudirent et s'extasièrent devant la violence du bruit et le courage de leur père vénéré. Il rangea le fusil dans son étui, ils remontèrent tous dans la Fiat et s'en retournèrent, supposa Bascomb, à leur appartement de Rome.

Bascomb s'allongea dans l'herbe et s'endormit. Il rêva qu'il était de retour dans son pays natal. Il y vit un vieux camion Ford avec quatre pneus crevés dans un champ de boutons-d'or. Un enfant qui portait une couronne de papier et une serviette de bain en guise de cape surgit en courant à l'angle d'une maison blanche. Un vieillard sortit un os d'un sac en papier et le tendit à un chien errant. Des feuilles d'automne se consumaient dans une baignoire à pattes de lion. Un coup de tonnerre le réveilla, en forme de calebasse, songea-t-il. Il regagna la route, où le rejoignit un chien. La bête tremblait. Il se demanda si l'animal était malade, enragé et dangereux, puis il comprit que le chien avait peur. À chaque coup de tonnerre, il tremblait davantage, et Bascomb lui caressa la tête. Il ignorait qu'un animal pouvait être effrayé par la nature. Puis le vent agita les branches des arbres et il leva son vieux nez pour humer la pluie, quelques minutes avant qu'elle ne tombe. C'était l'odeur des églises de campagne humides, des chambres d'ami dans les vieilles maisons, des fosses d'aisances, des maillots de bain mis à sécher dehors – une odeur de joie si intense qu'il la renifla bruyamment. En dépit de cette exaltation, il ne perdit pas de vue qu'il lui fallait trouver un refuge. Au bord de la route se dressait un abri pour les voyageurs en car et il y entra avec le chien effrayé. Les parois étaient couvertes du genre d'obscénités qu'il cherchait à fuir, et il ressortit. Plus loin sur la route se trouvait une ferme – l'une de ces improvisations schizophrènes si fréquentes en Italie. Elle semblait avoir été bombardée, lardée et retapée, non pas au hasard, mais dans une atteinte délibérée à la logique. Sur l'un de ses flancs était apposé un appentis en bois dans lequel était assis un vieil homme. Bascomb lui demanda l'hospitalité, et le vieillard l'invita à se joindre à lui.

Le vieillard semblait avoir l'âge de Bascomb, mais il lui parut jouir d'une sérénité enviable. Il possédait un sourire doux et un visage limpide. Manifestement, il n'avait jamais été rongé par le besoin d'écrire un limerick obscène. Il ne serait jamais contraint de faire un pèlerinage avec un coquillage en poche. Il tenait un ouvrage sur ses genoux – un album de timbres – et l'appentis était rempli de plantes en pot. Il n'attendait de son âme aucune manifestation d'allégresse, et pourtant il semblait avoir atteint une sérénité naturelle que Bascomb lui enviait. Aurait-il dû collectionner des timbres et s'occuper de plantes en pot ? Quoi qu'il en soit, c'était trop tard. La pluie survint, le tonnerre ébranla la terre, le chien gémit et trembla, et Bascomb le caressa. L'orage passa en quelques minutes, Bascomb remercia son hôte puis reprit sa route.

Il avait un bon pas pour un homme de son âge et il était propulsé, comme nous tous, par le souvenir de prouesses – dans le domaine de l'amour ou du football, Amelia ou un beau coup de pied tombé – mais au bout d'un ou deux kilomètres, il prit conscience qu'il n'arriverait à Monte Giordano que bien après la nuit. Aussi, quand une voiture s'arrêta et qu'on lui proposa de le conduire au village, il accepta, espérant que cela ne constituerait pas un obstacle à sa guérison. Il faisait encore jour quand il atteignit Monte Giordano. Le village était à peu près de la même taille que le sien, avec les mêmes murs de tuf et le même lichen aux couleurs éteintes. La vieille église se dressait au milieu de la place, mais la porte était fermée. Il demanda où se trouvait le prêtre et rejoignit celui-ci dans une vigne où il brûlait des branchages. Il lui expliqua qu'il voulait faire une offrande à l'ange sacré et lui montra sa médaille d'or. Le prêtre demanda si c'était de l'or pur, et Bascomb regretta son choix. Pourquoi n'avait-il pas plutôt emporté la médaille offerte par le gouvernement français, ou celle d'Oxford ? Les Russes n'avaient pas poinçonné l'or, et il n'avait aucun moyen de prouver sa valeur. Puis le prêtre remarqua que la citation était en alphabet russe. Non seulement ce n'était pas de l'or pur, mais c'était de l'or communiste – certainement pas un présent digne de l'ange sacré. Mais à cet instant, les nuages s'écartèrent et un unique rai de lumière plongea sur la vigne, éclairant le métal. C'était un signe. Le prêtre dessina le signe de la croix dans les airs, et ils se mirent en chemin pour l'église.

 C'était une église de campagne, vieille, petite et pauvre. L'ange se trouvait dans une chapelle située sur la gauche, que le prêtre éclaira. Couvert de bijoux, l'ange trônait dans une cage de métal à la porte cadenassée. Le prêtre l'ouvrit et Bascomb déposa sa médaille Lermontov aux pieds de l'ange. Puis il s'agenouilla et clama d'une voix sonore : « Dieu bénisse Walt Whitman. Dieu bénisse Hart Crane. Dieu bénisse Dylan Thomas. Dieu bénisse William Faulkner, Scott Fitzgerald et tout particulièrement Ernest Hemingway. » Le prêtre enferma la relique sacrée à clef et ils quittèrent l'église ensemble. Il y avait sur la place une auberge où Bascomb dîna et prit une chambre. Le lit était un étrange meuble en cuivre doté à ses quatre coins d'anges en cuivre également, mais ceux-ci semblaient posséder quelques vertus car il rêva de paix et se réveilla au beau milieu de la nuit pour découvrir en lui le rayonnement qu'il connaissait lorsqu'il était plus jeune. Il semblait que quelque chose brillait dans son esprit et ses membres et ses organes vitaux, et il se rendormit jusqu'au matin.

 Le lendemain, tandis qu'il quittait Monte Giordano par la grand-route, il entendit le fracas d'une chute d'eau. Il s'enfonça dans les bois à sa recherche. C'était une cascade naturelle, un promontoire en roche et un rideau d'eau verte qui lui rappelèrent une autre chute située au bout des terres de la ferme du Vermont où il avait grandi. Enfant, il s'y était rendu un dimanche après-midi et s'était assis sur un talus dominant l'eau. Au bout d'un moment, il avait vu un vieil homme, dont les cheveux étaient aussi épais et blancs que les siens aujourd'hui, surgir à travers les arbres. Il avait regardé le vieil homme délacer ses chaussures et se déshabiller avec l'empressement d'un amant. Il avait d'abord mouillé ses mains, ses bras et ses épaules, puis il était entré dans le torrent en rugissant de joie. Ensuite, il s'était séché avec ses sous-vêtements, s'était rhabillé et éloigné dans les bois, et ce n'est qu'une fois qu'il eut disparu que Bascomb avait pris conscience que le vieil homme n'était autre que son père.

Alors il fit ce que son père avait fait – il délaça ses chaussures, arracha les boutons de sa chemise, et, tout en sachant qu'une pierre moussue ou la force de l'eau pouvaient signifier sa perte, il s'engagea nu dans le torrent en rugissant comme son père. Il ne put supporter le froid qu'un bref instant mais, quand il sortit de l'eau, il semblait enfin redevenu lui-même. Il regagna la route où il fut interpellé par la police montée, car Maria avait donné l'alerte et toute la région était à la recherche du maestro. Il fit un retour triomphal à Monte Carbone et, le matin même, se lança dans l'écriture d'un long poème traitant de la dignité inaliénable de la lumière et de l'air qui, s'il n'allait pas lui permettre d'obtenir le Nobel, allait du moins embellir les derniers mois de sa vie.

Percy

Le destin des réminiscences, tel celui des plateaux à fromage et des faïences hideuses parfois offerts aux jeunes mariées, semble être lié à la mer. Ces réminiscences sont écrites sur des tables comme celle-ci, puis corrigées, publiées, lues, après quoi elles commencent leur inévitable voyage vers les bibliothèques des villas et des cottages loués pour l'été. Dans le dernier que nous avons occupé, il y avait près de notre lit les *Mémoires d'une grande duchesse*, les *Souvenirs d'un baleinier yankee*, et une édition de poche d'*Au revoir à tout cela* [1], mais il en est de même partout dans le monde. Le seul livre de ma chambre d'hôtel à Taormina était *Recordi d'un Soldato Garibaldino*, et dans ma chambre à Yalta, je trouvai « Повесть о Жизни ». Le manque de popularité de ces œuvres est certainement l'une des causes de leur dérive vers l'eau salée, mais la mer étant le symbole le plus universel de la mémoire, ne peut-il exister un lien mystérieux entre ces souvenirs imprimés et le fracas des vagues ? Aussi je couche ce qui suit avec la conviction heureuse que ces pages se retrouveront sur quelque étagère avec une belle vue sur la côte houleuse. Je vois même la pièce – le tapis en jonc de mer, la vitre embuée de sel – et je sens la maison secouée par une mer déchaînée.

Les opinions abolitionnistes de mon grand-oncle Ebenezer lui valurent d'être lapidé dans les rues de Newburyport. Une ou

---

1. *Goodbye to all that*, autobiographie de Robert Graves (1929).

deux fois par mois, Georgiana, sa discrète épouse (une joueuse de pianoforte), mettait des plumes dans ses cheveux nattés, s'accroupissait par terre, fumait une pipe et, ayant été consacrée squaw indienne par les puissances de l'au-delà, recueillait les messages des morts. La cousine de mon père, Anna Boynton, qui avait enseigné le grec à Radcliffe, se laissa mourir durant la famine arménienne. Sa sœur Nanny et elle avaient la peau cuivrée, les pommettes hautes et les cheveux noirs des Indiens Natick. Mon père aimait évoquer la nuit où il avait bu toute la réserve de champagne du train New York-Boston. Accompagné d'un ami, il avait commencé avant le dîner par les quarts de litre, puis ils avaient vidé les bouteilles et les magnums, et ils s'appliquaient à régler son sort à un jéroboam quand le train était arrivé à Boston. Il avait le sentiment que leur descente était héroïque. Mon oncle Hamlet – une vieille loque humaine, véritable langue de vipère qui avait été le joueur vedette de l'équipe de base-ball des pompiers bénévoles de Newburyport – m'avait appelé au chevet de son lit de mort pour crier : « J'ai vécu les cinquante meilleures années de l'histoire de ce pays. Prends le reste. » Il semblait me tendre l'ensemble sur un plateau – les sécheresses, les dépressions, les convulsions de la nature, la peste et la guerre. Il se trompait, bien sûr, mais cette idée l'enchantait. Cela se déroulait dans les environs du Boston athénien, pourtant ma famille semble beaucoup plus familière avec l'hyperbole et la rhétorique du pays de Galles, de Dublin et des divers royaumes de l'alcool que des sermons de Phillips Brooks [1].

Du côté maternel de la famille, l'une des personnes les plus singulières était une tante qui se faisait appeler Percy et fumait le cigare. Il n'y avait là aucune ambiguïté sexuelle. Elle était ravissante, blonde, et intensément féminine. Nous n'avons jamais été très proches. Peut-être mon père ne l'aimait-il pas, je n'en ai aucun souvenir. Mes grands-parents maternels avaient quitté

---

1. Célèbre ministre protestant américain de la fin du XIXe siècle.

l'Angleterre en 1890 avec leurs six enfants. Mon grand-père Holinshed était décrit comme un coureur – un mot qui a toujours évoqué pour moi la vision d'un homme franchissant une haie juste à temps pour échapper à une décharge de chevrotine. Je ne sais pas quelles erreurs il avait commises en Angleterre, mais son exil vers le Nouveau Monde fut financé par son beau-père, Sir Percy Devere, et il reçut une petite pension à la condition expresse de ne jamais retourner en Angleterre. Il détestait les États-Unis et il mourut quelques années après y être arrivé. Le jour de ses obsèques, ma grand-mère convoqua une réunion de famille dans la soirée avec ses enfants. Ils devaient être prêts à expliquer leurs projets. Pendant la réunion, ma grand-mère demanda tour à tour à ses enfants ce qu'ils pensaient faire de leur vie. L'oncle Tom voulait être soldat. L'oncle Harry voulait être marin. L'oncle Bill voulait être négociant. La tante Emily voulait se marier. Mère voulait être infirmière et soigner les malades. La tante Florence – qui se rebaptisa plus tard Percy – s'exclama : « Je veux devenir un grand peintre, comme les maîtres de la Renaissance italienne ! » Alors ma grand-mère déclara : « Puisque au moins l'une d'entre vous a une idée claire quant à son avenir, vous allez tous travailler et Florence suivra des cours d'art. » C'est ce qui se produisit, et pour autant que je sache, aucun d'eux n'a jamais éprouvé le moindre ressentiment quant à cette décision.

Comme tout cela paraît dénué de heurts, et comme il a dû en être autrement ! La table était sans doute éclairée à l'huile de baleine ou au pétrole. Ils habitaient une ferme du Dorchester. Ils avaient dû dîner de lentilles, de porridge ou au mieux de ragoût. Ils étaient très pauvres. Si c'était l'hiver, ils devaient avoir froid et, après la réunion, le vent dut éteindre la bougie de ma grand-mère – mon imposante grand-mère – quand elle descendit le chemin menant aux toilettes extérieures malodorantes. Ils ne devaient pas se laver plus d'une fois par semaine, et j'imagine qu'ils le faisaient dans des baquets. La concision de l'exclamation de Percy semble avoir masqué la réalité de la situation : il s'agissait d'une veuve sans ressources flanquée de six enfants. Quelqu'un devait pourtant bien faire la vaisselle dans une eau grasse tirée d'une pompe et chauffée au-dessus d'un feu.

Le risque de préciosité qui règne sur l'évocation de tels souvenirs a la force d'une épée de Damoclès. Pourtant, il s'agissait là de gens sans ambition ni prétention et, quand ma grand-mère parlait français à la table du dîner, comme elle le faisait souvent, c'était simplement pour faire bon usage de son instruction. Ainsi, un jour, elle lut dans le journal qu'un boucher ivre, père de quatre enfants, avait découpé sa femme avec un hachoir à viande, et elle se rendit tout simplement à Boston en carriole ou en cabriolet – le moyen de transport qu'elle put trouver. Il y avait foule autour du vieil immeuble délabré où s'était déroulé le meurtre et deux policiers en gardaient la porte. Ma grand-mère se faufila entre les policiers et trouva les quatre enfants du boucher, terrifiés, dans un appartement maculé de sang. Elle rassembla leurs vêtements, les ramena chez elle, et les garda un mois ou davantage, le temps qu'on leur trouve d'autres foyers. La décision de la cousine Anna de se laisser mourir de faim et le souhait de Percy de devenir peintre étaient issus de la même simplicité. Selon Percy, c'était ce qu'elle pouvait faire de mieux – ce qui donnerait le plus de sens à sa vie.

Elle commença à se faire appeler Percy pendant ses études d'art, car elle sentit qu'il existait des préjugés contre les femmes dans ce milieu. Durant sa dernière année, elle peignit une toile de deux mètres sur quatre représentant Orphée en train de dompter les bêtes sauvages. Elle remporta une médaille d'or et un voyage en Europe, où elle étudia quelques mois aux Beaux-Arts. À son retour, on lui commanda trois portraits, mais elle était beaucoup trop encline au scepticisme pour réussir dans ce domaine. Ses trois tableaux étaient des accusations artistiques, et tous les trois s'avérèrent inacceptables. Elle n'avait rien d'une femme agressive, mais elle avait un sens critique aigu et était dépourvue de modération.

À son retour de France, elle rencontra un jeune médecin dénommé Abbott Tracy dans un yacht-club quelconque de North Shore. Je ne parle pas ici du Corinthian Yacht-Club ; je parle de quelques bois flottés cloués les uns aux autres par des marins du dimanche, de trous de mite dans le feutre du billard, de meubles récupérés çà et là, de deux fosses d'aisances portant les panneaux « Dames » et « Messieurs », et d'un mouillage pouvant accueillir une douzaine de ces bateaux ventrus à une voile qui, disait mon père, voguaient du feu de Dieu. Percy et Abbott Tracy se rencontrèrent dans un endroit de ce genre-là, et la jeune femme tomba amoureuse. Abbott s'était déjà lancé dans une impressionnante carrière sexuelle avec une froideur clinique et il semblait dénué du moindre sentiment, bien que je me souvienne qu'il aimait regarder les enfants réciter leurs prières. Percy guettait le bruit de ses pas, elle se languissait en son absence, la toux provoquée par son cigare lui semblait être de la musique, et elle remplit un carton à dessins de croquis au crayon de son visage, de ses yeux, de ses mains et, après leur mariage, du reste de sa personne.

Ils achetèrent une vieille maison à West Roxbury. Les plafonds étaient bas, les pièces sombres, et les cheminées fumaient. Percy adorait tout cela : elle partageait avec ma mère un goût pour les ruines pleines de courants d'air qui paraît étrange chez des femmes à l'âme si noble. Elle transforma une chambre d'ami en atelier et peignit une autre grande toile – Prométhée apportant le feu à l'homme. Le tableau fut exposé à Boston, mais personne ne l'acheta. Puis elle peignit une nymphe et un centaure. Ce tableau-là resta longtemps au grenier ; le centaure ressemblait de façon frappante à l'oncle Abbott. Le cabinet de ce dernier n'était pas très rentable, mais je crois que mon oncle était paresseux. Je me souviens de l'avoir vu prendre son petit déjeuner en pyjama à 1 heure de l'après-midi. Ils étaient sans doute pauvres, et je pense que Percy faisait le ménage, les courses, et qu'elle s'occupait du linge. Un soir, très tard, alors que j'étais au lit, j'entendis mon père crier : « Je ne vais pas continuer longtemps à entretenir cette fumeuse de cigare qu'est ta sœur ! » Percy passa un certain temps à copier des tableaux au Fenway Court, ce qui leur rapporta un peu d'argent, de toute évidence pas assez. Une amie de la faculté d'art l'encouragea à peindre pour des couvertures de magazine. Cela allait à l'encontre de tous ses instincts et ses aspirations, mais sans doute lui sembla-t-il n'avoir pas le choix et elle commença à produire des illustrations à l'eau de rose, ce qui lui apporta une notoriété importante.

Elle n'était pas prétentieuse, mais elle n'oubliait pas qu'elle n'avait jamais exploité un éventuel talent, et l'amour qu'elle vouait à la peinture était bien réel. Quand elle eut les moyens d'engager une cuisinière, elle lui donna des leçons de peinture. Je me souviens de l'avoir entendue dire, vers la fin de sa vie : « Avant de mourir, je dois retourner au musée de Boston voir les aquarelles de Sargent. » Lorsque j'avais seize ou dix-sept ans, je fis une randonnée avec mon frère en Allemagne et je lui achetai, à Munich, des reproductions de Van Gogh. Elle en fut très exaltée. Peindre, à ses yeux, recelait une énergie naturelle – il s'agissait de l'exploration des continents de la conscience, un véritable nouveau monde. La puérilité volontaire de son œuvre avait nui à son coup de crayon et, pendant un temps, elle fit venir un modèle le samedi matin pour réaliser des croquis d'après nature. Un jour où j'allais chez elle pour une raison sans importance – lui rendre un livre ou un article de journal – je trouvai dans son atelier, assise par terre, une jeune femme nue. « Nellie Casey, lança Percy, voici mon neveu, Ralph Warren. » Elle continua à dessiner. Le modèle m'adressa un gentil sourire – presque un sourire de convenance, qui semblait tempérer sa prodigieuse nudité. Ses seins étaient splendides, et les tétons, relâchés et légèrement teintés, plus larges que des dollars d'argent. L'atmosphère n'était ni érotique ni enjouée, et je pris rapidement congé. Je rêvai de Nellie Casey pendant des années. Les couvertures de Percy lui rapportèrent suffisamment d'argent pour acheter une maison à Cape Cod, une autre dans le Maine, une belle voiture, et un petit tableau de Whistler accroché dans le salon à côté d'une copie que Percy avait faite de l'*Europa* de Titien.

Lovell, son premier fils, naquit durant leur troisième année de mariage. Il avait quatre ou cinq ans quand on décréta qu'il était un génie de la musique. Il avait en effet une dextérité manuelle rare ; il était très doué pour démêler les nœuds des ficelles de cerfs-volants et des fils de pêche. On le retira de l'école, on confia son éducation à des répétiteurs, et il passa le plus clair de son temps à s'exercer au piano. Je le détestais pour plusieurs raisons. Il avait l'esprit extrêmement mal tourné, et il se mettait de la brillantine sur les cheveux. Mon frère et moi n'aurions pas été plus déconcertés s'il s'était couronné de fleurs. Non seulement il se mettait de la brillantine, mais quand il venait nous rendre visite, il laissait le flacon dans notre armoire de toilette. Il donna son premier récital au Steinway Hall à l'âge de huit ou neuf ans, et il jouait invariablement une sonate de Beethoven quand la famille se réunissait.

Percy devait avoir compris, dès les premiers temps de son mariage, que la lubricité de son mari était invétérée et incurable, mais elle était résolue, comme toute femme amoureuse, à vérifier ses soupçons. Comment un homme qu'elle adorait pouvait-il lui être infidèle ? Elle fit appel à un détective qui le suivit jusqu'à un immeuble situé près de la gare, l'Orphée. Percy s'y rendit et le trouva au lit avec une standardiste au chômage. Il était en train de fumer un cigare et de boire du whisky. « Voyons, Percy », est-il censé avoir dit, « pourquoi as-tu éprouvé le besoin de faire ça ? » Elle vint habiter chez nous une semaine ou deux. Elle était enceinte et, quand son fils Beaufort naquit, il s'avéra que son cerveau ou son système nerveux avait subi de graves lésions. Abbott a toujours prétendu que son fils n'avait aucun problème, mais à l'âge de cinq ou six ans, l'enfant fut envoyé dans une institution quelconque. Il rentrait à la maison pour les vacances, il avait appris à rester assis le temps d'un repas en compagnie d'adultes, mais c'est à peu près tout. Il était pyromane, et il s'exhiba un jour à une fenêtre de l'étage pendant que Lovell jouait le « Waldstein ». Malgré cela, Percy n'éprouva jamais aucune amertume ni tristesse, et elle continua à vénérer l'oncle Abbott.

La famille se réunissait, je crois, presque chaque dimanche. Je ne sais pas pourquoi ils passaient autant de temps ensemble. Peut-être avaient-ils peu d'amis, ou peut-être jugeaient-ils la famille plus importante que l'amitié. Tandis que nous patientions sous la pluie devant la vieille maison de Percy, nous semblions unis non par les liens du sang ou par l'amour, mais par le sentiment que le monde et ses œuvres étaient hostiles. La maison était sombre. Il s'en dégageait une odeur de renfermé.

Parmi les invités se trouvaient souvent ma grand-mère et la vieille Nanny Boynton, dont la sœur s'était laissée mourir de faim. Nanny enseigna la musique dans les écoles publiques de Boston jusqu'à la retraite, où elle s'installa dans une ferme à South Shore. Elle y élevait des abeilles, cultivait des champignons et lisait des partitions de musique – Puccini, Mozart, Debussy, Brahms, etc. – qu'une amie de la bibliothèque municipale lui envoyait par la poste. Je me souviens d'elle avec grand plaisir. Elle ressemblait, comme je l'ai dit, à une Indienne Natick. Elle avait le nez crochu et, quand elle allait voir ses ruches, elle se couvrait d'étamine et chantait *Vissi d'arte*. J'ai un jour entendu quelqu'un dire qu'elle était très souvent ivre, mais je n'y crois pas. Elle habitait chez Percy quand l'hiver était rude et elle apportait toujours un jeu de l'encyclopédie *Britannica*, qu'elle posait au salon derrière son fauteuil de façon à arbitrer les disputes.

Les repas chez Percy étaient très pesants. Quand le vent soufflait, les cheminées fumaient. Les feuilles et la pluie tombaient derrière les fenêtres. Lorsque l'heure était venue de gagner le salon obscur, nous étions tous mal à l'aise. Lovell se voyait alors demander de jouer. Les premières notes de la sonate de Beethoven transformaient cette pièce sombre, confinée et malodorante en une scène d'une extraordinaire beauté. Un cottage se dressait dans des prés verdoyants, non loin d'une rivière. Une femme aux cheveux de lin surgissait à la porte et se séchait les mains sur son tablier. Elle appelait son amant. Elle l'appelait sans relâche, mais une tragédie menaçait. Un orage approchait, la rivière allait quitter son lit, le pont allait être emporté. Les graves étaient retentissants, sombres et prophétiques. Attention, attention ! Il y avait sur la route un nombre de victimes sans précédent. Des tempêtes cinglaient la côte ouest de la Floride. Pittsburgh était paralysée par une coupure d'électricité. La famine s'était abattue sur Philadelphie, et il n'y avait plus d'espoir. Puis les aigus entamaient un chant d'amour et de beauté. Les graves revenaient, chargés d'autres mauvaises nouvelles. La tempête remontait vers le nord, traversait la Géorgie et la Virginie. Le nombre de victimes sur les routes augmentait. Une épidémie de choléra sévissait au Nebraska. Le Mississippi était sorti de son lit. Un volcan avait fait éruption dans les Appalaches. Ô malheur ! Les aigus se faisaient à nouveau entendre, pleins d'espérance, plus purs qu'aucune des voix humaines qu'il m'ait jamais été donné d'entendre. Puis les deux voix se répondaient en contrepoint, et la sonate se poursuivait jusqu'à son terme.

Un après-midi, quand la musique se tut, Lovell, l'oncle Abbott et moi-même montâmes en voiture pour nous rendre dans les taudis de Dorchester. C'était le début de l'hiver, les journées étaient déjà sombres et humides, et la pluie de Boston tombait avec une grande détermination. Il gara la voiture devant un vieil immeuble décrépit à charpente de bois et annonça qu'il allait visiter un patient.

« Tu crois qu'il va voir un patient ? me demanda Lovell.
— Oui, dis-je.
— Il va voir sa petite amie », répliqua Lovell. Puis il fondit en larmes.

Je ne l'aimais pas. Je n'avais aucune compassion pour lui. Je déplorais simplement de ne pas avoir de famille plus présentable. Il sécha ses larmes, et nous restâmes sans dire un mot jusqu'à ce que l'oncle Abbott revienne en sifflotant, l'air satisfait et sentant le parfum. Il nous emmena manger une glace dans un drugstore, puis nous retournâmes à la maison, où Percy ouvrait les fenêtres pour aérer. Elle semblait lasse mais néanmoins pleine d'entrain, bien qu'à mon avis elle ait su, comme chaque personne présente dans la pièce, ce qu'était allé faire Abbott. Il était l'heure de rentrer chez nous.

Lovell fut admis au conservatoire d'Eastman à l'âge de quinze ans, et joua le concerto en sol major de Beethoven avec l'orchestre de Boston l'année où il obtint ses examens de fin d'études. Puisque l'on m'a enseigné à ne jamais parler d'argent, il est étrange que je me souvienne des détails financiers de ses *débuts**. Son habit coûtait cent dollars, son répétiteur prenait cinq cents dollars, et l'orchestre le payait trois cents dollars pour deux représentations. Notre famille était éparpillée dans la salle, de sorte que nous n'avions pas la possibilité de condenser notre enthousiasme, et pourtant nous étions tous enthousiastes au plus haut point. Après le concert, nous allâmes au foyer des artistes où nous sabrâmes le champagne. Koussevitzky ne se montra pas mais Burgin, le premier violon, était présent. Les critiques du *Herald* et du *Transcript* furent à juste titre flatteuses, mais elles soulignèrent toutes deux que l'interprétation de Lovell manquait de sentiment. Cet hiver-là, Lovell et Percy partirent en tournée vers l'ouest jusqu'à Chicago, mais un problème survint. Il se peut qu'ils n'aient pas pris plaisir à voyager ensemble ; il se peut que les critiques aient été mauvaises et le public clairsemé ; et, bien que rien n'ait jamais été dit à ce sujet, je sais que la tournée ne fut pas triomphale. À leur retour, Percy vendit un terrain contigu à la maison et alla passer l'été en Europe. Lovell aurait certainement pu subvenir à ses besoins en tant que musicien, mais il s'embaucha en tant qu'ouvrier dans une fabrique d'outils électriques. Avant le retour de Percy, il vint nous voir et me raconta ce qui s'était passé cet été-là.

« Après le départ de maman, papa était rarement à la maison et je me trouvais presque toujours seul le soir, dit-il. Je me faisais à dîner et je passais beaucoup de temps au cinéma. J'essayais de draguer les filles, mais je suis maigrichon et je manque d'assurance. Bref, un dimanche je suis allé à la plage avec la vieille Buick. Papa me l'avait laissée. J'ai aperçu un couple obèse avec leur fille. Ils avaient l'air de se sentir seuls. Mrs Hirshman est très grosse, elle se maquille comme un clown et elle a un petit chien. Certaines grosses femmes ont toujours un petit chien. Alors j'ai dit que j'aimais les petits chiens ou quelque chose dans le genre, et ils ont eu l'air contents de me parler. Puis je me suis précipité dans les vagues où je leur ai fait admirer mon crawl, et je suis revenu m'asseoir près d'eux. Ils étaient d'origine allemande, ils avaient un drôle d'accent, et je pense que ce drôle d'accent et leur obésité les isolaient. Bref, leur fille s'appelait Donna-Mae, elle était drapée dans une sortie de bain et portait un chapeau ; ils m'ont expliqué qu'elle avait une peau si claire qu'elle ne devait pas s'exposer au soleil. Puis ils m'ont dit qu'elle avait des cheveux magnifiques, elle a enlevé son chapeau et je les ai vus pour la première fois. Ils étaient *vraiment* magnifiques. Ils étaient couleur miel, très longs, et elle avait la peau nacrée. On voyait bien que le soleil l'aurait brûlée. Nous avons bavardé, je suis allé acheter des hot-dogs et du soda, et j'ai emmené Donna-Mae faire une promenade sur la plage ; j'étais très heureux. À la fin de la journée, j'ai proposé de les reconduire en voiture – ils étaient venus à la plage en bus – et ils m'ont dit volontiers, à condition que je leur promette de dîner avec eux. Ils vivaient dans un quartier pauvre, le mari était peintre en bâtiment. Leur maison se trouvait derrière une autre. Mrs Hirshman a suggéré : "Pourquoi ne laveriez-vous pas Donna-Mae avec le tuyau d'arrosage pendant que je prépare à dîner ?" Je m'en souviens très bien, parce que c'est là que je suis tombé amoureux. Elle a remis son maillot de bain, j'ai fait de même, et je l'ai aspergée tout doucement avec le tuyau d'arrosage. Elle a crié un peu, bien sûr, parce que l'eau était froide ; la nuit tombait et dans la maison voisine, quelqu'un jouait l'Opus 28 en ut dièse mineur de Chopin. Le piano était désaccordé et la personne ne savait pas jouer, mais entre la musique et le tuyau d'arrosage, la peau nacrée et les cheveux dorés de Donna-Mae, les arômes du dîner en provenance de la cuisine et le crépuscule, je me sentais comme au paradis. J'ai dîné avec eux, je suis rentré à la maison, et le lendemain soir j'ai emmené Donna-Mae au cinéma. Puis j'ai à nouveau dîné avec eux, et lorsque j'ai dit à Mrs Hirshman que ma mère était à l'étranger et que je ne voyais presque jamais mon père, elle m'a répondu qu'ils avaient une chambre d'ami ; pourquoi est-ce que je ne m'y installais pas ? Aussi le lendemain soir, j'ai pris quelques vêtements, j'ai emménagé dans leur chambre d'ami, et j'y suis toujours. »

Il est peu probable que Percy ait écrit à ma mère après son retour d'Europe et, si elle l'avait fait, la lettre aurait été détruite, puisque notre famille vouait une haine farouche aux souvenirs. Les missives, les photographies, les diplômes – tout ce qui attestait du passé finissait toujours au feu. Je ne pense pas qu'il s'agissait, comme ils le prétendaient, d'une aversion pour le désordre, mais plutôt d'une crainte de la mort. Regarder derrière soi revenait à mourir, et ils n'avaient pas l'intention de laisser la moindre trace. Cette lettre n'existe pas, mais si cela avait été le cas, elle aurait été, à la lumière de ce que je viens de vous raconter, la suivante :

Chère Polly,

Lovell est venu me chercher au bateau jeudi dernier. Je lui avais acheté un autographe de Beethoven à Rome, mais avant que je puisse le lui offrir, il m'a annoncé qu'il s'était fiancé. Il n'a bien sûr pas les moyens de se marier, et quand je lui ai demandé comment il comptait faire vivre sa famille, il a déclaré qu'il avait un emploi dans une fabrique d'outils électriques. Quand je lui ai parlé de sa musique, il m'a répondu qu'il répéterait le soir. Je n'ai pas envie de diriger sa vie et je veux qu'il soit heureux, mais je ne peux oublier la somme d'argent investie dans son éducation musicale. Je me réjouissais de rentrer et j'ai été bouleversée d'apprendre cette nouvelle à ma descente du bateau. Puis il m'a appris qu'il ne vivait plus avec son père et moi. Il habite chez ses futurs beaux-parents.

J'ai mis du temps à m'installer et j'ai dû me rendre plusieurs fois à Boston pour chercher du travail, aussi n'ai-je pas eu l'occasion de recevoir sa fiancée avant une semaine ou deux. Je l'ai invitée à prendre le thé. Lovell m'a demandé de ne pas fumer le cigare, et j'ai accepté. Je comprenais son point de vue. Ce qu'il appelle mon « bohémianisme » le met très mal à l'aise, et je voulais faire bonne impression. Ils sont arrivés à 4 heures. Elle s'appelle Donna-Mae Hirshman. Ses parents sont des émigrés allemands. Elle a vingt et un ans et elle est employée dans une quelconque compagnie d'assurances. Elle a une voix aiguë et elle glousse. Son seul atout, c'est une magnifique chevelure blonde. Je suppose que Lovell est attiré par sa blondeur, mais cela me semble loin d'être une raison suffisante pour se marier. Elle a gloussé quand Lovell nous a présentées l'une à l'autre. Elle s'est assise sur le canapé rouge et dès qu'elle a vu Europa, elle a de nouveau gloussé. Lovell ne la quittait pas des yeux. Je lui ai servi du thé et je lui ai demandé si elle préférait du citron ou de la crème. Elle m'a répondu qu'elle ne savait pas. Je lui ai demandé, alors, ce qu'elle prenait d'habitude dans son thé et elle m'a dit qu'elle n'en avait encore jamais bu. Je lui ai demandé ce qu'elle buvait d'habitude et elle m'a répondu qu'elle prenait surtout du soda, et parfois de la bière. Je lui ai servi du thé avec du lait et du sucre, et j'ai cherché quoi dire. Lovell a brisé la glace en me demandant si je ne trouvais pas qu'elle avait de beaux cheveux. J'ai répondu qu'ils étaient très beaux. « Eh bien, ils me donnent beaucoup de travail, a-t-elle déclaré. Je dois les laver deux fois par semaine avec du blanc d'œuf. Oh, j'ai souvent eu envie de les couper. Les gens ne comprennent pas. Ils pensent que si Dieu vous a doté d'une chevelure magnifique, vous devez la chérir, mais elle me donne autant de travail qu'un plein évier de vaisselle sale. *Il faut les laver, les sécher, les brosser, les peigner et les attacher la nuit. Je sais que c'est difficile à comprendre, et il y a des jours où j'aimerais les couper, mais maman m'a fait jurer sur la Bible que je ne le ferais pas. Je peux les détacher pour vous, si cela vous fait plaisir.* »

Je te dis la vérité, Polly. Je n'exagère pas. Elle s'est approchée de la glace, elle a ôté un grand nombre d'épingles de ses cheveux, et elle les a détachés. Ils étaient très longs. Je pense qu'elle pouvait s'asseoir dessus, même si je ne lui ai pas posé la question. J'ai répété plusieurs fois qu'ils étaient magnifiques. Alors elle m'a dit qu'elle savait que je les apprécierais parce que Lovell lui avait expliqué que j'étais artiste et que j'aimais les belles choses. Bref, elle les a exhibés pendant un certain temps, puis elle s'est attelée à les remettre en place. C'était une tâche difficile. Elle a ensuite ajouté que certains croyaient que ses cheveux étaient teints, ce qui la mettait en colère, parce qu'elle était d'avis que les femmes se teignant les cheveux n'avaient aucune moralité. Je lui ai demandé si elle aimerait une autre tasse de thé, et elle a refusé. Puis je lui ai demandé si elle avait entendu Lovell jouer du piano et elle a répondu que non, ils n'avaient pas de piano. Puis elle a regardé Lovell et a déclaré qu'il était temps qu'ils partent. Lovell l'a reconduite chez elle et il est revenu quêter, j'imagine, quelques mots d'approbation. J'avais le cœur brisé, bien sûr. Une grande carrière musicale venait d'être réduite à néant par une chevelure. Je lui ai dit que je ne voulais plus jamais la revoir. Il a répondu qu'il allait l'épouser, et j'ai dit que peu m'importait.

Lovell épousa Donna-Mae. L'oncle Abbott assista au mariage, mais Percy tint sa parole et ne revit jamais sa belle-fille. Lovell allait quatre fois par an faire une visite officielle à sa mère. Il ne s'approchait pas du piano. Il n'avait pas seulement abandonné la musique ; il la détestait. Son goût naïf pour l'obscénité semblait s'être transformé en piété tout aussi naïve. Il avait quitté l'Église épiscopalienne pour la congrégation luthérienne de Hirshman, où il assistait aux deux offices du dimanche. La dernière fois que je lui ai parlé, ils étaient en train de collecter de l'argent pour construire une église. Il évoquait la Divinité de façon intime : « Il nous a aidés dans nos combats à d'innombrables reprises. Quand il semblait n'y avoir plus d'espoir, Il nous a prodigué ses encouragements et sa force. Je voudrais pouvoir te faire comprendre à quel point Il est merveilleux, quel bienfait c'est de L'aimer… » Lovell est mort avant d'avoir trente ans, et puisque tout a été brûlé, j'imagine qu'il ne reste pas la moindre trace de sa carrière de musicien.

Il n'empêche que la pénombre de la vieille maison semblait s'accentuer chaque fois que nous y allions. Abbott continuait à courir les jupons et pourtant, quand il allait pêcher au printemps ou chasser à l'automne, Percy était terriblement malheureuse. Moins d'un an après la mort de Lovell, elle commença à souffrir d'une maladie cardio-vasculaire. Je me souviens de l'attaque qu'elle eut au cours d'un déjeuner dominical. Le sang reflua de son visage et son souffle devint rauque et précipité. Elle se leva de table en prétendant poliment qu'elle avait oublié quelque chose. Elle alla dans le salon et ferma la porte, mais on pouvait entendre sa respiration accélérée et ses gémissements de douleur. Quand elle revint, deux taches rouges marquaient ses pommettes.

« Si tu ne vas pas voir un médecin, tu vas mourir, déclara l'oncle Abbott.

— Tu es mon mari et tu es mon médecin, répliqua-t-elle.

— Je t'ai dit plusieurs fois que je refusais de t'avoir comme patiente.

— Tu es mon médecin.

— Si tu ne te soignes pas, tu mourras. »

Il avait raison, bien sûr, et elle le savait. Désormais, lorsqu'elle voyait les feuilles tomber, la neige tomber, qu'elle disait au revoir à des amis dans des gares et des halls d'entrée, c'était toujours avec le sentiment qu'il s'agissait de la dernière fois. Elle est morte à 3 heures du matin, dans la salle à manger où elle était allée chercher un verre de gin, et la famille s'est réunie pour la dernière fois à son enterrement.

Je dois mentionner un dernier incident. Je m'apprêtais à prendre un avion à l'aéroport de Boston ; comme je traversais la salle d'attente, un homme en train de balayer le sol m'interpella.

« J'te connais, dit-il d'une voix épaisse. Je sais qui tu es.

— Je ne me souviens pas de vous, répliquai-je.

— Je suis le cousin Beaufort. Je suis ton cousin Beaufort. »

Je pris mon portefeuille et j'en tirai un billet de dix dollars.

« Je ne veux pas d'argent, dit-il. Je suis ton cousin. Je suis ton cousin Beaufort. J'ai un travail. Je ne veux pas d'argent.

— Comment vas-tu, Beaufort ? demandai-je.

— Lovell et Percy sont morts. On les a mis en terre.

— Je suis en retard, Beaufort, dis-je. Je vais manquer mon avion. Je suis content de t'avoir revu. Au revoir. »

Et autant en emporte la mer.

Les bijoux des Cabot

Le service funèbre de l'homme assassiné eut lieu dans l'église unitarienne de la petite ville de St Botolphs. L'église avait été dessinée par Bullfinch, elle comportait des colonnes et une flèche aérienne qui devait dominer le paysage cent ans plus tôt. Le service consista en une énumération de diverses citations bibliques clôturées par un verset. «Amos Cabot, repose en paix/ À présent, tes épreuves mortelles ont cessé... » L'église était pleine. Mr Cabot avait été un membre très important de la communauté. Un jour, il avait même brigué le poste de gouverneur et, pendant près d'un mois, le temps de sa campagne, son visage était apparu sur les granges, les murs, les bâtiments et les poteaux téléphoniques. Je pense que l'impression de traverser sans cesse un miroir mouvant – il se voyait à chaque coin de rue – ne le perturbait pas autant qu'elle m'aurait perturbé moi. (Ainsi, un jour, dans un ascenseur à Paris, j'ai remarqué qu'une femme tenait l'un de mes romans à la main. La jaquette était ornée d'une photographie, si bien qu'une version de moi-même en fixait une autre par-dessus son bras. Je voulais cette photographie ; je suppose que je voulais la détruire. Que cette femme s'éloigne avec ma figure sous le bras semblait menacer mon amour-propre. Elle sortit de l'ascenseur au quatrième étage, et la séparation de ces deux images me dérouta. J'avais envie de la suivre, mais comment lui expliquer en français – ou dans n'importe quelle autre langue – ce que j'éprouvais ?) Amos Cabot n'était pas du tout ainsi. Il semblait prendre plaisir à se voir, et quand il perdit les élections et que son visage disparut (sauf sur quelques granges en rase campagne, où il s'effilocha pendant un mois ou deux), il ne sembla pas perturbé.

Il y a, bien sûr, les mauvais Lowell, les mauvais Hallowell, les mauvais Eliot, Cheever, Codman et English, mais aujourd'hui nous allons traiter des mauvais Cabot. Amos venait de South Shore et n'avait possiblement jamais entendu parler de la branche de sa famille résidant à North Shore. Son père était commissaire-priseur, ce qui à cette époque signifiait amuseur public, maquignon, voire parfois escroc. Amos possédait des biens immobiliers – la quincaillerie, certains services publics – et faisait partie du directoire de la banque. Son bureau se trouvait dans Cartwright Block, en face du terrain de golf. Sa femme venait du Connecticut qui était, pour nous, à cette époque, une lointaine étendue sauvage à la frontière est de laquelle se dressait New York. New York était peuplée d'étrangers harassés, nerveux et cupides qui n'avaient pas la force de caractère nécessaire pour se baigner dans l'eau froide à 6 heures du matin et mener calmement une vie d'un ennui exténuant. Mrs Cabot, à l'époque où je l'ai connue, approchait sans doute de la quarantaine. C'était une femme de petite taille avec le visage empourpré d'une alcoolique, bien qu'elle menât une campagne énergique pour l'abstinence. Ses cheveux étaient blancs comme neige. Son fessier et sa poitrine étaient proéminents et sa colonne vertébrale dessinait une courbe inoubliable qui pouvait résulter d'un corset aux baleines cruelles ou de l'amorce d'une lordose. Personne ne savait très bien pourquoi Mr Cabot avait épousé cette excentrique originaire du lointain Connecticut – après tout, cela ne regardait personne – mais elle possédait la plupart des vieux bâtiments à charpente de bois sur la rive est du fleuve, où habitaient les ouvriers de la fabrique d'argenterie. Ses vieux immeubles étaient rentables, mais ça aurait été une simplification gratuite de conclure que Mr Cabot s'était marié pour des biens immobiliers. Elle encaissait elle-même les loyers. Je pense qu'elle faisait aussi le ménage chez elle et elle s'habillait simplement, mais portait à la main droite sept grosses bagues en diamants. Elle avait, de toute évidence, lu quelque part que les diamants représentaient un bon investissement, et ses pierres étincelantes avaient à peu près autant de splendeur qu'un livret bancaire. Elle possédait des diamants ronds, des diamants carrés, des diamants rectangulaires, et de ces diamants enchâssés dans des griffes. Le jeudi matin, elle les nettoyait à l'aide d'une solution de bijoutier et les suspendait dans la cour pour qu'ils sèchent. Elle n'avait jamais expliqué pourquoi, mais le taux d'excentricité de la petite ville était si élevé qu'on ne jugeait pas sa conduite inhabituelle.

Mrs Cabot prenait la parole une ou deux fois par an au collège de St Botolphs, que nous étions nombreux à fréquenter. Elle avait trois sujets : Mon voyage en Alaska (diapositives), Le fléau de l'alcool, et Le fléau du tabac. La boisson était, à ses yeux, un vice tellement inimaginable qu'elle ne parvenait pas à s'y attaquer avec beaucoup d'intensité, mais l'idée du tabac l'emplissait de colère. Pouvait-on imaginer le Christ sur la croix en train de fumer une cigarette ? nous demandait-elle. Pouvait-on imaginer la Vierge Marie en train de *fumer* ? Une goutte de nicotine donnée à un cochon par des laborantins expérimentés avait tué l'animal, etc. Elle rendait la cigarette irrésistible et, si je meurs d'un cancer du poumon, j'en tiendrai Mrs Cabot pour responsable. Ces discours avaient lieu dans ce que nous appelions la Grande Salle d'Études. C'était une vaste pièce située au premier étage, suffisamment spacieuse pour tous nous accueillir. Le collège avait été construit vers 1850 et était pourvu des hautes, belles et larges fenêtres de cette période de l'architecture américaine. Au printemps et à l'automne, le bâtiment semblait gracieusement suspendu au milieu du parc mais l'hiver, un froid glacial s'abattait par les fenêtres. Dans la Grande Salle d'Études, nous avions l'autorisation de porter des manteaux, des chapeaux et des gants. Cette situation était pimentée par le fait que ma grand-tante

Anna avait acheté à Athènes une vaste collection de moulages de plâtre, de sorte que nous frissonnions et mémorisions les verbes conatifs en compagnie d'au moins une douzaine de dieux et déesses entièrement dénudés. Aussi était-ce à l'intention de Hermès et de Vénus tout autant qu'à la nôtre que Mrs Cabot s'insurgeait contre le poison représenté par le tabac. C'était une femme aux préjugés véhéments et douteux, et je suppose qu'elle aurait volontiers inclus les Noirs et les Juifs dans son réquisitoire ; malheureusement, seules une famille noire et une famille juive résidaient à St Botolphs, et elles étaient exemplaires. L'idée qu'il puisse exister de l'intolérance dans notre petite ville ne m'est venue à l'esprit que plus tard, quand ma mère nous a rendu visite à Westchester pour Thanksgiving.

Cela s'est passé voici quelques années, à l'époque où les grandes routes de Nouvelle-Angleterre n'étaient pas encore terminées et où le voyage depuis New York ou Westchester prenait plus de quatre heures. Je suis parti le matin de très bonne heure et je suis d'abord allé à Haverhill, où je suis passé à l'école de Miss Peacock récupérer ma nièce. Puis j'ai continué ma route jusqu'à St Botolphs, où j'ai trouvé ma mère sur une chaise de sacristain dans le vestibule. Le siège avait un dossier en forme de flèche surmonté d'une fleur de lys en bois. Dans quelle église humide de pluie cet objet avait-il été volé ? « Je suis prête », a-t-elle déclaré. Elle devait être prête depuis une semaine. Elle paraissait terriblement seule. « Aimerais-tu prendre un verre ? » a-t-elle demandé. J'ai eu la sagesse de ne pas saisir la perche qu'elle me tendait. Si je l'avais fait, elle serait allée à l'office et serait revenue avec un sourire triste en disant : « Ton frère a bu tout le whisky. » Aussi nous avons repris la route de Westchester. C'était une journée froide et couverte, et le trajet en voiture m'a semblé fatigant, même si l'épuisement n'a, à mon avis, rien à voir avec ce qui a suivi. J'ai déposé ma nièce chez mon frère dans le Connecticut et j'ai repris le chemin de chez moi. La nuit était tombée quand nous sommes arrivés au terme de notre voyage.

Ma femme s'était livrée à tous les préparatifs habituels pour l'arrivée de ma mère. Il y avait un feu dans la cheminée, un vase de roses sur le piano, et une collation avec des sandwiches à la crème d'anchois. « Comme c'est agréable d'avoir des fleurs ! s'exclama ma mère. J'aime tant les fleurs. Je ne peux pas vivre sans. Si je subissais des revers financiers et que je devais choisir entre les fleurs et les provisions, je crois bien que je choisirais les fleurs... »

Je ne veux pas donner l'impression qu'il s'agissait d'une élégante vieille dame, car son interprétation n'était pas sans défaillance. Je vais évoquer, avec une profonde réticence, un fait que m'a raconté sa sœur après la mort de notre mère. Il semblerait qu'à une époque elle ait postulé pour travailler au sein des forces de police de Boston. Elle était très riche et j'ignore la raison de son geste. Je suppose qu'elle voulait vraiment devenir policière. J'ignore quel service elle souhaitait intégrer, mais je l'ai toujours imaginée vêtue d'un uniforme bleu marine, un trousseau de clefs à la taille et une matraque dans la main droite. Ma grand-mère l'en a dissuadée, mais cette image restait attachée à la femme en train de boire son thé à petites gorgées près de notre cheminée. Ce soir-là, elle avait l'intention de paraître ce qu'elle appelait « aristocratique ». À ce sujet, elle disait souvent : « Il doit y avoir au moins une goutte de sang plébéien dans nos veines. Comment peut-on expliquer, sinon, ton goût pour les tenues déchirées et miteuses ? Tu as toujours eu beaucoup de vêtements, mais tu as toujours préféré les haillons. »

J'ai préparé un verre et j'ai déclaré que j'avais pris beaucoup de plaisir à voir ma nièce.

« L'école de Miss Peacock a changé, a commenté ma mère avec tristesse.

— Je l'ignorais. Que veux-tu dire par là ?

— Le niveau a baissé.

— Je ne comprends pas.

— Ils acceptent les Juifs. »

Elle avait craché ce dernier mot.

« Pouvons-nous changer de sujet ? ai-je demandé.
— Je ne vois pas pourquoi. C'est toi qui l'as abordé.
— Ma femme est juive, maman. »
Mon épouse se trouvait dans la cuisine.
« C'est impossible. Son père est italien.
— Son père, ai-je répliqué, est un Juif polonais.
— Ma foi, je descends d'une très ancienne souche du Massachusetts et je n'en ai pas honte, même si je n'aime pas qu'on me traite de yankee [1].
— Ce n'est pas pareil.
— Ton père disait qu'un bon Juif est un Juif mort, même si pour ma part, je trouvais Justice Brandeis [2] charmant.
— Je crois qu'il va pleuvoir », ai-je conclu.

C'était l'une des répliques que nous utilisions pour couper court à une conversation. Elle exprimait notre colère, notre faim, notre amour, ou notre peur de la mort. Ma femme nous a rejoints et ma mère a enchaîné : « Il fait presque assez froid pour qu'il neige. Quand tu étais petit, tu priais pour qu'il neige ou qu'il gèle, selon que tu aies envie de faire du patin à glace ou du ski. Tu étais très particulier. Tu t'agenouillais au pied de ton lit et tu demandais tout fort à Dieu d'agir sur les éléments. Tu ne priais jamais pour autre chose. Je ne t'ai jamais entendu demander une seule fois que tes parents soient bénis. L'été, tu ne priais jamais. »

Les Cabot avaient deux filles – Geneva et Molly. Geneva, l'aînée, était considérée comme la plus jolie. Molly a été ma petite amie pendant un an ou deux. C'était une charmante jeune fille à l'air ensommeillé, rapidement dissipé par un sourire éclatant. Ses cheveux châtains captaient la lumière. Quand elle était fatiguée ou excitée, une goutte de sueur perlait sur sa lèvre supérieure.

1. Surnom donné aux habitants de la Nouvelle-Angleterre.
2. Avocat et premier Juif à avoir été membre de la Cour suprême américaine (1856-1941).

Le soir, j'allais parfois à pied chez elle et je passais un moment en sa compagnie dans le petit salon, sous une surveillance des plus étroites. Car bien entendu, Mrs Cabot ne considérait le sexe qu'avec une extrême panique. Elle nous observait depuis la salle à manger. De l'étage nous parvenaient des bruits sourds et réguliers. C'était le rameur d'Amos Cabot. Nous étions parfois autorisés à nous promener ensemble, à condition de rester dans les rues principales et, une fois en âge de conduire, j'ai pu l'emmener aux soirées dansantes du club. J'étais intensément – maladivement – jaloux et quand elle semblait prendre plaisir à la compagnie d'un autre, je restais planté dans un coin à envisager le suicide. Je me souviens de l'avoir reconduite un soir à la demeure de Shore Road.

Au début du siècle, quelqu'un avait décidé que St Botolphs avait peut-être un avenir en tant que station balnéaire et cinq hôtels particuliers, aussi appelés *follies*, furent construits à l'extrémité de Shore Road. Les Cabot habitaient l'un d'eux. Chaque hôtel particulier était doté de plusieurs tours, lesquelles étaient rondes avec des toits coniques, plus hautes d'environ un étage que le reste des bâtiments à charpente de bois. Elles n'avaient rien de tours de garde, aussi je suppose qu'elles étaient censées conférer à l'ensemble une atmosphère romantique. Que contenaient-elles ? Des repaires secrets, je suppose, des chambres de bonne, des meubles cassés, des coffres, et elles devaient être le refuge préféré des frelons. J'ai garé ma voiture devant chez les Cabot et j'ai éteint les phares. Au-dessus de nous, l'hôtel particulier se dressait dans l'obscurité.

Cela se passait il y a longtemps, si longtemps que le feuillage des ormes était associé à la nuit estivale. (Cela se passait il y a si longtemps que lorsque vous souhaitiez tourner à gauche, il vous fallait baisser la vitre de la voiture et montrer la direction du doigt. Autrement, vous n'aviez pas la permission de montrer du *doigt*. « Ne montre pas du doigt », vous apprenait-on. J'ignore pourquoi, à moins que ce geste n'ait été considéré comme ayant une connotation érotique.) Les soirées dansantes – les Réunions – étaient guindées, et je portais un smoking que mon père avait transmis à mon frère, puis que mon frère m'avait transmis comme un écusson ou un splendide flambeau vestimentaire. J'ai pris Molly dans mes bras. Elle a réagi avec beaucoup d'empressement. Je ne suis pas très grand (j'ai parfois tendance à me voûter), mais la conviction d'être aimé et d'aimer a sur moi l'effet d'un garde-à-vous. Ma tête se redresse, mon dos se raidit. Je mesure alors un mètre quatre-vingt-dix car je suis soutenu par un retentissant tumulte émotionnel. Parfois, j'ai les oreilles qui bourdonnent. Cela peut se produire n'importe où – dans une maison close à Séoul, par exemple – et cela s'est produit ce soir-là devant chez les Cabot sur Shore Road. Puis Molly a déclaré qu'elle devait rentrer. Sa mère la guettait sans doute d'une fenêtre. Elle m'a demandé de ne pas l'accompagner jusqu'à la maison. Je n'ai pas dû l'entendre ; je lui ai emboîté le pas dans l'allée et les marches menant à la véranda, où elle a essayé d'ouvrir la porte et s'est aperçue qu'elle était verrouillée. Elle m'a à nouveau demandé de partir, mais je ne pouvais pas l'abandonner, n'est-ce pas ? Puis une lumière s'est allumée et un nain a ouvert la porte. Il était complètement difforme. Il avait une tête hydrocéphale, des traits bouffis, des jambes épaisses et cruellement arquées. Il m'a fait penser au cirque. La charmante jeune fille a fondu en larmes. Elle est entrée, elle a fermé la porte, et je me suis retrouvé avec la nuit estivale, les ormes, le goût du vent de l'est. Par la suite, elle m'a évité pendant une semaine et c'est Maggie, notre vieille cuisinière, qui m'a raconté l'histoire.

Mais laissez-moi d'abord vous énoncer quelques faits supplémentaires. C'était l'été, que la majorité d'entre nous passaient dans un camp de Cape Cod tenu par le directeur de l'école de St Botolphs. Ces mois étaient si lents, si bleus, que je suis incapable de me les remémorer. Je dormais à côté d'un garçon nommé DeVarennes que je connaissais depuis toujours. Nous passions presque tout notre temps ensemble. Nous avions joué aux billes ensemble, dormi côte à côte, joué tous les deux au poste d'arrière sur les mêmes terrains de foot et, un jour, fait une excursion de dix jours en canoë durant laquelle nous avions failli nous noyer. Mon frère affirmait même que nous avions commencé à nous ressembler. C'est la relation la plus agréable et la plus naturelle que j'ai jamais eue. (Il m'appelle encore une ou deux fois par an de San Francisco, où il vit malheureux en ménage avec sa femme et ses trois filles célibataires. À l'entendre, il semble ivre. « On était heureux, hein ? » me demande-t-il.) Un jour, un autre garçon, un inconnu du nom de Wallace, m'a demandé si je voulais traverser le lac à la nage. Je pourrais prétendre que je ne savais rien de Wallace, et j'en savais en réalité très peu mais je savais, en tout cas j'en avais l'intuition, qu'il se sentait seul. C'était l'une de ses caractéristiques – ou sa caractéristique – les plus manifestes. Il faisait ce qu'on attendait de lui. Il jouait au football, faisait son lit, prenait des leçons de voile et avait décroché son brevet de secourisme, mais cela semblait davantage relever d'une prudente imposture que d'une véritable implication de sa part. Il était malheureux, il se sentait seul, il l'avouerait de toute façon tôt ou tard et, à travers cette confession, exigerait d'autrui une impossible loyauté. Nous savions tout cela, mais nous faisions semblant de l'ignorer. Nous avons obtenu la permission du maître-nageur et traversé le lac à la nage. Nous nagions une brasse indienne maladroite mais qui me semble, aujourd'hui encore, plus pratique que la brasse droite désormais de rigueur dans les piscines où je passe le plus clair de mon temps. La brasse indienne est le signe de la classe inférieure. Je l'ai vue pratiquer une fois dans une piscine, et quand j'ai demandé qui était le nageur, on m'a répondu qu'il s'agissait d'un majordome. Quand le bateau sombrera, quand l'avion fera un amerrissage forcé, j'essaierai d'atteindre le canot de sauvetage à l'aide d'une brasse droite et je me noierai avec dignité, tandis que si j'avais nagé la brasse indienne de la classe inférieure, j'aurais vécu jusqu'à la fin des temps.

Nous avons traversé le lac, nous nous sommes reposés au soleil – sans échanger de confidences – et nous sommes rentrés à la nage. Quand j'ai regagné notre chalet, DeVarennes m'a pris à part. « Que je ne te revoie jamais avec Wallace », a-t-il dit. Je lui ai demandé pourquoi. Il m'a expliqué : « Wallace est le bâtard d'Amos Cabot. Sa mère est une pute. Ils habitent l'un des vieux immeubles de l'autre côté du fleuve. »

Le lendemain était chaud et beau, et Wallace m'a demandé si je voulais à nouveau traverser le lac à la nage. J'ai dit bien sûr, bien sûr, et nous l'avons fait. Quand nous sommes rentrés au camp, DeVarennes a refusé de m'adresser la parole. Cette nuit-là, un vent du nord-est s'est mis à souffler et il a plu pendant trois jours.

DeVarennes semble m'avoir pardonné et je ne me souviens pas d'avoir de nouveau traversé le lac avec Wallace. Quant au nain, Maggie m'a raconté que c'était le fils du précédent mariage de Mrs Cabot. Il était employé à la fabrique d'argenterie mais partait au travail tôt le matin et ne rentrait pas avant la nuit. Son existence devait rester secrète. C'était inhabituel, mais – à l'époque dont je parle – pas sans précédent. Les Trumbull gardaient la sœur aliénée de Mrs Trumbull à l'abri des regards dans le grenier, et l'oncle Peepee Marshmallow – un exhibitionniste – était souvent caché pendant des mois.

C'était un après-midi d'hiver, un après-midi du début de l'hiver. Mrs Cabot a lavé ses bagues en diamants et les a mises à sécher dehors. Puis elle est montée à l'étage faire la sieste. Elle affirmait n'avoir jamais fait la sieste de sa vie, mais plus elle dormait profondément, plus elle affirmait avec véhémence ne pas dormir. Ce n'était pas tant une excentricité de sa part qu'une façon biaisée de présenter les faits, laquelle prévaut dans cette partie du monde. Elle s'est réveillée à 16 heures et est descendue chercher ses bagues ; elles avaient disparu. Elle a appelé Geneva, en vain. Elle est allée chercher un râteau pour inspecter le chaume sous la corde à linge. Il n'y avait rien. Elle a appelé la police.

Comme je l'ai dit, c'était un après-midi d'hiver, et là-bas, les hivers sont très froids. Nous comptions pour nous chauffer – et parfois pour survivre – sur des feux de bois et de grands poêles à charbon qui parfois devenaient incontrôlables. Une nuit d'hiver était quelque chose de menaçant, ce qui explique peut-être en partie le sentiment avec lequel nous regardions – à la fin novembre et en décembre – la lumière mourir à l'ouest. (Ainsi, le journal que tenait mon père regorgeait de descriptions de crépuscules hivernaux, non parce qu'il était le moins du monde crépusculaire, mais parce que la venue de la nuit pouvait être synonyme de danger et de souffrance.) Geneva avait fait main basse sur les bagues en diamants, bouclé sa valise et pris le dernier train quittant la ville, le 16 h 37. Comme cela a dû être exaltant ! Ces diamants étaient faits pour être volés. C'était une tentation irrésistible, et Geneva n'a pu résister. Ce soir-là, elle a pris un train pour New York et embarqué trois jours plus tard pour Alexandrie sur un Cunarder – le *Serapis*. D'Alexandrie, elle a pris le bateau pour Louxor où, en l'espace de trois mois, elle s'est convertie à la foi musulmane et a épousé un noble égyptien.

J'ai appris le larcin le lendemain, dans le journal du soir que j'étais chargé de distribuer. Au début, je faisais mes tournées à pied, puis à vélo et, à seize ans, je m'étais vu assigner une vieille camionnette Ford. J'étais un chauffeur ! Je traînais dans la salle de la linotype jusqu'à ce que les exemplaires soient imprimés, puis je faisais en camionnette le tour des petites villes voisines, où je lançais des liasses à la porte des papeteries qui vendaient aussi des bonbons. Pendant les World Series[1], une seconde édition annonçant les scores était imprimée et, après la tombée de la nuit, je me rendais à nouveau au volant de la camionnette à Travertine et dans les autres petites villes en bord de mer. Les routes étaient sombres, il y avait peu de circulation et il n'était pas encore interdit de brûler les feuilles mortes, de sorte que l'air

---

1. Aux États-Unis, tournoi annuel entre les meilleures équipes de base-ball.

était tannique, mélancolique et exaltant. Il est possible d'accorder une importance curieuse et démesurée à un trajet tout simple, et ce second voyage avec les scores des matches m'emplissait de bonheur. J'appréhendais la fin des World Series comme on redoute la fin de tout plaisir et, si j'avais été plus jeune, j'aurais prié. LES BIJOUX DES CABOT VOLÉS fit la une, mais l'incident n'était mentionné nulle part ailleurs dans le journal. Il n'en fut pas question chez moi, ce qui n'avait rien d'étonnant. Quand Mr Abbott s'était pendu au poirier du jardin voisin, on n'y avait fait aucune allusion.

Molly et moi sommes allés nous promener sur la plage de Travertine le dimanche après-midi. J'étais troublé, mais les préoccupations de Molly étaient bien plus graves. Elle n'était pas gênée que Geneva ait volé les diamants. Elle désirait seulement savoir ce qui était arrivé à sa sœur, et elle resterait dans l'ignorance pendant six semaines encore. Cependant, il s'était produit quelque chose chez elle ce soir-là. Ses parents s'étaient disputés, et son père était parti. Elle m'a décrit la scène. Nous marchions pieds nus et elle pleurait. J'aimerais avoir oublié ce récit aussitôt qu'elle l'eut achevé.

Il arrive que des enfants se noient, que de belles femmes soient estropiées dans un accident de voiture, que des bateaux de croisière sombrent et que des hommes meurent d'une mort lente dans des mines et des sous-marins, mais vous ne trouverez rien de tout cela dans mes récits. Au dernier chapitre, le bateau regagne le port, les enfants sont sauvés, les mineurs tirés d'affaire. S'agit-il d'une infirmité propre aux personnes bien éduquées, ou de la conviction qu'il existe des vérités morales tangibles ? Mr X a déféqué dans le tiroir de la commode de son épouse. C'est un fait, mais laissez-moi prétendre qu'il ne s'agit pas de la vérité. Si je me livrais à une description de St Botolphs, je préférerais m'en tenir à la rive ouest du fleuve, où les maisons étaient blanches et où les cloches carillonnaient, car de l'autre côté du pont se trouvaient la fabrique d'argenterie, les vieux immeubles insalubres (propriété de Mrs Cabot) et le Commercial Hotel. À marée basse, on sentait une odeur de pétrole s'élever des criques de Travertine. La une du journal du soir évoquait un corps retrouvé dans un coffre. Dans la rue, les femmes étaient laides. Même les mannequins de l'unique magasin paraissaient voûtés, déprimés, et vêtus d'habits qui n'étaient jamais à leur taille et ne leur allaient pas. Malgré sa splendeur, la mariée semblait avoir reçu une mauvaise nouvelle. Les hommes politiques étaient néofascistes, la fabrique refusait les syndicats, la cuisine était dénuée de saveur et le vent de la nuit était glacial. C'était un univers provincial et traditionnel qui ne jouissait que de peu des agréments propres à ce genre de lieu et, quand j'évoque l'état de grâce des petites villes, je fais surtout allusion à la rive ouest du fleuve. Sur la rive est se dressait le Commercial Hotel, domaine de Doris, un homme qui était employé comme contremaître à la fabrique durant la journée et racolait la nuit au bar, exploitant l'infinie lassitude morale des lieux. Tout le monde connaissait Doris, et nombre des clients avaient un jour ou l'autre eu recours à lui. Il n'y avait ni scandale ni plaisir en jeu. Doris faisait payer le maximum à un voyageur de commerce, mais montait pour rien avec les habitués du bar. Il semblait moins s'agir de tolérance que d'une indifférence teintée de tristesse, d'une absence de vision, de force morale, de la splendide ambition de l'amour romantique. Les nuits où il est de sortie, Doris déambule dans le bar. Offrez-lui un verre et il pose sa main sur votre bras, votre épaule, votre taille ; esquissez un mouvement de quelques millimètres dans sa direction et il vous met la main au panier. Lui offrent un verre le chauffagiste, le lycéen qui a abandonné ses études, le réparateur de montres. (Un jour, un étranger a crié au barman : « Dites à ce fils de pute de retirer sa langue de mon oreille » – mais c'était un étranger.) Ce monde n'a rien de transitoire, ces hommes ne sont pas des nomades, plus de la moitié d'entre eux ne vivront jamais ailleurs, et pourtant, il semble s'agir là de la quintessence du nomadisme spirituel. Le téléphone sonne et le barman fait un signe à Doris. Un client le réclame dans la chambre 8. Pourquoi est-ce que je préfère être sur la rive ouest, où mes parents jouent au bridge avec Mr et Mrs Eliot Pinkham dans la lumière dorée d'un grand lustre ?

Je mets ça sur le compte du rôti, le rôti du dimanche acheté chez un boucher qui portait un canotier au ruban orné d'une plume de faisan. J'imagine que ce rôti arrivait chez nous enveloppé dans un papier ensanglanté, le jeudi ou le vendredi, après avoir voyagé sur le porte-bagages d'un vélo. Ce serait une exagération grossière d'affirmer qu'il avait la puissance d'une mine susceptible de vous détruire les yeux et les parties génitales, pourtant sa force était disproportionnée. Nous nous mettions à table après la messe. (Mon frère vivait à Omaha, aussi nous n'étions que trois.) Mon père aiguisait le couteau à découper et incisait la viande. Il était très adroit avec une hache et une scie de taille et capable d'abattre promptement un arbre, mais le rôti du dimanche, c'était une autre affaire. Après qu'il eut fait la première entaille, ma mère soupirait. C'était un soupir extraordinaire, si sonore, si profond, que la vie même de ma mère semblait menacée. On aurait dit que son âme risquait de se détacher et de s'échapper par sa bouche ouverte. « Combien de fois me faudra-t-il te dire, Leander, que l'agneau doit être découpé dans le sens contraire de la fibre ? » demandait-elle. Une fois que la bataille du rôti avait commencé, les paroles échangées étaient si vives, si prévisibles et si ennuyeuses qu'il ne sert à rien d'en faire le compte rendu. Après cinq ou six remarques blessantes, mon père agitait le couteau à découper dans les airs et criait : « Aurais-tu l'obligeance de t'occuper de tes affaires, aurais-tu l'obligeance de te taire ? » Elle soupirait encore une fois et pressait sa main contre son cœur. À croire qu'il s'agissait là de son dernier souffle. Puis, en regardant dans le vide au-dessus de la table, elle disait : « Sentez comme cette brise est rafraîchissante. »

Il était bien sûr rare qu'il y ait de la brise. Le temps pouvait être lourd, hivernal ou pluvieux, peu importait. La remarque restait la même quelle que soit la saison. Était-ce une métaphore louable de l'espoir, de la sérénité de l'amour (que, je pense, elle n'avait jamais éprouvée), était-ce un sentiment de nostalgie pour un soir d'été où, emplis d'affection et de compréhension mutuelle, nous nous étions trouvés assis avec bonheur sur la pelouse surplombant le fleuve ? Était-ce identique – ni mieux ni pire – au sourire qu'un homme en proie à un profond désespoir adresse à l'étoile du berger ? Était-ce une prophétie émanant de la génération à venir, conditionnée à se montrer si fuyante qu'il lui serait à jamais refusé les merveilles d'un affrontement passionné ?

Changement de décor : nous sommes à Rome. C'est le printemps, l'époque où les hirondelles rusées affluent dans la ville de façon à fuir les coups de fusil en Ostie. Le cri des oiseaux se mue presque en lumière à mesure que le jour perd en intensité. Puis on entend, de l'autre côté de la cour, la voix d'une Américaine. Elle hurle : « Tu n'es qu'une putain de saloperie de merde de détraqué ! Tu n'es pas foutu de gagner un rond, tu n'as pas d'amis, tu es nul au pieu… » Personne ne lui répond, et on se demande si elle est en train d'injurier la nuit. Puis on entend un homme tousser. C'est tout ce que l'on entendra de lui. « Oh, je sais que je vis avec toi depuis huit ans, mais si tu t'es jamais imaginé que j'aimais ça, c'est parce que tu es trop débile pour reconnaître l'original d'une copie ! Quand je jouis vraiment, les tableaux se décrochent des murs ! Avec toi, je joue toujours la comédie… » Les cloches aux tonalités graves et aiguës qui sonnent à Rome à cette heure du jour ont commencé à carillonner. Ce son me fait sourire, bien qu'il n'ait aucun rapport avec ma vie, ma foi, aucune harmonie réelle, rien de comparable avec les révélations contenues dans la voix de l'autre côté de la cour. Pourquoi est-ce que je préfère décrire des cloches d'église et des nuées d'hirondelles ? Est-ce puéril, est-ce une mentalité de carte de vœux, un refus saugrenu et efféminé de regarder les choses en face ? Elle continue inlassablement, mais je ne l'écouterai pas davantage. Elle dénigre les cheveux, le cerveau et la moralité de l'inconnu tandis que je remarque qu'une pluie fine s'est mise à tomber, qui a pour effet d'accentuer la rumeur de la circulation sur le Corso. À présent, elle est hystérique – sa voix se brise – et je me dis que peut-être, à l'apogée de ses malédictions, elle va se mettre à pleurer et implorer son pardon. Elle ne le fera pas, bien sûr. Elle va le poursuivre avec un couteau à découper et il va se retrouver aux urgences de la Policlinico, affirmant s'être blessé tout seul, mais tandis que je sors dîner, souriant aux mendiants, aux fontaines, aux enfants et aux premières étoiles de la nuit, je me convaincs que tout va s'arranger. Sentez comme cette brise est rafraîchissante.

Mes souvenirs des Cabot ne sont qu'une annexe à ma tâche principale, à laquelle je m'attelle tôt en ces matins d'hiver. Il fait encore nuit. Ici et là, plantées à l'angle des rues, attendant le bus, des femmes vêtues de blanc. Elles portent des chaussures blanches, des bas blancs, et l'on aperçoit des uniformes blancs dépasser de leurs manteaux blancs. S'agit-il d'infirmières, d'employées de salons de beauté, d'assistantes dentaires ? Je ne le saurai jamais. Elles tiennent en général à la main un sachet de papier brun qui contient sans doute un sandwich de pain de seigle au jambon et un thermos de babeurre. La circulation est fluide à cette heure. La camionnette d'une blanchisserie livre des uniformes au Fried Chicken Shack, et sur Asburn Place est garé un camion de laitier – le dernier de sa génération. Il va s'écouler une demi-heure avant que les bus scolaires jaunes ne commencent leur tournée.

Je travaille dans un immeuble nommé le Prestwick. Il est haut de six étages et date, je suppose, de la fin des années vingt. Il est du genre Tudor. Les briques sont irrégulières, un parapet encercle le toit, et la pancarte indiquant « appartements libres » est une plaque suspendue à des chaînes métalliques qui émettent des craquements romantiques dans le vent. À la droite de la porte figure une liste de près de vingt-cinq médecins, mais ceux-ci n'ont rien à voir avec de doux guérisseurs munis de stéthoscopes et de marteaux en caoutchouc – ce sont des psychiatres. Nous sommes ici au royaume de la chaise en plastique et du cendrier plein. Je ne sais pas pourquoi ils ont choisi ce lieu, mais ils surpassent en nombre les autres locataires. De temps en temps, on rencontre devant l'ascenseur une mère avec un chariot à provisions et un enfant, mais l'on voit le plus souvent le visage ravagé d'un homme ou d'une femme accablé de soucis. Parfois ils sourient ; parfois ils parlent tout seuls. Les affaires ne vont pas fort en ce moment, et le médecin dont le cabinet est voisin de mon bureau est souvent planté dans le couloir, regardant par la fenêtre. À quoi pense un psychiatre ? Se demande-t-il ce que sont devenus les patients qui ont renoncé à venir, refusé les séances de groupe, fait fi de ses mises en garde et de ses admonitions ? Il doit connaître tous leurs secrets. J'ai essayé d'assassiner mon mari. J'ai essayé d'assassiner ma femme. Il y a trois ans, j'ai avalé des somnifères. L'année d'avant, je m'étais tailladé les poignets. Ma mère voulait que je sois une fille. Ma mère voulait que je sois un garçon. Ma mère voulait que je sois homosexuel. Où étaient-ils allés, qu'étaient-ils en train de faire ? Étaient-ils toujours mariés, en train de se disputer à la table du dîner ou de décorer le sapin de Noël ? Avaient-ils divorcé, s'étaient-ils remariés, avaient-ils sauté du haut d'un pont, avalé du Seconal, étaient-ils parvenus à une sorte de trêve, étaient-ils devenus homosexuels, ou s'étaient-ils installés dans une ferme du Vermont où ils projetaient de cultiver des fraises et de mener une vie simple ? Le médecin reste parfois planté à la fenêtre une heure entière.

Ma véritable tâche, ces jours-ci, consiste à écrire une édition du *New York Times* qui apportera de la joie au cœur des hommes. Quelle meilleure occupation pourrais-je trouver ? Le *Times* est un maillon crucial, quoique rouillé, des liens qui me rattachent à la réalité, mais depuis quelques années, les nouvelles qu'il édite sont monotones. Les prophètes du malheur n'ont plus de travail. Rien d'autre à faire que de ramasser les morceaux. En une : LA TRANSPLANTATION DU CŒUR DU PRÉSIDENT

CONSIDÉRÉE COMME UN SUCCÈS. Un encart en bas à gauche : LE COÛT DU MÉMORIAL POUR J. EDGAR HOOVER MIS EN QUESTION. « La sous-commission des monuments commémoratifs a menacé de partager à parts égales les sept millions de dollars affectés à la commémoration de feu J. Edgar Hoover avec un temple dédié à la justice… » Troisième colonne : UNE LÉGISLATION CONTROVERSÉE ABROGÉE PAR LE SÉNAT. « Le récent projet de loi qui envisageait de considérer comme un crime toute mauvaise pensée au sujet du gouvernement a été rejeté cet après-midi lors d'un vote à main levée de quarante-trois voix contre sept. » Et ainsi de suite. Des éditoriaux énergiques et réconfortants, des nouvelles sportives palpitantes, et le temps, bien sûr, est toujours chaud et ensoleillé, à moins que nous n'ayons besoin de pluie. Dans ce cas nous aurons de la pluie. Le taux de pollution de l'air est nul, et même à Tokyo, de moins en moins de gens portent des masques de protection. Toutes les grandes routes, les voies rapides et les autoroutes urbaines seront fermées pour le week-end férié. Que la joie descende sur le monde !

Mais revenons aux Cabot. La scène que j'aimerais ignorer ou oublier s'est déroulée le lendemain du jour où Geneva a volé les diamants. Il y est question de sanitaires. La plupart des maisons de notre village possédaient relativement peu de sanitaires. Il y avait généralement un cabinet de toilettes au sous-sol pour la bonne et l'homme chargé de débarrasser les cendres, et une unique salle de bains au premier étage pour le reste de la maisonnée. Certaines de ces pièces étaient d'assez grande taille, et les Endicott y avaient même une cheminée. À un moment donné, Mrs Cabot décida que cette pièce était son domaine réservé. Elle fit venir quelqu'un pour poser une serrure à la porte. Mr Cabot avait la permission de faire ses ablutions le matin, mais ensuite, la porte était fermée à clef et Mrs Cabot gardait la clef dans sa poche. Mr Cabot était contraint d'utiliser un pot de chambre mais comme il venait de South Shore, je suppose qu'il n'en souffrait pas trop. Peut-être même cela le rendait-il nostalgique. Tard, ce soir-là, il était sur le pot de chambre quand Mrs Cabot apparut au seuil de sa chambre (ils dormaient dans des pièces séparées). « Ne pourrais-tu pas fermer la porte ? vociféra-t-elle. Ne pourrais-tu pas fermer la porte ? Va-t-il falloir que j'entende cet affreux bruit pendant le reste de mes jours ? » Ils devaient être l'un et l'autre en chemise de nuit, les cheveux blancs comme neige de Mrs Cabot nattés. Elle attrapa le pot de chambre et en jeta le contenu sur lui. D'un coup de pied, il ouvrit la porte de la salle de bains fermée à clef, se lava, s'habilla, fit sa valise et, traversant le pont à pied, se rendit chez Mrs Wallace, sur la rive est.

Il y resta trois jours, puis il rentra chez lui. Il était inquiet au sujet de Molly et, dans une si petite ville, il était nécessaire de se soucier des apparences – en ce qui concernait lui-même, mais également Mrs Wallace. Il partagea son temps entre la rive est et la rive ouest du fleuve pendant une semaine encore, puis il tomba malade. Il se sentait languide. Il resta au lit jusqu'à midi. Quand il s'habilla et alla au bureau, il revint après une heure et quelques. Le médecin l'examina mais ne trouva rien.

Un soir, Mrs Wallace vit Mrs Cabot sortir de la droguerie de la rive est. Elle regarda sa rivale franchir le pont, puis entra dans la droguerie demander à l'employé si Mrs Cabot était une cliente régulière. « Je me suis posé la question, répondit l'employé. Bien sûr, elle vient encaisser ses loyers, mais j'avais toujours cru qu'elle faisait ses courses dans l'autre droguerie. Elle achète ici du poison pour les fourmis – de l'arsenic, en fait. Elle m'a dit qu'il y avait des fourmis redoutables dans la maison de Shore Road, et que l'arsenic était le seul moyen de s'en débarrasser. À voir la quantité de poison qu'elle achète, ces fourmis doivent en effet être redoutables. » Peut-être Mrs Wallace aurait-elle pu mettre Mr Cabot en garde, mais elle ne le revit jamais.

Après les obsèques, elle alla trouver le juge Simmons et déclara qu'elle voulait porter plainte contre Mrs Cabot pour meurtre. L'employé de la droguerie devait avoir gardé des traces de ses achats d'arsenic, ce qui la compromettait. « Peut-être les a-t-il, dit le juge, mais il ne vous les donnera pas. Ce que vous réclamez est une exhumation du corps et un long procès à Barnstable, et vous n'avez ni l'argent ni la réputation nécessaires pour vous le permettre. Vous avez été son amie pendant seize ans, je le sais. C'était un homme merveilleux, alors pourquoi ne vous consolez-vous pas en songeant aux années durant lesquelles vous l'avez connu ? Autre chose. Il vous a légué, ainsi qu'à Wallace, un héritage considérable. Si Mrs Cabot devait contester ce testament, vous pourriez tout perdre. »

Je suis allé à Louxor rendre visite à Geneva. J'ai pris un 747 jusqu'à Londres. Nous n'étions que trois passagers ; mais comme je l'ai dit, les prophètes du malheur sont au chômage. Du Caire, j'ai remonté le Nil dans un avion à hélices. La similitude entre l'érosion créée par le vent et celle créée par l'eau donne l'impression, à cet endroit, que le Sahara a été éventré par des crues, des fleuves et des cours d'eau, la poussée d'une quête naturelle. Les stries sont humides et arborescentes, et le faux lit du fleuve se déploie en forme d'arbre qui lutte pour la lumière. La température était glaciale quand nous avons quitté Le Caire avant l'aube, mais à l'aéroport de Louxor, où m'attendait Geneva, il faisait très chaud.

J'étais très heureux de la revoir, si heureux que je ne fus pas très observateur, mais je remarquai néanmoins qu'elle avait grossi. Je ne veux pas dire qu'elle était simplement corpulente ; je veux dire qu'elle pesait environ cent trente kilos. Elle était devenue obèse. Ses cheveux, jadis d'un blond peu raffiné, étaient aujourd'hui dorés, mais son accent du Massachusetts restait aussi prononcé qu'autrefois. À mes oreilles, dans cette région nord du Nil, il résonnait comme une musique. Son mari – désormais colonel –

était un homme mince, entre deux âges, apparenté au dernier roi d'Égypte. Il possédait un restaurant aux abords de la ville et le couple habitait un agréable appartement au-dessus de la salle. Le colonel était intelligent et plein d'humour – c'était un coureur, je pense – et un gros buveur. Quand nous sommes allés au temple de Karnak, notre guide interprète a emporté des glaçons et du gin tonic. J'ai passé une semaine avec eux, principalement dans les temples et les tombeaux. Nous buvions le soir au bar du colonel. La guerre menaçait – le ciel fourmillait d'avions russes – et le seul autre touriste était un Anglais assis au comptoir qui parcourait son passeport. Le dernier jour, j'ai nagé dans le Nil (une brasse droite) et ils m'ont conduit à l'aéroport où j'ai fait mes adieux à Geneva – et aux Cabot.

Un jour ordinaire	7
Le fermier des mois d'été	25
Les enfants	43
Le jour où le cochon est tombé dans le puits	75
Rien qu'une dernière fois	103
Le ver dans la pomme	111
La bella lingua	117
La duchesse	145
L'âge d'or	165
Un garçon à Rome	177
Méli-mélo de personnages qui n'apparaîtront pas…	201
Mené Mené Téqel ou-Parsîn	211
Le monde des pommes	223
Percy	239
Les bijoux des Cabot	255

Composition Entrelignes (64)
Achevé d'imprimer
par la Nouvelle Imprimerie Laballery
à Clamecy le 28 avril 2008
Dépôt légal : avril 2008
Numéro d'imprimeur : 804200

Imprimé en France

142055